BASTEI
LÜBBE

Von Richard Paul Evans sind in der Verlagsgruppe Lübbe außerdem lieferbar:

15190 Der unendliche Traum
15214 Die wundersame Schatulle
15379 Das vergessene Herz
und
3-431-03165-X Das letzte Versprechen

Über den Autor:

Richard Paul Evans lebt mit Frau und Kindern in Utah. Er ist der Autor mehrerer sehr erfolgreicher Bücher, die jeweils in mehr als siebzehn Sprachen übersetzt und teilweise für das Fernsehen verfilmt wurden. Weltweit wurden über 11 Millionen Exemplare seiner Bücher verkauft.
Weitere Titel des Autors in der Verlagsgruppe Lübbe sind in Vorbereitung.

RICHARD PAUL

EVANS

Tränen der Vergangenheit

ROMAN

Ins Deutsche übertragen von
Hans Link

BASTEI
LÜBBE

BASTEI LÜBBE TASCHENBUCH
Band 15 454

1. Auflage: Februar 2006

Dieser Roman ist ein fiktionales Werk. Die Figuren, Namen, Ereignisse und Dialoge sind Produkte der Fantasie des Autors und sollten nicht als real betrachtet werden. Auch wenn tatsächliche historische Ereignisse oder real existierende Personen erwähnt sind, ist der Kontext, in dem sie stehen, rein fiktional und frei erfunden.

Vollständige Taschenbuchausgabe

Bastei Lübbe Taschenbücher in der Verlagsgruppe Lübbe

Deutsche Erstveröffentlichung
Titel der amerikanischen Originalausgabe: *The Looking Glass*

Published by arrangement with
Richard Paul Evans
c/o Harvey Klinger, Inc.,
301 West 53rd Street, #21A, New York, NY 10019 USA.
Dieses Werk wurde vermittelt durch
die Literarische Agentur Thomas Schlück GmbH, 30827 Garbsen.

Einbandgestaltung: Tanja Østlyngen
Titelbild: Mauritius Images/Age Fotostock
Satz: hanseatenSatz-bremen, Bremen
Druck und Verarbeitung: Ebner & Spiegel, Ulm
Printed in Germany
ISBN-13: 978-3-404-15454-8 (ab 01.01.2007)
ISBN-10: 3-404-15454-1

Sie finden uns im Internet unter
www.luebbe.de

Der Preis dieses Bandes versteht sich einschließlich
der gesetzlichen Mehrwertsteuer.

An meine Leserinnen und Leser

Tränen der Vergangenheit sollte eigentlich eine Geschichte über die heilende Kraft der Liebe und Hoffnung werden. Aber während ich daran arbeitete, schälte sich immer klarer eine Botschaft heraus, die ich so weder geplant noch vorausgesehen hatte: Sie handelt von dem zersprungenen Spiegel, in dem wir uns selber sehen, von unserem verzerrten Selbstbild, mit dem wir uns, gefesselt in Selbstzweifeln und Furcht, quälen.

Der Roman handelt von Hunter Bell, einem Glücksspieler, ehemaligen presbyterianischen Pfarrer und Gründer einer Goldgräbersiedlung namens Bethel. (Das war in Der unendliche Traum, wie Sie sich vielleicht erinnern werden, Esthers Heimatstadt.) Er flieht vor den bitteren Erinnerungen seiner Vergangenheit, seinem Pfarramt und letzten Endes vor seinem Gott.

Als er in einem Schneesturm versucht, Wölfe zu verjagen, die der Hunger in die Nähe seiner Blockhütte getrieben hat, findet er im Schnee eine schöne junge Frau. Sie ist von den Wölfen angefallen worden und bereits halb erfroren. Es ist eine Irin – Quaye McGandley –, die einem brutalen Ehemann wie eine Sklavin in die Ehe verkauft und von ihm gegen ihren Willen nach Amerika verschleppt worden ist. Während Hunter sie wieder gesund pflegt, entdeckt er, dass seine zarte Fürsorge für Quaye sein Herz dafür öffnet, wovor er sich am meisten fürchtet: noch einmal zu lieben.

Ich hege die Hoffnung, dass Ihnen und denjenigen, die an Ihrer Lektüre teilhaben, die Botschaft meines Buches die Augen öffnet für das Göttliche, das in Ihnen selbst liegt, und für das, was Sie selbst in Wahrheit sind: würdig, Liebe, Zartheit und Gnade zu empfangen.

Richard Paul Evans

DANKSAGUNG

Viele haben dazu beigetragen, dieses Buch möglich zu machen. Ihnen allen sage ich meinen herzlichen Dank:

Keri, meiner Frau. Du bist meine Quaye.

Sydny Miner. Es war eine besondere Gunst (und ein Vergnügen), mit Ihnen zu arbeiten.

Brandi Anderson. Vielen Dank für Ihre vielen Beiträge zu diesem Buch, Ihre Ermutigung, Ihr ehrliches Herz.

Annik LaFarge, David Rosenthal, Carolyn Reidy für ihr unablässiges Engagement.

Isolde C. Sauer und Jackie Seow für ihre Ausdauer.

Liz DeRidder, Andy Goldwasser und James Pervin haben mir geholfen, dieses Buch druckreif zu machen.

Dem Rest der RPEP-Mannschaft: Lisa May, Tawna Spoor und Judy Schiffman. Danke für eure Hingabe und Freundschaft.

Meinen Lesern, die mir nach meinem letzten Buch geschrieben haben. Danke. Ich lese jeden Brief und jede E-Mail. Bitte schreiben Sie mir.

Besonderen Dank schulde ich denjenigen Frauen, die mir ihre eigenen Verletzungen offenbart haben, um ihren noch in Missbrauchsbeziehungen gefangenen Leidensgenossinnen zu helfen. Falls Sie selbst oder jemand, den Sie kennen, unter Missbrauch oder Misshandlung leiden sollten und jemanden brauchen, dem Sie sich anvertrauen können, dann wenden Sie sich ohne Scheu an eine Beratungsstelle.

Für Laurie Liss

Ich liebe dich …
mit aller Leidenschaft der Leidenszeit
und mit der Kindheit Kraft, die fort war, seit
ich meine Heiligen nicht mehr geliebt.
Mit allem Lächeln, aller Tränennot
und allem Atem. Und wenn Gott es gibt,
will ich dich besser lieben nach dem Tod.

Elizabeth Barrett Browning (Deutsch von Rainer Maria Rilke)

Vorbemerkung des Verfassers

Im Prolog zu meinem Roman *Der unendliche Traum* habe ich die Geschichte eines kleinen Goldgräberstädtchens im westlichen Utah namens Bethel kurz umrissen. Bethel hatte zwei Leben; das erste währte von seiner Gründung Mitte des neunzehnten Jahrhunderts bis zur darauf folgenden Jahrhundertwende, das zweite umfasst die Zeit der Weltwirtschaftskrise nach dem Schwarzen Freitag, dem 25. Oktober 1929. Einige Zeit davor waren Esther Huish und Thomas, ihr Geliebter, aus *Der unendliche Traum* nach Bethel gekommen. Die Ereignisse in *Tränen der Vergangenheit* tragen sich ebenfalls in Bethel zu, allerdings im Jahre 1857, fünfzig Jahre vor Esther Huishs Ankunft dort. Als Esther in dem Städtchen eintraf, lebte dort keine der Figuren aus *Tränen der Vergangenheit* mehr, und als einziges Gebäude aus jener Zeit behauptete das Gasthaus von Bethel einsam seinen Platz.

Manchen offenbart sich Gott in der Ordnung des Universums – die Beweise dafür finden sie sowohl in den kleinsten Elementen der Atomkerne als auch in den gewaltigen kosmischen Kräften, die die Galaxien in ihrer Bahn halten. Große Geister, angefangen von Galileo bis hin zu Einstein und Hawking, haben die Frage nach dem Schöpfer dieser Ordnung gestellt, dieses Gleichgewichts der Energie, das vorgegebenen Gesetzen und Konstanten gehorcht. Aber selbst wenn die Mathematik des Universums die Existenz eines höchsten Wesens nahe legt, überzeugen mich doch viel mehr gerade diejenigen Ereignisse, die der mathematischen Wahrscheinlichkeit trotzen – die eigentlich unmögliche Tatsache, dass zwei Wesen in einer unendlichen Wüste des Raums und der Zeit aufeinander treffen, um unwiderruflich ihrer beider ewigen Weg zu ändern. Das ist das Göttliche, das Wirken einer unsichtbaren Hand.

Durch den Lauf meines eigenen Lebens bin ich zu der Überzeugung gelangt, dass das Dasein mehr ist als ein eindimensionales Geschenk der Zeit, mehr als der rasche Lauf der Zeiger einer Uhr oder der flüchtige Gang der Jahreszeiten. Erfahrungsgemäß baut vielmehr das Gegenwärtige stets auf dem Vergangenen auf und erhebt uns mit dem, was wir erleben, wieder auf eine vorher nicht gekannte Höhe. Ich kann meine Vorstellung von Gott nicht besser beschreiben: Er ist der Architekt dieses Aufstiegs und der göttliche, unsichtbare Wind, der uns durch die unbekannten Gewässer unseres eigenen Schicksals vorantreibt. Aber Erlösung, ganz gleich ob nur im geistigen Sinne oder aber weiter gefasst, ist nicht Sache des Einzelnen, und so erwarten uns auf unserer Reise und bei unseren Mühen Gefährten, Mitreisende, die unserem Weg für alle Zeiten eine andere Richtung geben und uns manchmal führen oder sogar ein Stück des Weges tragen, wenn wir zu müde sind, um noch aus eigener Kraft voranzukommen. Dieser Roman ist die Geschichte einer solchen Fügung.

Im Jahre 1857 verließ ein Mann namens Hunter Bell – ein ehemaliger presbyterianischer Pfarrer, der sich der Goldsuche und dem Spiel zugewandt hatte – fluchtartig das Goldgräberlager Goldstrike. Man hatte ihn des Spielbetrugs bezichtigt und wollte ihn lynchen. Zufällig stieß er in den Oquirrh-Bergen in der westlichen Wüste des Territoriums Utah auf eine reiche Goldader. Er steckte sich einen Claim ab, und innerhalb eines Monats hatten sich mehr als sechzehnhundert Goldsucher dazugesellt. Aus Zynismus verlieh Bell seinem desolaten Städtchen den Namen Bethel – Haus Gottes. Und dort, in diesem kleinen, entlegenen Ort, kreuzte sich sein Weg mit dem von Quaye McGandley, einer jungen Irin aus einem namenlosen Weiler am anderen Ende der Welt.

Ihre gemeinsame Geschichte handelt ebenso sehr von Erlösung und Erfüllung wie von Liebe – vermutlich ist beides dasselbe. Denn es ist wahr, dass es Erlösung nur in und durch die Liebe gibt. Oder, um es ganz einfach zu sagen: Die Geschichte von Quaye McGandley und Hunter Bell handelt von zwei gebrochenen Menschen, die sich zusammentun, um wieder ein heiles Ganzes zu werden.

KAPITEL 1

QUAYE

Es gibt keine Liebe mehr auf Erden,
und Gott im Himmel ist tot
in den finsteren, tödlichen Tagen des schwarzen Jahres 47

Irisches Volkslied

Wo es Liebe gibt, fällt es nicht schwer,
noch die letzte Kartoffel zu teilen.

Irisches Sprichwort

Cork, Irland, 1847

Connall McGandley stapfte müde durch die nebelverhangene Landschaft, die Arme über der Brust verkreuzt, das Tempo angesichts der fortschreitenden Dämmerung verschärft. Die kalte Luft roch süß nach einem Torffeuer, das irgendwo in der Ferne brannte, und er zwang sich, nicht an dessen Wärme zu denken. Gegen Abend wurde der Nebel bitterkalt, und er hatte im letzten Dorf seinen Mantel um ein armseliges Maß Mais versetzt, das er in einem Sack über der Schulter trug. Seit dem Morgengrauen war er unterwegs – in der Hoffnung, seiner Familie ein wenig Erleichterung zu verschaffen –, und sein ständiger Begleiter war der Hunger. Es gab keine Arbeit, und sein Mantel hatte ihm bei einem Händler nur das bisschen Mais eingebracht. Danach hatte der Mann ihn sofort aus seinem Laden gejagt. Connall hatte nicht viel gesehen auf seiner Reise, nur das stille, verlassene Moor und die verfallenen Hütten eines sterbenden Volkes. Die Musik Irlands, des Landes der Lieder, war vor der Hungersnot verstummt, und die einzige Melodie, die noch in der Luft lag, war das gelegentliche Klagen um die Toten – das Lied der Todesfee.

Hinter einem der Steinwälle beidseits des Weges, der sich durch die Landschaft schlängelte, kroch eine Frau auf allen vieren durch das feuchte Moor, um zu finden, was immer bei der letzten Suche übersehen worden war, und alles zu verzehren, was irgendwie essbar erschien: rohe Rüben, Nesseln und Ackersenf. Er wandte sich ab. Das Bild war ihm nur allzu vertraut – Männer und Frauen in der letzten Agonie des Hungertodes, die Münder grün gefleckt vom Gras, das sie in ihrem verzweifelten Überlebenskampf kauten. Es interessierte ihn nicht länger. Es bewegte ihn nicht einmal mehr. So war es eben. Es würde nicht mehr lang dauern, dann würde auch seine Familie aus ihrer Hütte vertrieben werden, um sich vom Fieber und Wahnsinn des Hungers verbrennen zu lassen oder zu erfrieren. Seinen einzigen Sohn hatte bereits der Typhus in seinen Klauen.

Es war bereits zweimal Herbst geworden, seit der todbringende Nebel sich von der See her wie ein Leichentuch über Irland gelegt hatte. Er war geblieben, bis die ersten Anzeichen des Jammerbildes sichtbar wurden, das er hinterlassen sollte: Pflanzen, die auf den Feldern daniederlagen, Vorboten des Schicksals, das einem ganzen Volk bevorstand. Im Jahr darauf kam das Unheil mit aller Gewalt über die Insel und zerstörte fast die gesamte Kartoffelernte. Die Kartoffel war das Ein und Alles der Armen Irlands, die gelernt hatten, aus dieser Knolle alles zu machen, angefangen vom Zucker bis hin zum Bier. Die Kartoffel war ihr Erbe und ihr Leben, aber selbst unter den besten Voraussetzungen war der Anbau von Kartoffeln nur die unsichere Grundlage einer stets gefährdeten Existenz.

Es war kurz vor der letzten Ernte gewesen, als McGandley zum ersten Mal die Zeichen der Krankheit bei seiner eigenen mageren Kartoffelernte entdeckt hatte – die ersten krankhaften Veränderungen auf den sich einrollenden Blättern und Flecken, die wie Druckstellen aussahen. Bei ihrem Anblick war er auf die Knie gefallen und hatte ein inbrünstiges Gebet an den heiligen Judas Thaddäus zum Himmel hinaufgeschickt, den Schutzpatron in aussichtslosen Lagen. Die Familie brachte sofort die Ernte ein, beseitigte den befallenen Teil des Ertrages, aß oder verkaufte, so viel sie konnte, und verfütterte den Rest an die Schweine. Als Nächstes wurden dann diese Schweine verzehrt. Aber selbst von den Knochen dieser Tiere, die sie gekocht, noch einmal gekocht und dann in ihrem Hunger abgenagt hatten, war nun nichts mehr übrig. Nur die Verzweiflung war ihnen geblieben.

Fünfzig Schritt vor ihm wurde im Nebel ein Pferdewagen sichtbar, der neben der Straße im Schlamm feststeckte. Ein untersetzter Mann mit graubraunem Haar stand vor dem Pferd, fast bis zu den Knien im Schmutz, zerrte an den Zügeln und verfluchte das Tier. Es war ein seltsamer Anblick, umso mehr, als die meisten Tiere der Bauern bereits geschlachtet und verspeist worden waren. Der Mann sah McGandley und winkte ihm zu.

»He da.« In der kalten Luft konnte man seinen Atem sehen.

Während McGandley auf den Fremden zuging, verzog dieser das Gesicht, als habe er einen Verrückten vor sich. Er hatte im Laufe des Tages schon viele gesehen, Männer und Frauen, oft nackt und wahnsinnig vor Hunger.

»Habt Ihr irgendwas zu essen?«, rief McGandley.

Der Mann runzelte die Stirn. »Nur in meinem Magen.« Er deutete auf das Gefährt. »Könnt Ihr mir helfen?«

»Wenn Ihr vorwärts kommen wollt, wäre es besser, mit dem Wagen auf der Straße zu fahren und nicht daneben.« McGandley blieb stehen, als nur noch eine Armeslänge ihn von dem anderen trennte, und starrte den Fremden düster an. »Seid Ihr Engländer?«

»Ich bin Amerikaner.«

»Schön für Euch. Wäret Ihr ein Engländer, hätte man Euch wahrscheinlich schon die Kehle durchgeschnitten. Oder ich würde es jetzt besorgen.«

Der Amerikaner sah sein Gegenüber forschend an. »Die Engländer haben Geld für die Hungernden geschickt.«

»Ach, haben sie das inzwischen? Ich sage Euch, Särge wären uns von größerem Nutzen. Die Briten haben uns alles gestohlen.« McGandleys Stimme nahm einen drohenden Unterton an. »Es ist sehr vorteilhaft für Euch, dass Ihr kein Engländer seid.«

Der Amerikaner ließ die Zügel los und kam einen Schritt auf McGandley zu. »Ich habe Geld. Helft mir, mich hier rauszubringen; ich werde es Euch vergelten. Ich muss zum Hafen von Cobh. Mein Klipper segelt im Morgengrauen.«

Nun war McGandleys Interesse geweckt. In diesen Notzeiten waren bereits eine Million Iren ausgewandert, manche in die fieberverseuchten Lager von Liverpool oder Wales, die meisten allerdings in die Neue Welt. Um dem Elend in der Heimat zu entkommen, gingen sie an Bord fast jeden Schiffes, das sie fortbringen würde. »Schwimmende Särge« oder Seelenverkäufer nannten die Seeleute sie. Manchmal war kein einziger Ire an Bord mehr am Leben, wenn diese Schiffe ihr Ziel erreichten.

»Ihr segelt zurück nach Amerika?«

Der Seemann erkannte McGandleys Absicht und bedauerte bereits, so viel preisgegeben zu haben. McGandley wartete die Antwort nicht ab. »Habt Mitleid mit unserem jämmerlichen Häufchen und nehmt uns mit.«

»Habt Ihr Geld?«, fragte der Fremde.

»Keinen roten Heller.«

Der Amerikaner schüttelte den Kopf. »Wir haben keinen Platz mehr.«

»Im Unterdeck würde es bestimmt noch gehen.«

»Damit Ihr uns Typhus und Cholera an Bord schleppt? An den Docks warten bereits eine Million Iren.«

McGandley kratzte sich den Kopf. Die Läuse quälten ihn.

»Ihr könntet wenigstens meine Tochter unterbringen. Sie ist ein junges Mädchen.«

»Es geht nicht, Mann.«

»Ihr könntet es, wenn sie Eure Frau wäre.«

Der Amerikaner spuckte aus. »Ich brauche keine Frau nicht«, sagte er und wandte sich dann wieder dem Pferd zu. »Seid so gut und fasst mit an. Ich werde Euch dafür bezahlen.«

McGandley blieb gleichmütig stehen, und der Amerikaner blickte sich hilflos um. Er hatte schon fast eine Stunde verloren, und sein Wagen steckte immer noch genauso fest wie vorher. Es war nicht gut, bei Einbruch der Dunkelheit und mit den Taschen voller Geld für die Schiffspassagen, die er verkauft hatte, in Irland festzusitzen – das Pferd war ein Festmahl und er selbst eine Bank. Die Hungrigen würden ihn gewiss finden.

»Eine Frau, die sich auf einer solchen Reise um Euch kümmern würde, wäre ein Segen«, bedrängte McGandley ihn. »Meine Tochter arbeitet hart. Härter als die Sklaven, die Ihr in Amerika in Ketten liegen habt.«

Der Amerikaner gab immer noch keine Antwort, und in McGandleys Magen bildete sich ein harter Knoten. Misstrauisch betrachtete er den Seemann. Er war ein hässlicher Mann mit rötlichem Mondgesicht, das mit Stoppeln übersät war, und wenigstens ein Jahrzehnt jünger als er selbst und eine Handbreit kleiner.

»Wie werdet Ihr genannt, Bursche?«

Der Seemann zögerte zunächst, als ob es ihm widerstrebe, selbst das preiszugeben. »Jak.«

»Nun gut, Jak. Sie ist wunderbar. Wirklich ein junges Mädchen. Ihr könnt mit ihr machen, was Ihr wollt.« Er starrte ihn finster an. »Wer sich dieses Angebot entgehen lässt, ohne das Mädchen überhaupt gesehen zu haben, ist kein Mann.«

Der Seemann nahm diese Herausforderung seiner Männlichkeit schweigend hin und rieb sich die Stirn, während er seine Aussichten bedachte. Eine Frau wäre auf der Reise tatsächlich ein Segen, auch wenn er vorhatte, sie in New York gleich am Hafen wieder loszuwerden. In den düstereren Vierteln der Stadt mochte sie sogar ein wenig Profit abwerfen.

»Sie hat weder Cholera noch Typhus?«

»Vollkommen gesund ist sie.«

»Wenn sie nicht gefällig ist, werde ich sie nicht mit an Bord nehmen.«

McGandley überhörte die Drohung, legte seinen Sack mit Mais ab und machte sich daran, den Wagen wieder freizubekommen. Die wenigen Schritte bis zu dem Pferd reichten schon, um seine Schuhe mit schwarzem Torfschlamm zu füllen. Er streichelte dem schlanken, jungen Pferd die Seite, um es zu beruhigen, und ging dann in die Hocke, um zuerst das Geschirr – Brustblatt und Aufhalteketten – zu überprüfen, bevor er sich dem Wagen zuwandte. Dieser steckte mit seinen eisenbereiften Holzrädern nicht tiefer als zehn, zwanzig Zentimeter im Morast.

»Ein schönes Pferdchen«, sagte er und tätschelte es. Dann richtete er sich auf, nahm die Zügel, stellte sich neben das Pferd und ließ die Zügel wie bei einem Schlag mit der Pferdepeitsche einmal kurz auf dessen Hinterteil knallen.

»Na, raus mit dir.«

Unter Aufbietung all seiner Kräfte zog das Pferd an und befreite seine Hufe aus dem Schlamm. Im Nu war es mit dem Wagen wieder auf der Straße. McGandley hob seinen Sack Mais auf, wandte sich wieder zu der Karre um und überreichte dem erstaunten Seemann die Zügel.

»Warum hat denn das verdammte Biest für mich nicht gezogen?«

Ein höhnisches Lächeln huschte über McGandleys Züge. »Ich

will es Euch sagen, Mann. Wenn Ihr genau vor ihm steht, wo soll das arme Tier dann wohl hingehen?«

*

Die Sonne war noch nicht untergegangen, als der Wagen den Steinwall passierte, der McGandleys Cachlan umgrenzte. Der einst von Kindergeschrei erfüllte Weiler lag größtenteils verlassen da, denn eine Familie nach der anderen war entweder vom Hunger oder von ihrem Verpächter vertrieben worden. Der Amerikaner brachte das Gefährt vor einer strohgedeckten Hütte zum Stehen, und McGandley stieg aus. Die Ankunft der Männer war nicht unbemerkt geblieben; eine blasse, abgemagerte Frau, die Augen tief in ihren eingefallenen Höhlen, kam heraus. Ein junges Mädchen folgte ihr, das seinen Vater mit einem Lächeln begrüßte.

»Pa.«

McGandley antwortete seiner Tochter nicht, und beim Anblick des Fremden schob sie sich hinter ihre Mutter. Furchtsam sah sie die Männer an; die ernste Miene ihres Vaters und der ungeschlachte Kerl, der ihn begleitete und sie mit anzüglichen Blicken maß, ängstigten sie gleichermaßen. Ihre Mutter fragte nicht, wer der Mann sei, der ihre Tochter musterte, sondern sah dem Geschehen stumm zu wie die Zuschauerin einer Tragödie im Theater.

»Komm her, Mädchen«, befahl McGandley.

Das Mädchen gehorchte ängstlich und trat mit gesenktem Kopf vor. Sie war fast fünfzehn Jahre alt, auf dem besten Weg, eine Frau zu werden, mit schwellenden Brüsten und vollen Lippen, aber mit vor Hunger aschfarbenen Wangen. Das lange, kupferrote Haar fiel ihr in das verhärmte, mit Sommersprossen übersäte Gesicht. Sie war barfuß und trug ein hochgeschlossenes Kleid aus Musselin, das sie im Frühjahr vor zwei Jahren von einem Lumpenhändler gekauft hatten. Das inzwischen fadenscheinige und verblichene Kleid sah zerknittert aus und ließ die langen Beine unbedeckt. Sie war schön, so wie ihr Vater behauptet hatte, und in noch höherem Maße, als der Seemann erwartet oder erhofft hatte. Keine Frau wie sie, ob jung oder alt, hatte sich ihm jemals gewogen gezeigt. Sie blickte voller Angst zu ihm auf und suchte dann die Nähe ihres Vaters.

»Wie nennt Ihr sie?«, fragte der Seemann.

Das Mädchen sah seinen Vater mit furchtsamem Blick an.

»Quaye«, sagte er schroff.

Der Mann wischte sich mit dem Handrücken über den Mund. »Wenn man sie wegen ihrer Schönheit hängte, würde sie unschuldig sterben. Was wollt Ihr für sie?«

»Die Passage nach Amerika für das Mädchen.« McGandley hielt den Blick auf seine Füße gerichtet. »Und was immer an Münzen Ihr dabeihabt für uns.«

Der Seemann griff sich in die Hosentaschen und brachte eine Hand voll Geldmünzen zum Vorschein. »Wer sagt's denn? Dreißig sind's bestimmt.«

McGandley blickte nicht auf, denn er konnte der Heiterkeit des Seemannes nichts abgewinnen.

»Dafür könnte ich mir in Irland jede Frau kaufen.«

»Sie war bis vor kurzem wohlgenährt«, knurrte McGandley. »Sie wird Euch wohl genügen.«

Der Mann sagte nichts dazu, warf McGandley das Silber vor die Füße und winkte Quaye zu. »Komm, Mädchen.«

Ihre Mutter wandte sich mit Tränen in den Augen ab, auch wenn sie die Beweggründe ihres Mannes nur allzu gut verstand. So oder so war das Kind für sie verloren.

Quaye sah ihren Vater ungläubig an, aber dessen Ausdruck blieb hart und bestimmt. Er beugte sich zu ihr hinab, sah ihr in die Augen und sagte sanft: »Wenn du nicht vergisst, wer du bist, wirst du es durchstehen.« Dann blickte er zu dem Seemann hinüber, der sie ungeduldig ansah.

»Und nun geh mit ihm, Quaye. Er ist von jetzt an dein Mann.«

»Nur noch einen Augenblick«, sagte die Frau. Dann zog sie einen silbernen Ring von ihrem spindeldürren Finger, trat vor und steckte ihn ihrer Tochter an den Ringfinger der linken Hand. Liebevoll umschloss sie Quayes Hände mit den eigenen und sagte leise: »Mögest du die Liebe finden, die ihn eines Tages an die rechte Hand bringt.« Anschließend gab sie ihrer Tochter einen zarten Kuss auf die Wange. »Leb wohl, mein Mädchen.« Schwer atmend stand sie da. Im gleichen Augenblick trat der Seemann vor, um seinen neuen Besitz an sich zu nehmen, führte Quaye am Arm zum Wagen und half ihr hinauf, während ihre Eltern schweigend zusahen. Ohne ein weiteres Wort gab der Mann dem Pferd die Peitsche und fuhr mit ihrem Kind in die Dunkelheit davon. Im Nu hatten der feuchte Nebel und die Dunkelheit den Wagen verschluckt.

»A mhathair ta me norbh«, murmelte McGandley in die Nachtluft und drehte sich dann langsam mit gesenktem Kopf zu seiner Frau um. »Mutter, ich bin ein toter Mann.«

Quaye blickte nicht zurück, als der Wagen sie von ihrem Zuhause wegbrachte.

KAPITEL 2

HUNTER BELL

Fast drei Monate sind nun vergangen, seit ich nach Goldstrike gekommen bin. Es ist ein barbarischer Ort, erfüllt von Blutdurst und der Gier nach dem edlen Metall. In der letzten Woche habe ich miterlebt, wie ein Mann bei einem Barbier niedergeschossen wurde. Der Besitzer des Ladens fuhr unbeirrt fort, einen anderen Kunden einzuseifen.
Ich habe mir im Kartenspiel einiges Geschick angeeignet und ziehe jetzt ebenso rasch ein Ass, wie ich früher einen Spruch aus der Heiligen Schrift zu zitieren wusste. Die Karten sind profitabler als die Goldsuche und berechenbarer als Gott. Bei den Dummen ist mehr Gold zu holen als in all den Bergen hier, und es lässt sich um einiges leichter fördern.

Hunter Bells Tagebuch

Bergbausiedlung Goldstrike, West-Utah, 31. Mai 1857

Der Mann mit dem weißen Bart sandte ein stummes Stoßgebet gen Himmel, als die Karten gegeben wurden. Hunter Bell lächelte unmerklich. Die Männer, die einen Glücksbringer rieben, Verwünschungen aussprachen oder dem Gott des Glücks huldigten, waren ihm die liebsten. All das brandmarkte sie als leichte Beute – denn Poker ist kein Glücksspiel, sondern eine Sache der Geduld und des Geschicks. Selbst mit miserablen Karten würde er ihnen ihr Geld abnehmen können.

In seinem früheren Leben hatte Hunter Bell sonntags auf der Kanzel gestanden. Es war eine aus schön gemasertem Walnussholz geschnitzte Kanzel in einer kleinen, aber ehrbaren presbyterianischen Gemeinde von West Chester in der Nähe von Philadelphia gewesen. Und seine Abende hatte er in der zivilisierten Gesellschaft gleich gesinnter Prediger verbracht, Männern mit gepflegten Nägeln und gefettetem Haar. Sie hatten Tee getrunken oder sich aus Kristallgläsern einen Whisky genehmigt, während sie die Feinheiten des Evangeliums oder auch dessen schwerer verständliche Grundsätze diskutierten. Hier in dem von Petroleumlampen nur schwach beleuchteten Schankraum des Saloons »Bucket of Blood« leisteten Hunter nur noch billiger Fusel, Goldsucher mit finsteren Gesichtern, Spieler und billige Weiber Gesellschaft. Er hatte durchaus nicht vergessen, dass er einst in leidenschaftlichen Predigten Feuer und Schwefel über jene heraufbeschworen hatte, die ihre Abende mit dem Teufel Whisky beim Kartenspiel verbrachten. Aber jetzt war diese Lasterhöhle seine Kapelle, wo man ihn jeden Sonntag fand, um seinen Zehnten von seinen Mitbrüdern einzuziehen. Aus seiner ehemaligen Gemeinde hätte ihn ohnehin niemand wiedererkannt. Hunter trug sein Haar jetzt lang; es fiel ihm in gewellten, flachsblonden Locken bis auf die Schultern. Die einst gepflegten Hände waren nun narbig und schwielig. Der durchdringende Blick seiner Augen, die ehemals vor Verkündigungseifer gebrannt hatten, wurde etwas gemildert durch die vielen Fältchen ringsum, die Spuren zahlreicher Entbehrungen. Hunter wirkte deutlich älter als die vierunddreißig Jahre, die er tatsächlich zählte. Taille und Hüften waren schlanker und fester als früher, die Schultern breit und muskulös vom vielen Kies, den er in einen Schaukeltrog oder eine Erzlore geschaufelt hatte, wann immer das Kartenspiel nichts abzuwerfen vermochte.

Aber ebenso, wie er heute auf einer Kanzel fehl am Platz gewesen wäre, passte er mit seiner Erscheinung nicht an einen Spieltisch. Sein schwarzer Filzhut aus Biberhaar ließ eher auf einen Cowboy als einen Goldsucher schließen, und seine Sprache war zu gepflegt für beides. Er sprach gelegentlich schleppend, wie er es von den anderen hörte, und seine Zunge wurde von Jahr zu Jahr träger, aber das war doch nur eine ziemlich oberflächliche Anpassung an die unwirtliche Umgebung. Immer wieder rutschte ihm ein Wort heraus, das ihn als jemanden verriet, der eigentlich nicht zu diesen Männern mit den blasenüberzogenen Händen und den rauen Gesichtern gehörte.

In den Saloons von Goldstrike gab es keine Polizeistunde; zugemacht wurde, wenn es dem Wirt gefiel. Das Spiel, das am Abend begonnen worden war, zog sich bereits bis weit nach Mitternacht hin, denn die drei Männer, mit denen Hunter zusammen am Tisch saß, waren nicht willens, sich mit ihren Verlusten abzufinden. In ihrer Ausdauer wurden sie noch bestärkt durch Whisky und beträchtliche Einsätze. Sie würden spielen, bis sie entweder ihr Gold zurückgewonnen oder nichts mehr zu setzen hatten. Letzteres war eher anzunehmen, denn Hunter war es inzwischen gelungen, den größten Teil des Geldes der drei vor sich zu versammeln, und beinahe alles, was ihnen noch geblieben war, lag jetzt als Einsatz auf dem Tisch.

Der Mann gegenüber von Hunter hatte ein koboldhaftes Gesicht mit langem weißem Bart und fransigem Schnurrbart, der seitlich fast bis zu den Ohren abstand. Er war der Älteste am Tisch, fast sechzig, und hatte sein ganzes Leben lang dem Gold nachgejagt, in den Bergen und an den Spieltischen. Aber weder hier noch dort war er erfolgreich gewesen. Der große Mann rechts von Hunter hieß Thomas Cage. Er trug ein Hemd aus Hirschleder zur Jeans, die er sich in die Stiefel gesteckt hatte. Sein Haar war ebenso dünn und braun wie seine Augenbrauen, und aus dem Gestrüpp seines Bartes ragte eine Zigarre hervor. Das Gesicht war bereits von Trunkenheit gerötet. Der dritte Mann, Marcus, war ein besonders unansehnlicher Kalifornier mit großen Ohren und einer breiten Narbe quer über der Nasenwurzel; sie stammte von einem Messer, das ihn beinahe von seiner Nase befreit hätte. Er sprach nur wenig und verlor reichlich. Er war auf Cages Geheiß in das Spiel eingestiegen; gewöhnlich vertat er seine Zeit und seine Goldfunde an den Pharaotischen.

Eine mollige, schwarzhaarige Frau mit angemalten Augenbrauen lehnte sich an Hunters Stuhl und sah ihn mit hoffnungsvollem Blick an; die Summe Goldes, die sich bei ihm angesammelt hatte, erweckte ihr Interesse. Sie trug ein pinkfarbenes Tanzhallenkleid aus Satin, das inzwischen aber mehr wie ein Korsett aussah, da es nicht mit seiner Besitzerin in die Breite gegangen war und daher an manchen Stellen freizügiger wirkte als vorgesehen.

»Ich erhöhe um fünf Dollar«, sagte der alte Mann und warf eine Münze mitten auf den Spieltisch. Die anderen taten es ihm gleich – außer dem Kalifornier, der seine Karten zusammenschob und murmelte: »Für das, was ich heute verloren habe, hätte ich mir auch eine Frau kaufen können.«

»Aber nur eine blinde«, versetzte die Frau hinter Hunters Stuhl bissig.

Drei weitere Karten wurden offen gegeben. Cage nahm einen Schluck aus einem frisch eingeschenkten Glas Whisky, stellte das Glas wieder hin und wischte sich mit finsterer Miene die Lippen ab. »Das ist kaum genießbar.«

»Terpentingeist«, sagte der Kalifornier.

»Man sollte noch Geld dafür herausbekommen, dass man dieses Gift herunterwürgt.« Cage wandte sich an den alten Mann. »Wo ist Carter heute Abend? Es sieht ihm gar nicht ähnlich, ein Spiel auszulassen.«

»Der Schürferrat ist zusammengekommen wegen seiner Negergeschichten.«

Hunter wusste, wovon der alte Mann sprach. Eine Gruppe freier Neger war nach Goldstrike gekommen, hatte sich einen kleinen Claim abgesteckt und vor kurzem die Förderung aufgenommen. Als sich der bescheidene Erfolg der Schwarzen herumgesprochen hatte, war eine Rotte weißer Schürfer, angeführt von Carter, auf ihrem Claim erschienen und hatte sie mit gezogener Waffe davongejagt. In Goldstrike bestimmte der Schürferrat über das Bergbaurecht, und an dieses Tribunal hatten sich die Schwarzen in ihrer Not gewandt. Es war ein Schritt von zweifelhaftem Erfolg, denn der Rat bestand aus Weißen, die für die Missachtung der Rechte von Indianern und Chinesen bekannt waren und nicht selten selbst ihre Finger im Spiel hatten, wenn es um die unrechtmäßige Aneignung der Claims von Nichtweißen ging.

Cage lächelte. »Die verfluchten Neger sollten machen, dass sie fortkommen. Möchte wetten, dass Carter sie Mores lehrt.«

»Du glaubst nicht, dass ein Neger das gleiche Recht wie jeder andere hat, Gold zu finden?«, fragte Hunter.

Cage sah Hunter verwundert an. »Sie sollten gar nicht erst das Recht haben, einen Claim abzustecken. Als wenn diese Neger Menschen wären.«

Hunter schob einen niedrigen Stapel mit Münzen in die Mitte. »Ich erhöhe um fünf. Ich wusste gar nicht, dass sie keine Menschen sind.«

»In der Bibel steht, sie sind keine. Das gilt schon, seit Kain seinen Bruder erschlug.«

Hunter blickte von seinen Karten auf. »Der Gottgefällige hat seine Bibel von Gott. Der Dumme hat sie vom Teufel.«

Cage starrte Hunter immer noch an; er vermochte nicht zu entscheiden, ob er nun gerade ein Dummkopf genannt worden war oder nicht.

»Die Bibel heißt die Sklaverei nicht gut«, sagte Hunter. »Gott hat Kain zu dessen eigenem Schutz gezeichnet, nicht zu seiner Verdammung.«

Jetzt mischte der alte Mann sich ein. »Ein Neger ist als Sklave besser dran. Die Yanks in ihren Fabriken sind Sklaven, nur dass ihr Herr der Vorarbeiter ist und sie an einer Maschine stehen. Wenn sie alt oder krank werden, ist niemand da, der für sie sorgt. Sie werden einfach hinausgeworfen, und irgendjemand anders nimmt ihren Platz ein. Man könnte sie ebenso gut wie ein lahmes Pferd einfach töten. Die Neger auf den Plantagen hingegen haben es gut. Wenn sie alt werden, wird immer noch für sie gesorgt, selbst wenn sie zu nichts mehr taugen. Ich möchte mal sehen, wer mir noch einen Topf Bohnen gibt, wenn ich meine Tagesstrecke nicht mehr schaufeln kann.«

Cage sah Hunter interessiert an. »Woher kommst du?«

»Aus Brodie.«

»Du bist kein Mann aus Brodie. Wo bist du geboren?«

»Pennsylvania.«

»Dachte ich mir doch gleich, dass der wie ein Jonathan Yankee klingt«, sagte Cage zu den anderen.

»Wegen dieser Negergeschichte wird es Schwierigkeiten geben«, erklärte Hunter ernst. »Die Quittung dafür werden wir noch bekommen. Und vielleicht werden wir dafür mit unserem Leben bezahlen.«

Cage betrachtete seine Karten, trank einen Schluck, zündete sich eine weitere Zigarre an und wandte sich dann wieder seinen Mitspielern zu, als wäre er mit seinen Gedanken ganz woanders gewesen.

»Ich nehme noch eine Karte«, sagte Hunter.

Cage schob Hunter eine Karte zu und fragte: »Wieso weißt du überhaupt so viel über die Bibel?«

»Ich habe sie gelesen.«

»Für uns hier heißt das, dass du ein Prediger bist.«

»Ich war mal ein Prediger.«

Alle drei Männer sahen Hunter verächtlich an. Er hätte ebenso gut zugeben können, dass er versuchte, sich anderer Leute Claims anzueignen, oder dass er ein Rechtsanwalt war. All das wurde in Goldstrike gleichermaßen verachtet.

»Ich kannte mal einen frommen Mann«, warf der Kalifornier ein. »Hab ihn erschossen.«

»Das erklärt deine merkwürdige Ausdrucksweise«, sagte der alte Mann an Hunter gewandt. »Vielleicht hast du deshalb mehr Glück.«

»Vielleicht«, erwiderte Hunter.

»Vermutlich ist Goldstrike ein fruchtbarer Acker für einen Prediger«, sagte Cage. »Diebereien, wo man geht und steht. Bloß dass ein Goldsucher einen Prediger so dringend braucht wie eine Schlange einen Spazierstock.«

»Ich bin nicht hergekommen, um zu predigen. Ich bin wegen des Goldes hier.«

»Was ist denn das für ein Priester«, fragte der Kalifornier skeptisch, »der spielt und säuft?«

»Ein gefallener.«

»Ein Sohn der Verdammnis«, sagte Cage. »Zehn zum Mitgehen. Und fünf obendrauf.« Er warf eine Münze auf den Tisch. »So wie ich es sehe, stehen alle Priester mit dem Teufel im Bunde. Was wäre denn ein Prediger, wenn es keine Sünde gäbe?«

Ein Lächeln spielte um Hunters Lippen; dies war an dem langen Abend die erste Bemerkung, die ihn zumindest ein wenig amüsierte. »Ich halte deine fünf Dollar und erhöhe noch einmal um zehn.«

»Du bist jedenfalls anders als alle Prediger, denen ich je begegnet bin«, fuhr der Kalifornier fort. »Lass mal was aus der Bibel hören.«

»Halt die Klappe«, knurrte Cage. »Wir spielen Karten.« Er schüttelte über Hunters Einsatz den Kopf. »Du hast schon den ganzen Abend geblufft. Prediger oder nicht, ich habe noch nie jemanden erlebt, der so gut lügt wie du. Ich halte deine zehn und will sehen.«

Der alte Mann schob widerstrebend sein letztes Geld in die Mitte.

Hunter blickte von seinen Karten auf und lächelte den Kalifornier an. »Du richtest deine Augen auf Reichtum, und er ist nicht mehr da«, trug er einen Vers aus einem Psalm vor. »Denn er macht sich Flügel wie ein Adler und fliegt gen Himmel.« Dann deckte er seine Karten auf, drei Könige, und sah Cage an. »Hab schließlich doch noch ein ganz gutes Blatt zusammenbekommen.«

Der alte Mann warf seine Karten auf den Tisch, während Cage ein paar derbe Verwünschungen und Flüche ausstieß, die der Frau ein Lächeln entlockten. Hunter saß ruhig da, ließ die Flüche auf sich beruhen und vermied jede allzu schnelle Bewegung, während er die Einsätze einheimste. Er hatte einmal gesehen, wie die Hand eines übereifrigen Mannes mit einem Bowiemesser auf den Tisch geheftet worden war.

»Noch eine Runde, die Herren?«

»Nichts mehr übrig, was ich setzen könnte«, sagte der alte Mann und schob seinen Stuhl zurück. Der Kalifornier stand ebenfalls auf, nur Cage musterte weiter ungläubig Hunters Blatt. »Ich krieg einfach nicht raus, wie du betrügst.«

Hunter sah den Mann eindringlich an. »Nennst du mich einen Betrüger?«

Während die beiden Männer einander mit Blicken maßen, zogen der Alte und der Kalifornier sich von dem Tisch zurück. Der Wirt sah, worauf die Sache hinauslief, und griff nach der Schrotflinte, die hinter der Theke lag. »Dem Ersten, der hier drinnen einen Schuss abgibt, blase ich den Kopf von den Schultern.«

Der alte Mann trat einen Schritt vor und meinte an Cage gewandt: »Lass dich nicht mit einem Priester ein. Vor allem nicht mit einem Sohn der Verdammnis.«

Ohne den Blickkontakt zu unterbrechen, zog Hunter eine Lederbörse unter der Jacke hervor, strich seine Gewinne ein und steckte sich die prall gefüllte Börse in die Brusttasche seiner Jacke. Dabei ließ er mit Absicht die Derringer sehen, die er trug. Sich in Goldstrike unbewaffnet auf ein Kartenspiel einzulassen, das wäre der

Gipfel des Hochmuts gewesen. Dem einen oder anderen hätte es als Rechtfertigung, ihn zu töten, völlig ausgereicht.

»Bring ihnen allen noch einen Drink«, wies Hunter die Frau an und schob ihr zwei Münzen hin, die er auf dem Tisch hatte liegen lassen. »Irgendwas Besseres als Terpentin.«

Hunter stand auf, tippte sich, mit Blick auf die Frau, an den Hut und trat hinaus auf die Straße. Die kalte Nachtluft war erfüllt vom Lärmen der Zikaden. Sobald er draußen war, atmete er erleichtert aus. Er konnte zwar mit einer Pistole umgehen, war aber kein Meister auf diesem Gebiet und bisher noch nie ernsthaft auf die Probe gestellt worden. Und er verspürte nicht die geringste Lust, sein Leben von seinen Fähigkeiten als Schütze abhängig zu machen. Cage hatte er wegen dessen Bemerkung jedoch zur Rede stellen müssen, denn Schwäche zu zeigen hätte hier im Westen mit tödlicher Sicherheit zu einer Schießerei geführt.

Schließlich warf er noch einen Blick zurück zum Saloon, um sich zu vergewissern, dass er nicht verfolgt wurde, und machte sich dann auf den Weg nach Hause, in den Gasthof »Orleans«. Die nächtlichen Straßen waren ihm nicht unvertraut, da er nicht gut schlief und oft nachts im Mondlicht spazieren ging. Diese Neigung hatte er schon früher gehabt, aber hier in Goldstrike war es besonders schlimm. Er traute diesem Ort nicht. Seit er sich auf den Weg nach Westen gemacht hatte, war er in mehr als einem Dutzend solcher provisorischer Städte abgestiegen, hauptsächlich im pazifischen Nordwesten, und Goldstrike war unter all diesen Orten weder der mit den rauesten Sitten noch der dekadenteste – aber trotzdem machte diese Stadt ihm mehr Angst als alle anderen. Ein Leben war hier nicht viel wert, und wenn Morde anderswo häufiger vorkamen, dann nur aus dem Grund, weil es dort geschicktere Mörder gab. Das Gesetz hatte keine Macht in Goldstrike; es herrschte Lynchjustiz, und bei den seltenen Gelegenheiten, in denen ein Verfahren anberaumt wurde, fand es ohne jeglichen Rechtsbeistand statt. Wenn die Bürgerwehr einen Mann für schuldig hielt und er dank der Beredsamkeit eines Anwaltes freikam, hängte die Bürgerwehr für gewöhnlich an seiner Stelle den Anwalt oder befreite ihn zumindest von seiner Zunge. Es hatte nicht lange gedauert, bis der letzte Anwalt die Stadt verließ.

Hunter ging zu Fuß, weil er kein Pferd mehr besaß. Eines Morgens, drei Wochen nach seiner Ankunft in Goldstrike, hatte er sein Pferd, einen buttermilchfarbenen Palomino, tot vor dem Gasthof aufgefunden. Zeitlich war der Tod des Pferdes mit einer Serie von beträchtlichen Gewinnen am Spieltisch zusammengefallen, die Hunter erzielt hatte, und selbst wenn er es nicht beweisen konnte, vermutete er doch, dass das Tier vergiftet worden war. Eine solche Tat passte genau in das Bild, das er sich von Goldstrike gemacht hatte. Einen Mann zu töten war eine Sache – sich an einem Pferd zu vergreifen war schlicht und einfach schändlich.

Die Revolverpresse in Salt Lake City hatte Goldstrike als »Sodom West« bezeichnet, und Hunter war eines Tages der Gedanke gekommen, dass Gott sich wohl oder übel bei den ehemaligen Bewohnern sowohl von Sodom als auch von Gomorrha würde entschuldigen müssen, sollte er Goldstrike nicht bald zerstören.

Schließlich erreichte er das Gasthaus, das dunkel dalag, stieg die drei Stufen zur Veranda hinauf und trat ein. Im Speisesaal verbreitete eine heruntergebrannte Petroleumlampe nahe dem Eingang noch trübes Licht. Ein Schaukelstuhl stand darunter, in dem ein hübsches Mädchen mit dunkler Haut schlief, dessen langes schwarzes Haar fast bis zum Boden fiel. Isabel Gayarre war die Tochter des Gastwirtes Père Gayarre, eines äußerst reizbaren Cajun. Er ließ sich nur sehr selten blicken, und wenn er doch einmal in Erscheinung trat, machten die Menschen einen weiten Bogen um ihn.

Hunter ging neben ihr in die Hocke. »Isabel?«

Sie regte sich, ihre Augenlider zitterten und öffneten sich dann. Als sie ihn sah, lächelte sie. »Prediger, ist es schon Morgen?«

»Nein, es ist noch Nacht. Du solltest in deinem Bett sein.«

Er legte einen Arm um sie, um ihr aufzuhelfen; sie schmiegte sich an ihn und seufzte zufrieden, während er sie durch den Flur zu ihrem Zimmer führte. An der Schwelle blieb er stehen; er wollte nicht eintreten, weil ihr Vater sie sehen und seine Absicht missverstehen könnte. Sie drehte sich um und machte schläfrig Anstalten, ihn zu küssen, aber Hunter legte ihr einen Finger auf die Lippen.

»Gute Nacht, Isabel.«

Sie küsste seinen Finger und lächelte, als er hinter ihr die Tür schloss.

Hunter stieg die Treppe zu seinem eigenen Zimmer hinauf, das hinter der letzten Tür des Korridors lag. In der dunklen Kammer erwartete ihn ein Lärm wie in einem Sägewerk: Sieben Männer, allesamt Schürfer, schliefen hier; ihr ganzes Hab und Gut hatten sie unter ihrer Koje verstaut. Es war nicht ungewöhnlich, so viele Personen in einem Zimmer unterzubringen; Hunter hatte in einem Haus in Bend in Oregon übernachtet, wo zwölf Männer einen Raum und jeweils drei ein Bett belegt hatten. Ohne zu zögern, zog er seine Jacke aus und schob sich die Gewinne des Abends unters Hemd. Bevor er sich schlafen legte, setzte er seinen Hut ab. Die Mühe, seine Stiefel auszuziehen, ersparte er sich.

KAPITEL 3

ISABEL

Obwohl ich ihre Annäherungsversuche ständig zurückweise, ist die Tochter des Gastwirts mir sehr zugetan. Das Herz kann ein großer Verräter sein. Es taumelt blindlings in offensichtliche Gefahren und bewahrt uns hartnäckig vor dem, was wahrscheinlich das Beste für uns wäre.

Hunter Bells Tagebuch

Das Gasthaus »Orleans« – ein zweigeschossiger Bau mit Mansardendach und einem steinernen Kamin an beiden Giebelseiten – war eins von Goldstrikes ältesten Gebäuden. Die Wände bestanden aus grob gesägtem und gehobeltem Holz. Das Orleans galt als gehobeneres Gasthaus, mit Wachstuchdecken auf den Tischen und gutem Essbesteck. Es beherbergte ungefähr fünfzig Männer, die auch dort aßen, hauptsächlich Goldschürfer und Wanderarbeiter. Die Gäste wechselten häufig, und nach einem Monat sah man meist wieder neue Gesichter.

Der Besitzer, Père Gayarre, ein einarmiger Cajun von hitzigem Temperament, war schnell mit der Waffe bei der Hand. Ein hartes Leben und die Notwendigkeit, auf seine schöne Tochter Acht zu geben, hatten keineswegs dazu beigetragen, ihn im Alter milder werden zu lassen. Es heißt, »ein Cajun stirbt nicht, er trocknet aus«, und Gayarre mit seinem tief gefurchten Gesicht, grau wie ein alter Josuabaum, sah tatsächlich so aus, als sei er auf bestem Wege zu verdorren. Es gab Gerüchte, die besagten, dass er vor vielen Jahren zu den Banditen vom Natchez Trace gehört hatte, einer berüchtigten Bande, die einst die Sümpfe Louisianas unsicher gemacht hatte. Allerdings bestand keine Möglichkeit, diese Behauptung zu erhärten, denn er galt als sehr verschlossen und würde einen Mann eher begraben, als ihm zu vertrauen. Gayarre hatte eine Weile mit einer Schwarzen zusammengelebt, der seine schöne Tochter Isabel ihre kaffeefarbene Haut und die dunklen Augen verdankte; die Frau war jedoch gestorben, als Isabel noch klein war, und jetzt, mit siebzehn Jahren, hielt das Mädchen das Orleans ganz allein in Gang; sie kochte und sorgte für ihren Vater und für die Gäste.

Man sagte, Gayarre sei der beste Schütze weit und breit und habe niemals, soweit sich irgendjemand erinnern konnte, bei einer Schießerei den Kürzeren gezogen; allerdings wurde auch erzählt, dass er bei einer solchen Gelegenheit einmal einen Arm eingebüßt hatte. Das war in Tulsa gewesen, wo ein junger Viehdieb sich mit vorgehaltenem Revolver an Isabel herangemacht hatte. Als sie ihn zurückwies, schlug er sie und beschimpfte sie als Niggerbastard. Es war sein Pech, dass Gayarre sowohl in Hör- als auch in Schussweite war. Der Cajun verlor bei dem Zweikampf seinen Arm, der Viehdieb nahm beide Arme mit ins Grab.

Gayarre war ausgesprochen vernarrt in seine Tochter, und die Schürfer vergaßen das nie. Sein Ruf als Schütze stand dem seiner Tochter als Köchin in nichts nach, und wenn ein Schürfer neu ins Haus kam und bald einen ebenso großen Appetit auf die Köchin wie auf deren Gerichte entwickelte, dauerte es meist nicht lang, bis ihm ein Gast, der schon länger im Haus war, erklärte, wie die Dinge standen. Hunter war der einzige Mann in Goldstrike, der überhaupt ein wenig Zeit in Isabels Gesellschaft verbracht hatte, doch das ging auf ihre Initiative zurück, nicht auf seine.

Isabel hatte sich vom ersten Tag an, als Hunter ins Orleans gekommen war, für ihn interessiert. Er war ein Gentleman, aber kein Stutzer, sprach verhalten und höflich, und in seinen Augen war ein Leuchten wie von einer anderen Welt. Es war eine Welt, die sie sich nur in ihrer Fantasie ausmalen konnte und in die er sie, so stellte sie es sich manchmal vor, eines Tages mitnehmen würde.

Als sie bemerkte, dass er nachts ruhelos umherstreifte, war sie umso faszinierter von diesem rätselhaften Mann. Hunter war ein melancholischer Mensch und litt unter Schlaflosigkeit. In manchen Nächten saß er allein vor dem Steinpflaster des Kamins, eine Flasche in der Hand und ein Buch auf dem Schoß. Manchmal beobachtete Isabel ihn durch einen Spalt in der Tür ihres Schlafzimmers. Eines Nachts sah sie, wie das Feuer sich in seinen Augen spiegelte, und sie vermutete, dass er sich vielleicht nach einer verlorenen Liebe verzehrte. In dieser Nacht brachte sie ihm Tee und Honig und setzte sich neben ihn, ohne etwas zu sagen. Als er sie schließlich ansah, waren seine Augen traurig und feucht, und sie griff nach seiner Hand. Stumm saßen sie da, bis das Feuer heruntergebrannt war und Hunter allein in sein Zimmer ging. Das Buch, das auf seinem Schoß gelegen hatte, und das Bild, das zwischen dessen Seiten steckte, nahm er mit. Es war ein Gedichtband mit Sonetten und das Bild eines kleinen Mädchens. Am nächsten Morgen verloren sie kein Wort über die vergangene Nacht, aber seitdem schlief Isabel nicht mehr so gut wie zuvor und konnte ihm nicht ins Gesicht schauen, ohne von einem seltsamen Prickeln erfasst zu werden.

*

Als Hunter erwachte, war er allein im Zimmer; die anderen Männer waren schon in der Dämmerung aufgestanden und bei Sonnenaufgang fortgegangen, wie ihre Arbeitgeber es verlangten. Als er sich nun im Bett aufsetzte, spürte er die Tasche unter seinem Hemd und erinnerte sich wieder an seinen jüngsten Erfolg am Pokertisch. Er holte die Börse heraus und breitete ihren Inhalt auf der Koje aus. Da er seine Gewinne niemals am Spieltisch zählte, hatte er nur schätzen können, dass es etwa sechshundert Dollar sein mussten. Und jetzt stellte er fest, dass er sich nicht einmal um zehn Dollar verschätzt hatte. Noch ein solcher Gewinn, und er könnte nach

Arizona weiterziehen und von dort aus nach Texas oder Mexiko. Er hatte noch keine festen Pläne und wusste nur, dass er Goldstrike den Rücken kehren würde.

Nachdem er aufgestanden war, ließ er den Kopf einige Male kreisen, um seinen Nacken zu entspannen. Dann zog er die Hosenträger über die Schultern und ging die Treppe hinunter ins Erdgeschoss. Im Speisesaal war keine Menschenseele zu sehen, bis auf Isabel, die gerade mit einer von der Morgenarbeit beschmutzten Schürze aus der Küche kam. Es war spät geworden am vergangenen Abend, und sie schenkte ihm aus müden Augen ein scheues Lächeln. Dann strich sie das schwarze Haar aus dem Gesicht.

»Morgen, Prediger.«

Hunter tippte sich an den Hut. »Isabel.«

Sie huschte zurück in die Küche. Zum tausendsten Mal wurde ihm bewusst, wie schön sie war, aber er hatte den Gedanken ebenso schnell wieder verscheucht. Manchmal, wenn sein Widerstand durch Alkohol und Müdigkeit geschwächt war, fragte er sich, ob er sie nicht gewähren lassen sollte, so verzweifelt wünschte er sich jemanden, der seine quälende Einsamkeit linderte. Aber die Mauern, die er um sein Herz errichtet hatte, waren dick, und nicht einmal Alkohol und schöne braune Augen konnten sie durchdringen. Und vielleicht war nicht einmal er selbst dazu im Stande.

Hunter setzte sich an den Tisch, der vor dem Kamin stand, und Isabel kam kurz darauf mit seinem Frühstück zurück, einer Platte mit Broten in Bratensaft und ausgelassenem Speck und einem Blechbecher mit schwarzem Kaffee. Isabel wusste es stets so einzurichten, dass Hunter größere Portionen bekam als die anderen Gäste oder doch zumindest eine Extrascheibe Brot oder ein Brötchen, ohne dass er zusätzlich dafür bezahlen musste.

»Es war spät gestern Nacht. Du hattest wohl einen erfolgreichen Abend am Spieltisch.«

»Einen außerordentlich erfolgreichen Abend«, sagte Hunter. Er hielt ihr die Börse hin, die sie zusammen mit seinen übrigen Schätzen im Safe des Gasthauses verwahren würde. »Du solltest nicht aufbleiben und auf mich warten.«

»Ich mache mir Sorgen, Prediger.«

»Warum solltest du dir um mich Sorgen machen?«

»In Goldstrike ist ein Mann, der im Spiel zu viel Glück hat, meist nicht besonders beliebt. Und sein Leben währt nicht lange.« Er antwortete nicht, und sie blickte zum Fenster. »Es sieht so aus, als ob es Regen geben würde. Glaubst du, sie werden den Kampf verschieben?«

»Den Kampf?«

»Hast du die Anzeigen nicht gesehen?«

Er schüttelte den Kopf.

Isabel ging in die Küche und kam mit einem Blatt zurück, das sie Hunter reichte. Er las laut vor:

Kommt alle! Kommt alle!

Der berühmte Bär **SAMSON,** ein Bullentöter, trifft auf **DELILA,** den wildesten Mörder, der jemals aus Spanien kam. Delilas Hörner werden vor dem Kampf nicht stumpf gemacht, um Verletzungen zu vermeiden.

»Seit dieser Ankündigung reden die Leute über nichts anderes mehr.«

Er legte das Blatt auf den Tisch. »Es ist ein barbarischer Beweis der menschlichen Rohheit.«

Isabel lächelte. Hunter benutzte Wörter, die die anderen Schürfer nicht einmal kannten, und selbst seine Zurechtweisungen klangen in ihren Ohren wie Poesie.

»Sie haben für den Kampf extra eine Arena gebaut. Ich dachte, wir könnten vielleicht zusammen hingehen.«

Hunter sah sie an, und auf ihrem erwartungsvoll wirkenden Gesicht erschien sogleich ein hoffnungsvolles Lächeln. Im Ort herrschte Frauenmangel, und von den wenigen Frauen, die dort lebten, verdiente kaum eine einen zweiten Blick. Trotz der Gefahr, die Gayarres Temperament darstellte, würde kein Mann in Goldstrike ein solches Angebot ablehnen. Dennoch zögerte Hunter, als Isabel seine Hand berührte und ihn unverwandt ansah. »... oder wir könnten uns irgendwo anders treffen. Du könntest mir aus deinem Buch vorlesen.«

Hunter rückte seinen Hut zurecht, während er über den Vorschlag nachdachte. Schließlich fragte er: »Wann genau soll der Kampf stattfinden?«

»Um fünf.«

»Dann treffen wir uns fünf Minuten vor fünf in der Arena.«

Isabel wusste nicht, ob sie diese Antwort als Zurückweisung oder Zustimmung betrachten sollte, also lächelte sie einfach und ging dann zurück in die Küche. Hunter trank seinen Kaffee und machte sich auf den Weg zu seinem bescheidenen Claim.

KAPITEL 4

SAMSON UND DELILA

Heute hat mir jemand das Leben gerettet.

Hunter Bells Tagebuch

Goldstrike war in ausgelassener Volksfeststimmung. Fast die gesamte Einwohnerschaft des Goldgräberstädtchens hatte sich zu dem Kampf zwischen dem Bären und dem Bullen an einer provisorischen Arena mitten im Ort zusammengefunden. Zwar waren Hahnenkämpfe in den Saloons gang und gäbe und stellten in den meisten Spielhallen eine feste Einrichtung dar, aber ein Wettkampf dieser Größenordnung war etwas Außergewöhnliches und versetzte die Stadt in eine nie gekannte Erregung.

Die eigens hergerichtete Kampfbahn maß ungefähr zwanzig Meter im Durchmesser und war von dicken, drei Meter hohen Brettern eingefasst. Dahinter lagen die stufig angelegten Plätze für die Zuschauer. Eine kleine Schar Frauen – zum größten Teil aus dem Gewerbe – hatte sich an einer Seite des Ovals versammelt. Jede von ihnen hoffte, zum Schluss einen Freier für sich zu finden. Aber zunächst einmal warteten sie ebenso aufgeregt auf das bevorstehende Schauspiel wie alle anderen. Eine Blaskapelle, zu der sich einige Goldgräber von Goldstrike zusammengefunden hatten, quälte sich zum Johlen und Stampfen der erwartungsvollen Schürfer eine Darbietung von »The Star-Spangled Banner« ab.

Hunter zahlte fünfzig Cent Eintritt, stieg die Treppe zur Arena hinauf und sah sich nach Isabel um. Da er sie nirgends entdecken konnte, setzte er sich in die Nähe des Eingangs, um dort auf sie zu warten. Als er Platz nahm, sah er, dass ein Mann auf der anderen Seite der Kampfbahn mit dem Finger auf ihn zeigte, schenkte ihm aber weiter keine Beachtung. Diese Art von Aufmerksamkeit war ihm nicht neu, weder in Goldstrike noch in den anderen Orten im Westen, in denen er eine Weile geblieben war. Er hatte es versäumt, oder besser gesagt, sich geweigert, sich in die örtliche Gemeinschaft einzugliedern, und er wusste, dass die Leute im Städtchen besonders gern über ihn redeten. Es liegt nun mal in der menschlichen Natur, denjenigen zu misstrauen, die anders sind als man selbst, und diejenigen zu fürchten, die man nicht versteht.

Mitten in der Arena lag Samson, der berühmte Grizzlybär. Da seine Umgebung ihn verwirrte, hatte das Tier zuvor die Zaunbretter der Arena bearbeitet, damit aber nur erreicht, dass die Menge noch lauter höhnte und johlte. Davon nervös geworden, war es in die Mitte der Kampfbahn geschlendert und hatte sich dort niedergelegt. An der Hunter gegenüberliegenden Seite am Ende des Ovals wartete in einem Käfig der Zwölfhundert-Pfund-Stier Delila, der angeblich spanischer Herkunft war. Tatsächlich war das einzig Spanische, mit dem das Tier jemals in Berührung gekommen war, ein Rancharbeiter von der Baccaro-Ranch, der ihn am Vortag aus Provo in Utah hergebracht hatte.

Beim Crescendo der Blasmusik wurde die Tür des Käfigs geöffnet, und der durch seine lange Gefangenschaft erzürnte Bulle stürmte heraus, warf den Kopf hin und her und hielt Ausschau nach irgendetwas, an dem er sein Mütchen kühlen konnte. Beim Anblick des Bären schlug er mit den Hufen, sodass eine kleine Staubwolke aufgewirbelt wurde.

Der Bär hob gleichgültig den Kopf vom Boden, um den Bullen einen Augenblick anzusehen, und nahm dann seine vorherige Ruheposition auf der Seite wieder ein. Zur Freude der Menge senkte der Bulle den Kopf und ging auf den Bären los. Laut krachend stießen sie zusammen, der Bulle durchbohrte dem Bären die Brust und das überraschte Tier rollte auf den Rücken. Blitzschnell war der Bär auf seinen Tatzen und brüllte wild, aber sein Grollen wurde noch übertönt von den Anfeuerungsrufen des Publikums, dessen Blutdurst durch den Anblick des verletzten Bären, der aus seinen Brustwunden blutete, noch mehr geschürt wurde.

Stolz schritt der Bulle einmal rings um die Arena. Einige Männer beugten sich über die Absperrung, als er vorbeikam, und versuchten, ihn mit Flaschen oder ihren Hüten zu schlagen. Dann griff er zum zweiten Mal an. Diesmal bekam der Grizzly den Bullen zu fassen, warf ihn zu Boden und hielt das wütende Tier mit seinen mächtigen Pranken fest.

Der Kampf brachte die Menge zur Raserei, und Hunters Blick schweifte von den Tieren zu den Zuschauern. Vor allem die Frauen schien die Not des Bullen zu begeistern, und sie jauchzten und lachten so laut, als wollten sie die Männer noch übertrumpfen. Die Menschen sind doch die rohesten aller Geschöpfe, dachte Hunter, stand auf und ging wieder hinauf auf die höchste Stufe, um seine Suche nach Isabel fortzusetzen.

Plötzlich schrien die Zuschauer laut auf, als der Bulle sich dem Griff des Bären entwand und so weit von dem Grizzly fortstürmte, wie die Umzäunung es gestattete. Zur Bestürzung der Menge legte sich der Bulle dort nieder, und es schien, als sei ihm jeder Kampfesmut genommen. Der Bär schien ebenfalls kein Verlangen mehr nach einem Kräftemessen zu haben und setzte sich auf sein Hinterteil.

Die verstimmte Menge begann zu murren. Die Veranstalter mussten nun um ihre eigene Sicherheit fürchten und brachten den Waffenstillstand schnell zu einem Ende, indem sie den Bullen mit langen Speeren so lange anstachelten, bis er wieder auf die Füße sprang. Währenddessen bewarfen die Zuschauer, die dem Bären am nächsten waren, das arme Tier mit Flaschen und Steinen. Ein Mann schleuderte sogar seine Spitzhacke in die Arena.

Genau in diesem Augenblick tauchte Isabel hinter Hunter auf und berührte ihn an der Schulter. »Prediger.«

Hunter drehte sich um. Isabel war außer Atem, das Gesicht vor Angst verzerrt.

»Was ist los, Isabel?«

Sie nahm seine Hand. »Komm mit.«

Er folgte ihr die Treppe zur Arena hinunter, wo ein Pferd festgemacht war. »Ich habe beim Essen ein Gespräch mit angehört«, erklärte sie leise, aber mit angespannter Stimme. »Ein Mann sagte, du hättest beim Kartenspiel betrogen und die Bürgerwehr habe vor, es dir heimzuzahlen.«

Ihre Worte jagten ihm einen kalten Schauer über den Rücken. Die Bürgerwehr machte, was diese Dinge anbetraf, keine leeren Worte. Hunter war noch keine hundert Tage in der Stadt und hatte während dieser Zeit bereits sechs Lynchmorde durch das Komitee miterlebt.

»Kennst du den Mann?«

»Er war groß und meinte, er habe gestern Abend mir dir gepokert.«

»Cage«, sagte Hunter und verfluchte sich für seine Dummheit. Thomas Cage war, wie jeder wusste, der Vorsitzende von Goldstrikes Bürgerwehrkomitee. Die Bürgerwehr war in Goldstrike das Gesetz – Richter, Geschworener und Henker zugleich – und nur allzu oft bereit, das Recht zugunsten seiner Mitglieder zu beugen. Die Männer der Bürgerwehr hielten ihr Treiben nicht nur für rechtens, sondern erachteten es im Namen der Zivilisation für durchaus tugendhaft. Manchmal posierten sie sogar vor ihren Opfern für Gruppenfotos. Nach dem Tierkampf würden sie nach Blut dürsten.

»Er sagte, sie würden dich direkt draußen vor der Spielhalle baumeln lassen.«

»Hat er gesagt, wann?«

»Nach dem Kampf, wenn alle noch in aufgeheizter Stimmung sind und sie auf diese Weise schnell ein Aufgebot zusammenbekommen.«

Hunter warf einen Blick zurück auf die andere Seite der Arena zu den Männern, die ihn beobachtet hatten. Einer von ihnen schaute in seine Richtung.

»Nimm mein Pferd, Prediger. Ich habe dir deine Sachen zusammengepackt.«

»Mein Gold auch?«

»Alles, was ich für dich im Safe aufbewahrt habe.«

»Was ist mit meinen übrigen Sachen?«

»Ich habe alles zusammengepackt, was in deinem Zimmer war. Und etwas zu essen.«

Hunter blickte sie dankbar an. »Ich werde dir das Pferd bezahlen.« Er zählte fünfzig Dollar in Gold ab und hielt sie ihr hin. Sie nahm seine Hand und ließ sie nicht wieder los. In diesem Augenblick brüllte die Menge auf. Isabel warf einen Blick zur Arena und sah dann wieder Hunter an.

»Du beeilst dich besser, Prediger. Ich glaube nicht, dass der Bulle es noch lange machen wird.« Ihre Stimme brach, und er spürte, dass ihre Hand, die immer noch in der seinen lag, zitterte.

»Nimm mich mit, Prediger.«

»Das kann ich nicht, Isabel.«

Sie sah ihm in die Augen und holte tief Luft. »Lass mich ihre Stelle einnehmen.«

Er sah sie traurig an, ohne ein Wort zu sagen, und ihre Augen füllten sich mit Tränen. Sie zog ein Messer aus ihrem Korsett, glättete eine Strähne ihres schwarzen Haares, schnitt eine Locke ab und reichte sie ihm. Hunter schloss seine Hand darum, und Isabel wischte sich über die Augen.

»Leb wohl, Prediger.«

Hunter nahm sie in die Arme; sie drückte die Stirn gegen seine

Schulter und schob ihn dann behutsam von sich. »Es ist gefährlich hier. Du musst fort.«

Er ließ sie los, stieg die Treppe hinab, schwang sich aufs Pferd und tippte sich zum Abschied an den Hut.

»Ich werde dich nicht vergessen, Isabel.«

Sie konnte seinen Blick nicht ertragen und wandte sich schnell ab. Er gab dem Pferd die Sporen, und als er fort war, sagte sie leise: »Gott mit dir, Prediger.«

KAPITEL 5

FLUCHT

*Wieder bin ich aus einer Stadt geflohen. Mein Weg ist gefährlich:
Der Schlinge immer einen Schritt voraus und
dem Frieden einen Schritt hinterher.*

Hunter Bells Tagebuch

Der Himmel hatte sich bleigrau verfärbt. Es regnete noch nicht, aber zuckende Blitze zerrissen die zunehmende Dunkelheit, und Donnerschläge rollten durch das weite Wüstenbecken. Da Hunter befürchten musste, dass die Leute der Bürgerwehr sein Weggehen bemerkten, ritt er betont langsam in Richtung des »Orleans«, um keinen Verdacht zu erregen. Als er auf Höhe des Gasthauses von der Hauptstraße abbog, um hinter den Häusern der Hauptstraße weiterzureiten, sah er kurz über die Schulter. Anscheinend hatte niemand ihn gesehen. Dann fiel er in einen Galopp und ritt nach Osten, vorbei an den Hütten der Goldsucher.

Als er Goldstrike schließlich hinter sich gelassen hatte, wendete er das Pferd nach Süden und ritt parallel zu den Bergen. Die Vorberge mit ihren vielen dunklen Verstecken erschienen ihm die bessere Wahl zu sein als die Wüste, auch wenn er dort rascher vorankommen würde. Nach einem strammen Ritt von einer halben Stunde begann es leicht zu regnen. Das war Hunter durchaus recht. Zwar wies bisher noch nichts darauf hin, dass er verfolgt wurde, aber das war nur ein schwacher Trost. Zur Bürgerwehr gehörten gute Reiter und erfahrene Spurenleser mit Pferden, die schneller waren als Isabels braves Tier. Wenn er die Reiter sah, würde es wahrscheinlich schon zu spät sein. Im Regen war er allerdings schwerer aufzuspüren, und die Männer waren bei solch einem Wetter bestimmt nicht besonders versessen darauf, ihm zu folgen. Die Leidenschaft der Bürgerwehrleute war rasch erweckt, hielt aber meist nicht lange an; dass sie in einem Sturzregen so weit von Goldstrike fortritten, war nicht sehr wahrscheinlich. Sie würden lieber trocken in einem Saloon sitzen, ihre Füße an einem Feuer wärmen und ihren Gaumen mit einem Whisky verwöhnen. Ganz sicher konnte er sich dessen jedoch nicht sein, denn es war jetzt fast einen Monat lang in Goldstrike niemand mehr gelyncht worden. Manchmal staute sich in einer Gemeinde die Blutlust gewissermaßen auf; auf seinen Reisen hatte er erlebt, dass Männer, denen das eigentlich vorgesehene Opfer entwischt war, sich schließlich gegen einen der Ihren gewandt hatten, um ihren Blutdurst zu befriedigen.

Der Regen fiel jetzt beständig, prasselte auf Hunters Hut und tropfte vom Rand herab. Er nahm den Hut kurz ab, holte seinen Poncho aus dem Gepäck, zog ihn über den Kopf und setzte dann den Hut wieder auf. Dann ritt er näher an die Berge heran, um sich einen Platz für die Nacht zu suchen, der ihn nicht nur vor dem Regen und seinen Verfolgern schützen würde, sondern auch vor dem Indianerstamm, der hier angesiedelt war. Er befand sich inzwischen auf dem Gebiet der Gosiute, und wenn er sich dafür entscheiden sollte, die Bergkette zu überqueren, dann würde er jenseits des Kammes zumindest auf die indianischen Winterhütten aus Zedernrinde stoßen, wenn nicht auf deren Bewohner selbst. Der kleine Stamm der Gosiute war von den mächtigeren Shoshonen und Ute in dieses trostlose Wüstenbecken vertrieben worden. Mit der Zeit hatte sich daraus ein recht gemischtes Völkchen entwickelt, da die Gosiute auch Ausgestoßene anderer Stämme bei sich aufnahmen. Das Ödland der Wüste bot ihnen jedoch nur einen kargen Lebensunterhalt, und ihre Nahrung bestand hauptsächlich aus Schlangen, Eidechsen und den Wurzeln, die in der Wüste wuchsen; dazu gab es gelegentlich eine Schale Ameisensuppe. Zwar galten die Gosiute nicht als Furcht erregende Krieger, aber die Pferde und Güter, die

die Weißen mit in das Gebiet gebracht hatten, stellten für sie eine unwiderstehliche Versuchung dar. Daher hatten die Gosiute in den letzten Jahren immer häufiger weiße Siedlungen angegriffen, wie die Funde ihrer mit Schlangengift präparierten Pfeilspitzen zeigten.

Im vergangenen Winter hatte eine kleine Gruppe von Goldsuchern aus Goldstrike in dem Gebiet, durch das er jetzt ritt, Gold gefunden und unglücklicherweise einen Claim auf einer Grabstätte der Gosiute abgesteckt. Nachdem man vierzehn Tage lang nichts mehr von den Goldsuchern gehört hatte, wurde eine Patrouille der U. S.-Kavallerie ausgeschickt, doch die Männer fanden das Lager der Goldsucher verlassen vor; Spitzhacken, Schaufeln und Pfannen standen noch am Eingang des Stollens bereit, so als hätte das gesamte Lager beschlossen, einen kleinen Spaziergang zu machen, von dem es niemals zurückgekehrt war. Man hatte seither weder etwas von den Männern gehört noch ihre Leichen gefunden.

Einen Mann, der allein durch ihr Gebiet streifte, würden die Gosiute vielleicht nicht weiter beachten, aber sicher konnte man sich dessen nicht sein.

Während Hunter im Schatten der felsigen Vorberge ritt, erspähte er einen etwas größeren Spalt im Felsen. Er saß ab und führte sein Pferd zu der Felsspalte, die sich als Eingang zu einer kleinen Höhle erwies. Hunter ließ sich auf die Knie nieder und spähte in die Spalte, aber es war zu dunkel, um sich eine Vorstellung von der Tiefe der Höhle machen zu können. Er suchte sich einen Ast und stocherte damit auf dem Boden der Höhle herum, um festzustellen, ob sich Klapperschlangen darin versteckt hielten. Als er sich davon überzeugt hatte, dass die Höhle unbewohnt war, kroch er hinein. Der Hohlraum war gerade so groß, dass er sich ausstrecken konnte, aber wenigstens war er trocken; zudem hatte Hunter schon in kleineren Betten geschlafen. Er band das Pferd ein Stück von der Höhle entfernt an, schnallte den Sattel ab und breitete für sich die Satteldecke auf dem Boden der Höhle aus. Kurz nachdem er sein Nachtquartier bezogen hatte, nahm der Regen an Stärke zu, und die Berge warfen das Echo scharf krachender Donnerschläge zurück, gelegentlich gefolgt vom ängstlichen Wiehern des Pferdes. Der sintflutartige Regen rann über den Felsen und ergoss sich in einer Kaskade über den Höhleneingang, aber in Hunters Unterschlupf blieb es trocken. Er zog in der Dunkelheit die Knie an die Brust, schloss die Augen, nahm Isabels Haarlocke aus seiner Hemdtasche und rieb sie zwischen den Fingern. Erst jetzt, in dieser Felsenfestung, dachte er an Isabel und wünschte sich, nicht allein zu sein.

KAPITEL 6

DIE FRAU AUS WACHS

Der Traum sucht mich immer noch heim, sodass ich frühmorgens mit Tränen aufwache. Es ist wahr, dass es im Leben eines jeden Augenblicke gibt, die denkwürdiger sind als ganze Jahre. Aber diese Augenblicke sind gewöhnlich auch die, die man am liebsten vergessen würde.

Hunter Bells Tagebuch

Es war immer der gleiche Albtraum, der Hunter quälte. Er spielte zwar vor unterschiedlichen Kulissen, um sich so besser unerkannt in seine Träume einschleichen zu können, aber es war immer das gleiche Drama, die gleiche Frau, das gleiche tragische Ende.

In dieser Nacht entfaltete sich die Geschichte in einer zivilisierten Umgebung. In einem feinen, üppig möblierten Salon mit brokatbezogenen, rosshaargepolsterten Sofas und Sesseln. Auf einem runden Marmortisch stand eine Bronzestatue der Göttin Athene, auf einem Nussbaumtisch in einer Porzellanvase ein Bukett pfirsichfarbener Rosen. Es gab einen Kamin, in dem kein Feuer brannte, mit einem Kaminsims aus Rosenholz und Marmorplatten als Herdstein. Hunter fand es nicht weiter merkwürdig, dass das Zimmer keine Decke hatte und offen unter dem kalten Nachthimmel lag.

Hunters Gefährtin war eine schöne Frau mit vollen Lippen und einem zarten Gesicht. Sie sah ihn mit ihren mandelförmigen Augen eindringlich an. Ihre durchscheinende Haut war glatt und rein wie Porzellan, ihr sepiabraunes Haar wurde von einem elfenbeinernen Kamm zurückgehalten. Hunter und die Frau lagen zusammen auf einem Perserteppich. Die Frau fühlte sich warm und weich an; ihre Gesellschaft beruhigte Hunters verwirrten Geist, sodass er nicht denken konnte – aber er wollte auch gar nicht denken, sondern nur ihre Gegenwart spüren.

»Ich habe dich so vermisst«, flüsterte sie ihm mit belegter Stimme ins Ohr und rieb die weiche Wange an seiner. »Es ist kalt, mein Lieber. Nimm mich fest in die Arme.«

Während Hunter sich an die Frau schmiegte, seufzte sie zufrieden – ein Laut, der in seinen Ohren wie eine Hymne klang. Plötzlich spürte er etwas Warmes in seinem Rücken.

»Die Sonne ...«, sagte die Frau. Während sie sprach, zerriss das erste Licht der Dämmerung die dunklen Schleier der Nacht. Er wusste nicht genau, was sie meinte, aber ihm gefiel der Tonfall nicht, in dem sie es gesagt hatte.

»... ich werde mit der Sonne fortgehen, Liebling«, fuhr sie fort, drückte sich an ihn und küsste seinen Hals. Er sah, wie sie blass wurde und dann durchscheinend wie Wachs.

»Nein. Du darfst mich nicht verlassen.«

Ihre bleichen Lippen bewegten sich. »Aber ich muss, das weißt du.«

Er hielt sie noch fester. »Bitte, verlass mich nicht noch einmal.«

Sie schien sich in das Unvermeidliche zu fügen. »Hunter, es fängt wieder an ...«

Er versuchte, sich schützend über die Frau zu breiten, um sie gegen die tödlichen Strahlen der Sonne zu beschirmen, aber ihre Haut wurde in der Wärme der Dämmerung feucht.

»... es tut mir Leid, mein Geliebter.«

Eine Träne rann ihr die Wange hinunter wie Wachs an einer Kerze. Ihre Augen wurden so flüssig wie die Tränen, die darin schwammen, und dann begannen sie ebenfalls zu schmelzen, immer schneller, bis sie innerhalb weniger Augenblicke ganz verschwunden war. Leise schluchzend richtete er sich schließlich auf dem Teppich auf, der nun durchtränkt war von dem Wachs, in das sich seine Geliebte verwandelt hatte. Unter ihm zurückgeblieben war lediglich ein schattenartiger Abdruck, wo sie gelegen hatte, und ein goldener Ring. Plötzlich wurde die Luft zerrissen von dem Schreien eines Babys. Er hob den Ring auf, schloss seine Faust fest darum, sah in die Sonne und schrie.

KAPITEL 7

DAS HAUS GOTTES

Ich bin von Goldstrike aus zwei Tage lang durch die Einsamkeit der Wüste Utahs geritten. Es erscheint mir eigentümlich, dass ich hier in der Abgeschiedenheit der Wüste weniger allein bin als im Getriebe von Goldstrike. Einsamkeit wird oft durch die Gesellschaft anderer noch verstärkt.

Hunter Bells Tagebuch

Hunter erwachte vom Echo seines eigenen Schreis. Der Nachtwind hatte die Wolken am Himmel vertrieben, und die Sonne schien nun von Osten in seinen Felsspalt und überzog die Rückwand seiner Höhle mit ihren gebrochenen Strahlen. Seine Augen waren tränennass. Er griff an die Kette, die er um den Hals trug, und streichelte den goldenen Ring daran. Diese Geste war eine Art Ritual, aber wie die meisten Rituale war auch dieses irgendwann zu einer Angewohnheit geworden. Nach einer Weile zwängte er sich aus der Höhle und ließ seinen Blick über die Wüstenlandschaft bis zum östlichen Horizont schweifen, wo die Wasatch-Berge das Tal des Salzsees wie ein steinerner Bogen umfassten. Er versuchte auszumachen, wie weit er nach Süden geritten war.

Bei seinem überstürzten Aufbruch in Goldstrike hatte Hunter weniger über sein Ziel nachgedacht als über den Ort, von dem er floh. Sein ganzes Leben lang war es so gewesen. Auf der Flucht nach Westen hatte er alles hinter sich gelassen; alles, außer der Erinnerung, der er nicht entkommen konnte.

Vor vier Jahren hatte Hunter Pennsylvania den Rücken gekehrt, um so viel Abstand wie nur möglich zwischen sich und sein früheres Leben zu legen. So war er zur Westküste Amerikas aufgebrochen, hatte sich auf die Suche nach Gold statt nach Gott gemacht und nur die wenigen Dinge mitgenommen, von denen er sich nicht trennen konnte: einen Gedichtband, sein Tagebuch und genügend Proviant, um für den Anfang überleben zu können. Er hatte den Weg über Land gewählt und sich einem Wagentreck angeschlossen, der von Ohio aus die Kalifornien-Oregon-Route nahm. Auf seiner Reise hatte er von den traurigen Gestalten, die in entgegengesetzter Richtung unterwegs waren, die Wahrheit über den Goldrausch erfahren.

Der Traum der Goldsucher war längst zerbrochen; dahin war alle Hoffnung, für einige Jahre in den Westen zu gehen und dann im Triumph als reicher Mann zu Frau und Familie heimzukehren. Die Vorstellung von dem leicht verdienten Gold, das in Fluss und Bachbetten zu Tage lag und nur aufgelesen oder ausgewaschen werden musste, gehörte längst der Vergangenheit an. Inzwischen konnte ein auf sich gestellter Schürfer nicht einmal mehr darauf rechnen, genug Erz zusammenzuklauben, um sich von dem Erlös den Magen mit Bohnen füllen zu können. Die Männer gerieten in Streitigkeiten und ließen wegen kleiner Parzellen ausgeräumten Landes ihr Leben, und obwohl die Zeitungen weiterhin vom kalifornischen Gold schrieben, waren die Einzigen, die dort reich wurden, die Kaufleute.

Nach und nach schlossen sich die einzelnen Schürfer zu Berggewerkschaften zusammen, um die Flussbetten effizienter ausbeuten zu können und ihre immer bescheideneren Funde vor der wachsenden Anzahl von Banditen zu beschützen. Aber inzwischen ging auch die Zeit dieser Genossenschaften ihrem Ende zu, denn große, kapitalstarke Unternehmen mit Wasserspritzen und Baggern hielten im Land Einzug. Die Bergleute waren nicht länger als Goldsucher tätig, sondern verdingten sich als Arbeiter bei großen Unternehmen aus dem Osten, deren Eigentümer niemals den Westen gesehen oder dessen Schmutz unter ihren Fingernägeln gehabt hatten.

Selbstmord war weit verbreitet. Wo früher keine Gefängnisse nötig gewesen waren, fand man die Zellen nun überbelegt, und der Tod durch den Strick war ein so alltägliches Ereignis geworden, dass teilweise selbst die Opfer der Lynchjustiz ihr Schicksal gleichgültig hinzunehmen schienen. Viele der Männer, die keine Gelegenheit mehr hatten, mit der Schaufel ihr Glück zu machen, suchten es nun am Spieltisch. Immer mehr Männer wollten auf diese Weise schnell ihr Geld machen, vor allem diejenigen, die es sich am wenigsten leisten konnten. Hunter, der früher nie etwas anderes als eine Partie Bridge unter Gentlemen gespielt hatte, lernte die Regeln und Feinheiten des Pokerspiels und fand schnell heraus, dass seine theologische Ausbildung und Praxis ihm die wichtigsten Tugenden des erfolgreichen Kartenspielers vermittelt hatten – Geduld und Disziplin.

Außerdem besaß er etwas, das man nicht lernen konnte. Der Leiter des theologischen Seminars in Princeton, an dem Hunter studiert hatte, hatte einmal erstaunt festgestellt, dass sein Student über die Gabe der Menschenkenntnis verfügte – die Fähigkeit, echt und unecht, wahr und falsch bei seinen Mitmenschen zu unterscheiden. Ob es nun eine Gabe des Heiligen Geistes war oder etwas anderes, jedenfalls war dieses Talent für einen Spieler unbezahlbar, und in den vier Jahren, seit Hunter sein Pfarramt aufgegeben hatte, war er an den Spieltischen reich geworden. Er nahm den Goldschürfern ab, was diese mühsam aus der Erde gekratzt hatten.

Hunter führte ein unstetes Leben, wie es alle erfolgreichen Spieler tun müssen, und blieb nur so lange an einem Ort, bis die Goldschürfer begannen, das Spiel mit ihm zu meiden, oder bis sie zu dem Schluss kamen, dass er betrog und sie ihn zu lynchen drohten. Auf diese Weise war Hunter durch Oregon nach Süden gezogen, vom Tal des Rouge River bis hin nach San Francisco, wo er ein ganzes Jahr blieb und an den Spieltischen reich wurde, um dann an einem einzigen Tage durch einen Bankraub alles wieder zu verlieren.

Noch im gleichen Monat machte die Nachricht die Runde, dass in Arizona die spanischen Minen wiederentdeckt worden seien und es in den Flüssen Oregons ebenso viel Silber wie Lachse gebe. Hunter hatte zu viel gesehen, um dem Gerücht von diesen Funden Glauben zu schenken, aber er wusste, dass viele andere es tun würden. Die Männer, nicht das Metall, waren das, was ihn anzog. Jeder, der so leichtgläubig war, anzunehmen, dass ihn am Ende seines Weges Reichtum erwartete, glaubte wahrscheinlich auch, dass er sein Glück am Spieltisch machen konnte. Als er auf dem Weg nach Arizona durch Nevada kam, hörte Hunter von dem aufblühenden Goldgräberstädtchen Goldstrike in der Wüste von Utah und beschloss, den Spieltischen dort einen Besuch abzustatten.

Das Erste, was Hunter bei seiner Ankunft in Goldstrike sah, war ein Mann, der an einer ausladenden Platane baumelte – ein böses Omen, wie er fand. Schon an diesem Tag nahm er sich vor, Goldstrike so schnell wie möglich wieder den Rücken zu kehren; zuvor wollte er aber so viel Gold wie möglich gewinnen, damit sich der Abstecher auch gelohnt haben würde. Beim Spiel folgte Hunter gewissenhaft einer einfachen Strategie: öfter verlieren als gewinnen, aber kleine Beträge verlieren und große gewinnen, sodass sich die Gewinne summierten – denn man kann ein Schaf oft scheren, ihm aber nur einmal das Fell abziehen. Nach drei Monaten in Goldstrike befand er, dass die Zeit gekommen sei – für ein Schlachtfest mit Wolle, Blut und Knochen –, und danach wollte er so schnell wie möglich verschwinden. Die Bürgerwehrleute hatten seinen Abschied nur beschleunigt.

*

Hunter sah sich den Proviant an, den Isabel ihm zusammengepackt hatte. Es war hauptsächlich Trockenfleisch vom Büffel und Schiffszwieback, und er stellte fest, dass sie ihm so viel mitgegeben hatte, dass es für sie beide gereicht hätte. Der Gedanke daran, dass er sie hatte zurückweisen müssen nach all dem, was sie für ihn getan hatte, schmerzte ihn. Abgesehen davon, dass er Wasser brauchte, konnte er mit dem Proviant mehr als eine Woche lang auskommen. Aber Wasser war immer das Problem. Er hatte nur noch eine halbe Feldflasche voll, einen knappen Liter, und wusste nicht, wo er auf dem Ritt nach Süden durch das mittlere Utah Wasser finden würde. Er war auf dem Weg in ein unwirtliches Land mit großen, weißen Salzflächen, in dem unzählige ausgebleichte Tierknochen lagen. Hier waren viele verdurstet, die Zungen schwarz und geschwollen. Das war die Strafe der Wüste für diejenigen, die sie unvorbereitet durchquerten. Trotzdem schafften die Gosiute es, in diesem Land zu überleben. Er würde bis zum Anbruch der Nacht ihre Wasserstelle finden müssen.

Hunter schwang sich aufs Pferd und ritt weiter am Fuß der Oquirrh-Berge in das öde Bingham-Becken hinein. Am Mittag hatte er sein Wasser verbraucht, litt unter der prallen Sonne und wünschte sich nichts sehnlicher als Wolken und einen kräftigen Regen. Er lutschte an einem kleinen Stein, damit sein Mund feucht blieb. Als die Sonne langsam hinter den Bergen versank, kam ein starker Westwind auf und fuhr mit so ungewöhnlicher Heftigkeit gegen die Berge und in die Bäume, dass es klang, als brächen sich Wellen an einem Sandstrand.

Hoch über ihm auf einer Felsterrasse, die durch eine Reihe von Nadelbäumen beinahe verdeckt war, erspähte er etwas, das sich im Wind wiegte: Teichbinsen, deren Köpfe über den Rand des granitenen Felssims hinausragten. Er lenkte sein Pferd zu dem Felssims hinauf, band es dort an einen Baum und kletterte den Fels bis zu der Terrasse hinauf, wo sich eine Quelle aus dem Berg ergoss. Bäuchlings schob er sich bis zum Bachbett vor und kostete das Wasser aus seinen zusammengelegten Händen. Es war süß und klar, und Hunter tauchte den Kopf hinein, bis er wieder Atem holen musste. Er trank, bis sein Bauch voll war, und ließ sich dann auf das glatte Steinsims sinken wie eine große Eidechse, schloss die Augen und lauschte dem Gluckern des Wassers.

Nach einigen Minuten rollte er sich herum, kletterte den Felsen wieder hinab und führte sein Pferd zu einer tiefer gelegenen sumpfigen Stelle, wo es das Rinnsal erreichen konnte. Während das Pferd trank, suchte er die Gegend nach einem geeigneten Lagerplatz ab.

Doch in der näheren Umgebung gab es weder eine Höhle noch einen Felsvorsprung, der ihm Schutz hätte bieten können; daher gab er die Suche auf, zumal es auch nicht nach Regen aussah, und sammelte etwas Holz – totes Holz zum Feuermachen und Kiefernäste für ein Lager unter freiem Himmel. Dann machte er sich mit seiner Büchse auf die Pirsch und hatte knapp eine Stunde später einen Hasen erlegt. Er war nicht wählerisch und schlicht dankbar für das frische Fleisch, mit dem er an seinen Lagerplatz zurückkehrte. Mit Feuerstein, einem Stein und Holzspänen entfachte er ein Feuer, auf das er nach und nach größere Späne, Zweige und Äste legte, bis es schließlich lichterloh brannte. Dann machte er sich an die Vorbereitung des Hasen, quetschte dessen Eingeweide mit der Faust zusammen, bis die zarte Bauchhaut riss. Er häutete das Tier, kratzte mit der Klinge seines Messers die Eingeweide heraus und spießte das Ganze auf einen geraden Ast, der als provisorischer Bratspieß diente. Seine Zeit im Westen hatte ihn zu überleben gelehrt. Um nicht zu verhungern, hatte er oft Dinge gegessen, die er in seinem früheren Leben niemals als für seinen Speisezettel geeignet angesehen haben würde, beispielsweise Hunde und Waschbären.

Während das Fleisch garte, tropfte der Saft ins Feuer und zischte in den Flammen. Eine von Isabels Maisbrotschnitten hätte sicher gut zu dem Braten gepasst. Ein wenig wehmütig dachte er an die junge Frau, deren Gesellschaft ihm nun sehr angenehm gewesen wäre. Ein Vers aus der Genesis kam ihm in den Sinn. *Es ist nicht gut, dass der Mensch allein sei.* Er fragte sich, ob die Mauern, die sein Herz umgaben, schließlich doch brüchig wurden, und was passieren würde, sollten sie eines Tages in sich zusammenfallen. Dann jedoch kam er zu dem Schluss, dass er nur einsam war. Es war ein Leichtes, sich vorzustellen, wie man von einem Felsen in einen See sprang, das hatte er bei den Mexikanern gesehen. Aber es war etwas ganz anderes, wenn man tatsächlich mehr als zwanzig Meter über der Wasseroberfläche stand, hinabblickte und wirklich springen sollte, das hatte er selbst erfahren.

Er umfasste beide Enden des Holzstocks, nahm den Hasen vom Feuer und riss mit den Zähnen große Stücke des saftigen Fleisches von den Knochen. Es schmeckte besser, als er erwartet hatte. Zudem war er froh, einen so guten Lagerplatz gefunden zu haben, und überlegte, ob er vielleicht eine Weile bleiben und wie ein Trapper von dem leben sollte, was das Land hergab. Er hatte solche Männer auf seinen Reisen kennen gelernt, gekleidet in Rehleder mit langen Fransen und mit Pelzmützen aus dem abgehäuteten Kadaver von Kojoten oder Füchsen, Männer, die ihr Leben in einem selbst auferlegten Exil zubrachten. Er hatte sich gefragt, ob er dazu ebenfalls in der Lage wäre. Aber je mehr er darüber nachgedacht hatte, desto weniger reizvoll war ihm ein solches Leben erschienen. »Hunter«, Jäger, war nur ein Name und verriet nichts über die Eigenschaften und Fähigkeiten seines Trägers. Zumindest nichts über seine, Hunter Bells. Obwohl er im Augenblick nicht danach aussah, war er in stärkerem Maße ein Produkt der Zivilisation als der Wildnis. Nach seinem Geschmack sollte beim Essen der Gaumen die erste Rolle spielen und nicht die Hände.

Als es Nacht wurde, zog er einen dicken Ast aufs Feuer und ließ es prasseln, während er sich die Sterne ansah, den Großen und den Kleinen Bären, Pegasus und den Pfeil des Schützen. Er dachte daran, wie es gewesen war, als er sie unter dem freien Sternenhimmel in den Armen gehalten hatte. Damals war alles anders gewesen. Die Sterne hatten eine andere Bedeutung gehabt, waren noch nicht die zornigen Augen Gottes, die millionenfach auf ihn herabstarrten. Mit diesem Gedanken schlief er ein.

KAPITEL 8

EUREKA

Ich habe in einem Bachbett Gold entdeckt. Es ist dort so reichlich zu haben wie die Sünde in Goldstrike. Bisher sehe ich es weder als Segen noch als Fluch an. Das wird die Zeit erweisen. Gold ist ein fähiger Diener, aber ein grausamer Herr.

Hunter Bells Tagebuch

Hunter war früh auf den Beinen; er hoffte, bis Mittag ein gutes Stück Weges vorangekommen zu sein, sodass er eine Siesta halten konnte. Nach Möglichkeit wollte er vermeiden, den heißen Teil des Tages ebenfalls auf dem Pferd zuzubringen. Er ging noch einmal zu dem Bächlein und trank, bis er keinen Durst mehr hatte, füllte dann seinen Wasserschlauch, seine Feldflasche und alles andere, was als Wasserbehälter irgendwie geeignet war. Es war ein großes Glück gewesen, die Quelle zu finden, aber darauf durfte er nicht zweimal hoffen. Vielleicht lag die nächste Wasserquelle oder Siedlung zwei bis drei Tagesritte oder mehr entfernt.

Gerade als er seinen letzten Behälter gefüllt hatte, fiel ihm etwas auf, das er im trüben Licht des vergangenen Abends nicht bemerkt hatte. Das an den Ufern des Baches überschwemmte Erdreich war übersät mit gelben Schuppen. Er griff hinein und schöpfte mit der Hand ein wenig von dem gesprenkelten schwarzen Schlamm heraus. Die blassgelben Steinchen darin sahen tatsächlich wie Gold aus. Einen Augenblick lang beschleunigte sich sein Herzschlag, dann aber machte ihn seine eigene Leichtgläubigkeit lächeln. Es war einfach zu viel, als dass es Gold sein konnte. Er hatte oft Tage gebraucht, um einer Tonne Kiessand einen Fingerhut voll von dem edlen Metall abzuringen, und hier sollte das gelbe Erz überall herumliegen, als hätte ein Juwelier es aus seinem Beutel geschüttelt?

Er nahm eines der größeren Nuggets zwischen Daumen und Zeigefinger, um es genauer zu betrachten. Dann suchte er sich zwei glatte Steine aus dem Bach, legte das Nugget auf den flacheren der beiden und bearbeitete es mit dem anderen. Zu seiner Überraschung gelang es ihm, den gelben Stein mit seinen Schlägen flach zu klopfen. Hunter ließ ihn zusammen mit den anderen in seinen Hut gleiten und griff mit beiden Händen erneut in das Bachbett, um noch mehr von dem Schlamm zu schöpfen. Diesmal enthielt er noch größere Nuggets. Davon ermutigt, begann er mit seinem Messer in der weichen Erde zu graben. Nach einer Weile fand Hunter das größte Nugget, das er gesehen hatte, seit er in den Westen gekommen war. Er schätzte es auf zwanzig Unzen oder mehr.

Hunter arbeitete den ganzen Tag, ohne auch nur einen Bissen zu essen, so beherrschte ihn der Hunger nach Gold. Bis zum frühen Abend hatte er seinen Filzhut halb mit purem Gold gefüllt. Als es Nacht wurde, machte er ein Feuer und aß ein paar Streifen Trockenfleisch zu dem geschmacklosen Schiffszwieback. Erst jetzt bemerkte er, wie sehr ihn Rücken und Schultern schmerzten.

Die nächsten beiden Tage grub Hunter mit den Händen und dem Messer und brachte eine Hand voll goldgesprenkelter Erde nach der anderen zum Vorschein. Eine Pfanne oder Schaufel oder irgendetwas anderes von der Schürfausrüstung, die er bei seiner Flucht zurückgelassen hatte, wäre ihm nun hochwillkommen gewesen. Aber der Fund war so reich, dass er sich nicht beklagen wollte. Stattdessen füllte er das Gold aus seinem Hut in einen Rehlederbeutel und schnitt sich den Hut dann so zurecht, dass er ihn als Pfanne gebrauchen konnte, da ihm zu viel Gold durch die Finger rann, wenn er den Schlamm nur mit den bloßen Händen filterte.

Am Vormittag des vierten Tages hatte Hunter seinen Beutel und eine leere Whiskyflasche mit Gold gefüllt, und immer noch schien das Metall in endloser Menge vorhanden zu sein. Er fragte sich, warum er eigentlich so fieberhaft grub. Das Gold lag seit Jahrtausenden an diesem Ort und würde wahrscheinlich nicht so schnell verschwinden. Zunächst einmal sollte er sich einen Claim abstecken und diesen dann anmelden, sich eine vernünftige Ausrüstung besorgen und dann mit mehr Effizienz wieder an die Arbeit gehen. Das nächste Scheideamt, das es neben dem in Goldstrike gab, befand sich in der Stadt am großen Salzsee. Bis dorthin waren es anderthalb Tagesritte.

Hunter ritzte seine Initialen in die Rinde einer Nusskiefer und ging von dort aus dreißig Schritt genau nach Osten. Dort grub er ein Loch und versteckte darin einen Teil seines Goldes – für den Fall, dass er unterwegs Indianern oder Banditen begegnete. Alles Übrige wollte er in seiner Kleidung und in seinen Satteltaschen mitnehmen. Dann suchte er sich in der Nähe die größten Steine, die er gerade noch tragen konnte, und errichtete an allen vier Ecken des Landes, das er als seinen Claim beanspruchte, einen Steinhaufen, aus dem jeweils ein dicker Eichenast hervorragte.

Schließlich sattelte Hunter sein Pferd, entfernte sich ein Stück vom Ort seines großen Fundes und prägte sich das Bild der Landschaft ein, die Silhouette der Gipfel und markante Zeichen auf den Bergen im Hintergrund. Im Westen waren die Geschichten von nicht wiedergefundenen Goldminen Legion. Obwohl er wusste, dass viele davon zweifelhaft waren, traf das nicht auf alle zu, und er hatte Goldsucher getroffen, die ihr ganzes Leben einem Fund nachjagten, den sie nur einmal gesehen hatten. Während er seinen Blick über das Land schweifen ließ, verkündete er plötzlich mit lauter Stimme, als habe er eine unsichtbare Gemeinde vor sich: »Ich taufe dich auf den Namen Belltown.« Seine Stimme, die von dem trockenen Wüstenwind hinweggetragen wurde, hallte von den Vorbergen wider. Noch einmal blickte er sich in der öden, trostlosen Wildnis um. »Nein«, sagte er leise. »Hier muss Gott nahe sein. Ich werde den Ort Bethel nennen.«

Dann brach er auf nach Salt Lake City, nach Westen durch die Wüste.

KAPITEL 9

DIE STADT AM GROSSEN SALZSEE

Nach dem Anderthalbtageritt von Bethel zur Stadt am großen Salzsee bot ich den Leuten dort ein ganz besonderes Schauspiel: Ich belud mir einen Wagen mit so vielen Vorräten, als sollten sie bis zum Jüngsten Gericht reichen. Das ist niemandem entgangen, sodass ich zweifellos das Vergnügen der Gesellschaft einiger weiterer Goldsucher haben werde, wenn ich wieder in Bethel bin. Ebenso sicher, wie der Erfolg einen Menschen zerstört, ruft er Nachahmer auf den Plan.

Hunter Bells Tagebuch

Great Salt Lake City war Mitte des neunzehnten Jahrhunderts eine geschäftige Stadt mit mehr als neuntausend Einwohnern, hauptsächlich mormonischen Zionisten, die von Brigham Young nach Westen geführt worden waren, und Soldaten, die der Kongress ausgesandt hatte, um ein wachsames Auge auf Youngs Leute zu werfen. Die Pioniere der Mormonen – ein Zug von fünfundsiebzig Personen mit Handkarren – hatten noch mehr als hundert Tage gebraucht, um von Missouri aus das Tal zu erreichen, aber seither waren die Wege sehr viel besser geworden, und eine Postkutsche mit starken Pferden und einem guten Kutscher konnte die Fahrt inzwischen in knapp zwei Wochen machen. Die Stadt war mittlerweile sowohl zu einer regelmäßigen Zwischenstation als auch zu einem Endziel der Wanderung nach Westen geworden. In kürzester Zeit hatten sich auf diese Weise immer mehr Menschen in der Stadt niedergelassen und dort einen pulsierenden Handelsbezirk mit Banken und Hotels, mit Möbelgeschäften, Ställen, Restaurants, Saloons, Textil- und Kurzwarengeschäften entstehen lassen.

Hunter hatte in der Wüste übernachtet und erreichte sein Ziel kurz vor Mittag. Er hatte viele Geschichten über die Stadt am großen Salzsee und vor allem über deren Einwohner gehört, fand den Ort aber größer und zivilisierter, als er nach den Erzählungen angenommen hatte.

Der Ritt hatte ihn müde und hungrig gemacht. Daher kehrte er in der ersten Gaststätte ein, die auf dem Weg lag, und bestellte sich Brot, Mixed Pickles und ein Bier. Verstohlen zog er seinen Beutel aus der Jacke und bezahlte seine Bestellung mit Gold. Der Besitzer der Gaststätte mochte seinen neiderfüllten Blick gar nicht mehr von dem prall gefüllten Beutel abwenden.

»Ganz schönes Sümmchen, das Ihr da habt.«

Hunter sah den Mann misstrauisch an, gab ihm aber keine Antwort und setzte sich an einen Tisch. Er brach das Brot und schlang es in großen Stücken hinunter, während der Mann ihn beobachtete.

»In welcher Gegend habt Ihr geschürft?«, fragte der Mann.

»Im Westen«, erwiderte Hunter kurz angebunden. Als er auch die letzten Krümel vertilgt und mit dem Bier heruntergespült hatte, wischte er sich den Mund am Ärmel seines Hemdes ab. »Wie komme ich zum Markscheideamt?«

»Einfach nach Osten. Am Haus hängt ein Schild.«

Hunter nickte. Als er die Gaststätte verließ, blickte ihn aus der Scheibe eines großen Fensters sein Spiegelbild an. Eine abgerissenere Erscheinung hatte er im ganzen Westen nicht gesehen – seiner Gemeinde würde wahrscheinlich gehörig der Schreck in die Glieder fahren, wenn sie ihn so sähe. Aber noch merkwürdiger als seine äußere Veränderung war eigentlich die Tatsache, dass er nach den vielen Kilometern und Jahren, die er hinter sich gebracht hatte, überhaupt noch an seine alte Gemeinde dachte.

Seinen Claim registrieren zu lassen war nicht weiter schwierig. In einem Umkreis von gut fünfzehn Kilometern um Bethel herum hatte niemand irgendwelche Schürfrechte beansprucht; das Gelände galt als wertloses Ödland, auf dem niemand außer den »Wurzelindianern« existieren konnte. Hunter sicherte sich die Schürfrechte für acht Hektar Land längs des Bachlaufes und zeichnete aus dem Gedächtnis eine Karte des Geländes. Nachdem er alle nötigen Angaben gemacht hatte, schob er die zusammengerollte Urkunde in die Tasche und machte sich daran, die Vorräte zu beschaffen, um derentwillen er hierher gekommen war.

Sein erster Weg führte ihn zurück zu einem Stall, der ihm bereits bei seiner Ankunft in der Stadt aufgefallen war. Vor dem Laden war ein großer Planwagen zum Verkauf ausgestellt. Irgendjemandem hatte er auf seinem Weg nach Westen als Fahrzeug gedient. Nachdem Hunter ihn genauestens untersucht und festgestellt hatte, dass er durch und durch solide war, wies er den Besitzer an, ihn mit Heu zu beladen, während er sich das zum Verkauf stehende Vieh ansah. Seine Wahl fiel auf zwei Maultiere und ein Guernseyrind, drei Ferkel, ein Dutzend Leghornhennen und einen Hahn, denn er aß gern frisches Schweinefleisch und schöne weiße Eier.

Er bezahlte seine Einkäufe, spannte die Maultiere vor den Planwagen, band sein Pferd und die Kuh hinten an und verstaute Ferkel und Hühner in zwei Kisten auf dem Wagen. Obwohl er nicht vorhatte, besondere Aufmerksamkeit zu erregen, wie er es unbeabsichtigt in der Gaststätte getan hatte, wusste er doch, dass er dies mit seiner Fracht kaum würde vermeiden können. Unter Gackern, Grunzen und Ia-Geschrei fuhr er mit seinem Wagen zum nächsten Laden. Der Besitzer des Stalles blieb zufrieden und wohlhabender als zuvor zurück und hatte nichts Eiligeres zu tun, als die Kunde von seinem Glück schnell zu verbreiten.

Hunter verteilte sein Gold unter die Besitzer verschiedener weiterer Kaufläden und belud seinen Wagen mit allem, was ihm vielleicht noch nützlich sein konnte.

Er kaufte einige große Säcke Mehl, Weizen, Mais, Zwiebeln

und Kartoffeln, dazu zwei Fünf-Kilo-Beutel mit Walnüssen, vier Fünfzig-Kilo-Säcke Bohnen, Fleischkonserven, Maismehl, Trockenfleisch, Sirup, Hefe und ein Fässchen Honig. Außerdem ließ er sich Kaffeebohnen und Tee, eingelegte Eier und Pökelfleisch von Schwein und Rind einpacken. Eine Kiste getrockneter Äpfel, mehrere Krüge mit eingemachten Früchten, Öl und Butter, Malz, Weißwein, Apfelessig, eingelegte Gurken und schließlich sechs Krüge Whisky rundeten seinen Kauf ab.

Im nächsten Laden erstand er mehrere schwere Wolldecken, zwei davon waren von Indianern gewebt worden, ein Baumwollzelt, ein Fass für Regenwasser, eine Kiste Nägel, mehrere Gusseisenpfannen und –kessel, eine Kaffeemühle und eine hydrostatische Kaffeemaschine von Loysel. Aber damit nicht genug: Hinzu kamen noch ein Schaukelstuhl, eine Schreibfeder und Tinte, ein Schrank und eine Kommode, ein Beil, eine große Säge, zwei Glasscheiben, die er in eine der Decken wickelte, und Beschläge für eine Tür – denn er wollte sich, sobald er zurück war, eine Hütte bauen.

Schließlich beschaffte er sich Schaufeln und Pfannen zum Goldwaschen, einen Schaukeltrog, einen Langtrog und eine Art Waschbrett, wie man es zum Goldwaschen brauchte, mehrere Spitzhacken, eine Axt, eine Dechsel und eine Kiste Dynamit. Dann kaufte er noch zwei Gewehre – eine zweiläufige Schrotflinte und einen einläufigen Stutzen – mit zwei Kisten Munition und eine Pistole, in deren Lauf Blumenmuster eingraviert waren und die ihm gut in der Hand lag.

Auch einen neuen Filzhut aus Biberhaar erstand er; es war fast der gleiche wie der, den er als Pfanne fürs Goldwaschen verwendet hatte. Außerdem wechselten im Konfektionswarenladen zwei Flanellhemden, zwei Paar Jeans und ein weiterer Hut, ein Bowler mit schmaler Krempe, den Besitzer.

Als er seine Einkäufe beendet hatte, blieb ihm immer noch Gold im Beutel. Er machte an einer Gaststätte Halt und bestellte sich zum ersten Mal, seit er San Francisco verlassen hatte, etwas Besonderes – Austern und Blumenkohlcremesuppe –, doch er aß seine Mahlzeit nicht auf. Sein Geschmack hatte sich an einfachere Dinge wie Maisbrot, Trockenfleisch und Bohnen gewöhnt. Den Gedanken, in einem Hotel mit einem feinen Bad aus Porzellan zu übernachten und sich bei einem Barbier rasieren zu lassen, verwarf er, bevor er ihn richtig gefasst hatte. All das machte ihm schlagartig klar, dass er sich nicht nur äußerlich verändert hatte. Er passte sich nicht mehr allein an die Lebensart des Westens an, sondern hatte sie sich restlos zu Eigen gemacht. Zwei Stunden vor Sonnenuntergang stieg er auf den Kutschbock seines schwer beladenen Wagens und machte sich auf den Rückweg nach Bethel.

KAPITEL 10

SONNY CHANG

Die Goldschürfer sind über meine Stadt hereingebrochen wie eine gewaltige Woge. Wie schnell vergisst man, dass der Wunsch, der dem Midas erfüllt wurde, ein Fluch war und kein Segen!

Hunter Bells Tagebuch

Im Westen einen ansehnlichen Goldfund geheim zu halten war genauso schwierig wie der Versuch, im Death Valley einen Kadaver zu verstecken – dort sammeln sich die Geier schon um das unglückliche Tier, bevor es seinen letzten Atemzug getan hat. Hunter hatte sein Lager noch nicht erreicht, als die Nachricht vom Goldfund in Bethel ihren Weg schon in die Zeitungen von Salt Lake City gefunden hatte. Es war die Art Sensationsgeschichte, aus der Legenden entstehen – ein geheimnisvoller Mann, der mit einem prall mit Gold gefüllten Beutel aus der Wüste kommt. Die Gerüchteküche schmückte Hunters Besuch in der Stadt aus, bis man schließlich glauben musste, er hätte mit einem Fund, wie es noch nie einen gegeben hatte, die halbe Stadt leer gekauft.

Innerhalb eines Monats waren mehr als sechzehnhundert Männer über die Vorberge nach Bethel gekommen und hatten oft noch am Tag ihrer Ankunft ihre Claims abgesteckt. Eine Hauptstraße entstand, zuerst mit Baumwollzelten links und rechts, die dann dauerhafteren Bauten Platz machten, als Bauholz von den Sägemühlen in Salt Lake City herbeigeschafft und zu Wucherpreisen verkauft worden war. Der erste fertig gestellte Bau war der Gasthof Bethel; er war bereits mit Gästen überfüllt, als sein Schild noch nicht vor der Tür aufgehängt war.

Die ersten Goldsucher kamen von Salt Lake City und den nicht allzu weit entfernten Orten Provo, Ogden und American Fork nach Bethel. Danach trafen Schürfer aus den Nachbarstaaten Nevada, Idaho, Wyoming und Colorado ein. Es waren hauptsächlich weiße Goldsucher und Wanderarbeiter, versetzt mit einer kleinen Schar der gleichen Rassen, die es in allen Goldgräberlagern des Westens gab: Mexikanern, Chilenen, Negern – Sklaven und freien – und Chinesen.

Die Chinesen waren unter all diesen Männern die ungewöhnlichsten. Während die meisten Bergleute allein nach Bethel kamen, lediglich begleitet von ihren Eseln und ihrer Goldgier, trafen die Chinesen in großen Gruppen ein, eingezwängt in überfüllte Wagen, an deren Bogenstangen Papierlaternen hingen, oder zu Fuß mit all ihrer Habe an den Enden eines Bambusstabes, den sie auf den Schultern balancierten. Sie trugen breitkrempige Hüte aus gespaltenem Bambus, ihre geflochtenen Zöpfe reichten ihnen bis zur Taille, und unverkennbar war das klappernde Geräusch ihrer Holzlatschen.

Die chinesischen Einwanderer waren ein fester Bestandteil des Westens; inzwischen waren mehr als hunderttausend Chinesen nach Amerika gekommen. Wie ein Zeitungsreporter knapp berichtete, waren sie »so zahlreich wie die Ratten an Bord einer Dschunke«. Und trotzdem war ihr Anblick so außergewöhnlich, dass mancher unwillkürlich die Schaufel ruhen ließ und zusah, wie sie vorüberzogen.

*

Familie Chang war 1853 mit der größten Welle chinesischer Einwanderer aus Nanking über den Pazifik gekommen. In San Francisco hatten die Changs östlich der Stadt nach Gold gesucht und waren im Laufe der nächsten vier Jahre auf der Jagd nach dem Edelmetall immer weiter nach Nordwesten gezogen, bis sie schließlich Sacramento erreicht hatten. Dort hörten sie von dem Fund in Bethel; solche Nachrichten wurden von den Zeitungen des Westens in übertriebener Form verbreitet, weil jeder im Stillen hoffte, dass alles Volk, das man selbst am Ort nicht brauchen konnte, im Vertrauen auf ergiebigere Funde weiterziehen möge. So verließ die Familie Chang Kalifornien, in der Hoffnung auf reichere und gastfreundlichere Erde in Utah, und steckte sich nach ihrer Ankunft in Bethel direkt am Bach unterhalb des Bereichs von Hunter Bell einen Claim ab. Die Familie brauchte nur einen Tag, um sich eine kleine Siedlung aus Zelten und einfachen Strohhütten aufzubauen.

Hunter überraschte es, dass die Chinesen einen Claim unmittelbar neben seinem abgesteckt hatten, denn für gewöhnlich beanspruchten chinesische Einwanderer kaum jemals die Schürfrechte dort, wo andere Goldsucher noch etwas zu finden hofften. Denn wenn es ihnen gelang, eine gute Ader zu finden, wurden sie ohnehin bald von weißen Goldsuchern von ihrem Claim vertrieben. Daher warteten sie oft, bis die Weißen einen bereits ausgebeuteten Claim aufgaben, und machten sich dann darüber her, um mit feineren Mitteln das bisher übersehene Gold einzuheimsen. Doch sie kamen eben aus einer anderen Welt, die viel mehr Tradition hatte und in der die Tugend der Geduld höher geschätzt wurde; zudem gingen sie viel überlegter vor und zeichneten sich oft durch großen Einfallsreichtum aus. In einem Goldgräberlager hatte eine Gruppe von Chinesen einmal einen ausgebeuteten Claim mit den darauf errichteten Bauten für fünfundzwanzig Dollar von einer Gruppe weißer Goldschürfer erworben, die sich über die Asiaten lustig machten, sobald sie die Kaufsumme in Händen hielten. Die Chinesen aber machten sich unverzüglich an die Arbeit, stemmten die Bodenbretter des Baus, den sie erworben hatten, auf und erzielten allein für den Goldstaub, der durch die Spalten zwischen den Bodenbrettern gefallen war, mehr als sechshundert Dollar. Ihr Einfallsreichtum beeindruckte die weißen Goldsucher indes nicht, und man fand die Gruppe eine Woche später mit durchschnittenen Kehlen an ihren Zöpfen aufgehängt.

In der Woche, als die Chinesen kamen, arbeitete Hunter nicht in seiner Mine. Er hatte bereits ein Vermögen gemacht – mehr als fünfzigtausend Dollar in Gold – und traf nun Anstalten, sich auf dem Land ein Stück hangaufwärts mit gutem Überblick über seinen Claim eine Hütte zu errichten – eine Aufgabe, die für einen Mann allein kaum zu bewältigen war. Er zweifelte bereits, ob er das Unternehmen überhaupt in Angriff nehmen sollte, als die Chinesen erschienen. Drei Tage nach ihrer Ankunft trat er an sie heran, um nachzufragen, ob sie für ihn arbeiten würden.

Als er einen dichten Bestand von Wacholder und Nusskiefern hinter sich gelassen hatte und den leicht abschüssigen Grund ihres Lagers erreichte, blieb er einen Augenblick stehen, um sich ihre merkwürdige Arbeitsweise anzusehen. Einige der Männer hatten Geräte, wie er sie nie zuvor gesehen hatte. Die Chinesen brachten das Wissen und die Erfahrung aus dem Anbau von Reis auf eigens dazu überfluteten Feldern mit und kannten Methoden, die den weißen Goldschürfern völlig neu waren. Sie konnten einen Bach umleiten, sodass dessen nun trockengelegtes Bett leicht zugänglich war und das Gold daraus leicht abgebaut werden konnte. Die kleine Gesellschaft in seiner Nachbarschaft hatte bereits mit dem Bau eines Damms begonnen.

Es waren insgesamt ein Dutzend Leute, darunter vier Frauen und ein Kind, ein rundgesichtiger Junge von fünf Jahren. Die meisten von ihnen trugen weite Hosen mit dicken Kniestrümpfen, und alle Frauen außer einer älteren arbeiteten zusammen mit den Männern und verrichteten die gleichen schweren körperlichen Arbeiten.

Als Hunter näher kam, wurde er von dem kleinen Jungen bemerkt, der am Ufer des Baches spielte. Das Kind fing an zu schreien, die ganze Gruppe hielt mit der Arbeit inne, und alle Männer sahen ängstlich zu dem Eindringling hinüber. Einer der Chinesen, ein schmaler Mann, der jünger zu sein schien als die anderen Erwachsenen und als Einziger von ihnen eine Jeans und ein Hemd trug, legte seine Schaufel hin und kam vorsichtig auf Hunter zu. Die anderen Männer setzten ebenfalls ihre Gerätschaften ab. Eine Frau nahm das Kind und trug es zu einem der Zelte, wo sich die anderen Frauen versammelt hatten.

Hunter hatte bis dahin nicht viel mit Chinesen zu tun gehabt. Auf seinen Reisen hatte er den Eindruck gewonnen, dass sie meist lieber für sich blieben – sie gingen kaum in die Saloons und beteiligten sich auch nicht an den Pokerrunden. Zwar liebten auch sie das Glücksspiel, wie ihre unablässigen, lärmenden Mah-Jongg-Runden zeigten, aber sie blieben dabei unter sich und spielten mehr um der Unterhaltung als um des Gewinns willen.

Der junge Mann näherte sich ihm bis auf einige Meter und zog dann den Hut. Die anderen Männer stellten sich links und rechts neben dem Jungen auf; fast alle waren einen Kopf kleiner als Hunter.

Hunter verschränkte die Arme vor der Brust. »Ich heiße Hunter Bell. Mein Claim liegt direkt bachaufwärts von eurem.« Er deutete auf das östliche Ende ihres Geländes. Die Männer sahen ihn fragend an, und Hunter überlegte, ob überhaupt einer von ihnen Englisch sprach. Der Älteste sagte etwas auf Chinesisch, und der schmale Mann antwortete. Dann trat er vor, zog ein Papier aus seinem Gürtel und hielt es ihm mit ausgestrecktem Arm hin.

Hunter warf einen Blick darauf.

Hiermit wird bestätigt, dass wir, die Unterzeichneten, die Schürfrechte für hundert Meter dieses Bachlaufs einschließlich Uferbereich und Bett für 1857 und 1858 beanspruchen.

Chang Yan & Co

»Ich bin nicht hergekommen, um euch euren Claim streitig zu machen. Ich bin gekommen, um zu fragen, ob ihr vielleicht bereit seid, mir beim Bau meiner Hütte zu helfen. Ich werde euch für eure Arbeit bezahlen.«

Die Chinesen sahen ihn nur wortlos an.

»Hütte bauen«, wiederholte Hunter laut und deutete auf eine ihrer Strohhütten.

Der junge Mann wandte sich um und sagte etwas auf Chinesisch. Nachdem er Hunter einen Augenblick lang angestarrt hatte, nickte der älteste der Männer, und der jüngere sagte mit schwerem Akzent: »Du uns bezahlen. Wir dir helfen bauen.«

»Du sprichst also Englisch.«

»Ich sprechen ein bisschen.«

»Wie heißt du?«

»Ich heiße Chang Jialong. Mein amerikanischer Name ist Sonny.«

Hunter streckte ihm die Hand hin. »Ich heiße Hunter Bell.«

Der Mann nahm vorsichtig seine Hand.

»Wirft euer Claim ordentlich was ab?«

»Nicht viel«, erwiderte der Chinese schnell. Hunter überraschte die Antwort nicht. Die Chinesen würden niemals einen Erfolg eingestehen – nicht die Bescheidenheit hielt sie davon ab, sondern der Wunsch zu überleben.

»Wie viel wollt ihr für eure Arbeit?«

Der junge Mann drehte sich zu dem älteren um. *»Duoshao?«*, fragte er auf Mandarin.

»Shiwu kuai qian.«

»Fünfzehn Dollar.«

Hunter runzelte die Stirn und rieb sich das Kinn. »Das ist viel Geld für einen Tag Arbeit.«

»Für den Bau der Hütte«, erwiderte der Chinese.

»Dann ist es nicht genug«, sagte Hunter. »Ich werde euch fünfundzwanzig Dollar bezahlen.«

Der Mann sah ihn verwundert an, wandte sich dann zu den übrigen Männern um und erläuterte ihnen Hunters Angebot. Deren ängstliche Mienen entspannten sich. Schließlich kamen auch die Frauen und das Kind aus den Zelten.

»Was hast du ihnen gesagt?«, fragte Hunter.

»Ich habe ihnen gesagt, dass du ein ehrenhafter Mann bist.«

Hunter erwiderte diese Respektbezeugung nicht. »Wann könnt ihr mir helfen?«

»Wir jetzt kommen.«

Zu seiner Überraschung ließ die ganze Gruppe ihre Arbeit stehen und liegen und folgte ihm auf sein Land. Sonny übersetzte für die anderen, als Hunter ihnen zeigte, wo er Holz gehauen und die Kiefernstämme einen nach dem anderen von den Maultieren auf sein Grundstück hatte schleifen lassen. Die Männer besprachen sich untereinander, dann machten sich drei von ihnen und alle Frauen daran, die Stämme abzuschälen, während der Junge sich in der Nähe mit einem Ameisenhaufen beschäftigte, den er entdeckt hatte. Der Rest der Männer begann, weitere Bäume zu fällen. Sie bauten eine einfache Karre mit Rädern aus abgesägten Baumscheiben, in die sie Löcher für die Achsen schlugen, und transportierten damit die dicken Stämme auf Hunters Land, die bald zu einem hohen Stapel angewachsen waren.

Am nächsten Morgen wachte Hunter vom Klang chinesischer Stimmen auf, die sich lauter als gewöhnlich erhoben. Schon bevor die Sonne sich ganz über den Horizont geschoben hatte, waren die Chinesen zu ihrer Arbeit erschienen. Aber sie konnten sich offenbar nicht ganz einig werden, wie sie vorgehen sollten. Sonny wurde zu Hunter geschickt, um die Schwierigkeiten zu erläutern. Grund des Anstoßes war die Lage von Hunters Hütte. Sonny erklärte die Notwendigkeit, nach den Prinzipien des Fengshui vorzugehen – die

Hütte sollte in Übereinstimmung mit der sie umgebenden Landschaft und Natur errichtet werden. Daher wollte man die Tür der Hütte nicht dort anbringen, wo Hunter sie haben wollte, sondern auf der entgegengesetzten Seite, den Bergen abgewandt, da der nackte Fels negative Energie ausstrahlen würde. Außerdem gab es zur Bergseite hin einen Felsen, der einem finsteren Gesicht ähnelte und der nach Meinung der Chinesen einen besonders böswilligen Geist beherbergte. Hunter nahm diese Dinge zwar nicht ernst, aber die Chinesen waren derartig in Sorge, dass er schließlich ernsthaft bezweifelte, ob sie nach seinen Plänen überhaupt weitermachen würden. Daher beschloss er, sich lieber ihren Wünschen zu fügen.

Sie brauchten zwei Tage für die Wände und anderthalb Tage für das Dach, das sie mit einer Neigung versahen, die mit der des Berghangs harmonierte.

Hunter fuhr mit seinem Wagen ein paar Mal nach Bethel, wo sich inzwischen immer mehr Kaufleute angesiedelt hatten, und besorgte zusätzliche Materialien. Zudem kaufte er gesägte Bretter und Holzzapfen für einen glatten Fußboden. Als Letztes erhielt die Hütte eine Tür, für die Hunter die Angeln und Beschläge verwendete, die er bereits in Salt Lake City gekauft hatte. Er war überrascht, wie leicht seine Tür in ihren Angeln auf- und zuschwang. Die Chinesen waren ebenfalls sichtlich beeindruckt.

Nachdem sie die Hütte fertig gestellt hatten, handelte Hunter mit den Chinesen aus, dass sie weiter für ihn arbeiteten. Sie rodeten einen Bestand von Kiefern bis auf einen äußeren Ring von Bäumen, die sie als Zaunpfosten stehen ließen. Als Querlatten zwischen diesen Bäumen benutzten sie die gefällten Kiefern, sodass das Ganze einen großen Pferch ergab. Dann errichteten sie noch einen Stall für das Vieh und einen Abtritt.

Die Chinesen vollendeten ihr Werk am Abend des sechsten Tages (eine Ironie, die der Prediger sehr wohl bemerkte), und als die Dämmerung hereinbrach, lehnte Hunter sich zurück, ließ den Blick über sein neues Zuhause schweifen und erklärte es für fertig gestellt. In jener Nacht schlief er auf dem Boden seiner Hütte. Am nächsten Tag kamen die Chinesen auf Hunters Einladung hin noch einmal. Er schlachtete eins seiner Schweine, die Frauen kochten und rösteten es, und zusammen verzehrten sie das Festmahl. Er zahlte seinen Nachbarn vierzig Dollar in Gold – fünfundzwanzig für das Haus und weitere fünfzehn für ihre Arbeit an seinen Ställen und dem Pferch – und schenkte ihnen außerdem sein Zelt, einen großen Krug Whisky und ein Fass Zucker. Er schüttelte jedem Einzelnen die Hand und verbeugte sich leicht, ein Ritual, das ihm langsam zur Gewohnheit wurde. Sonny überreichte ihm eine in krakeliger Schrift abgefasste Quittung über seine Zahlung, was Hunter sehr erheiterte. Nur aus Höflichkeit warf er sie nicht sofort weg.

Bevor sie in ihr eigenes Lager zurückkehrten, hängten die Chinesen ihm ein rotes Banner mit schwarzen chinesischen Schriftzeichen über die Tür. Nach Sonnys Übersetzung lautete die Inschrift: »Reichtum, Glück und ein langes Leben.« Dann zündeten sie eine Reihe Knallkörper, die in den Vorbergen laut widerhallten.

»Was haben die Knaller zu bedeuten?«, fragte Hunter.

»Sie sollen die bösen Geister vertreiben.«

»Da braucht es etwas Stärkeres als Schwarzpulver, um das zu schaffen«, meinte Hunter sarkastisch.

Die Hütte war für eine einzelne Person sehr groß. Sie hatte sogar ein Glasfenster von knapp einem Meter Breite. Der Kamin war aus Steinen und Backsteinen gemauert und wurde oben von einem einfachen Sims aus Kiefernholz abgeschlossen, auf dem Hunters gesamtes Geschirr stand: zwei Teller, ein Blechbecher und ein Bierkrug. Aus den übrig gebliebenen Bodendielen baute Hunter sich draußen vor der Tür eine kleine Veranda mit einem Geländer aus Kiefernholz und einer Bank, außerdem einen Tisch, der auf Sägeböcken ruhte, eine weitere Bank und ein Regal, das er neben dem Kamin aufhängte und das er mit Büchern füllen wollte.

Es war Jahre her, seit Hunter, abgesehen von seinem Baumwollzelt, ein eigenes Reich besessen hatte. Nun wollte er auch jede Bequemlichkeit haben, die er bekommen konnte. Da die Hütte bisher nur spärlich möbliert war, nähte er sich selbst Vorhänge und nagelte sie über die Fenster. Zudem kaufte er sich in Bethel einen ein Meter und fünfzig breiten Vorratsschrank mit eingebautem Mehlbehälter, eine dicke Matratze aus Drillich, die mit Binsen gefüllt war, und ein Büffelfell. Schließlich baute er sich aus armdicken Kiefernpfosten ein einfaches Bettgestell; während der Einsamkeit der Wintermonate würde er die Pfosten dann mit kunstvollen Schnitzereien versehen.

Erst eine Woche später war er mit seiner Behausung endlich zufrieden, ging zum Bach und nahm dort die Förderung seines Goldes wieder auf.

KAPITEL 11

QUAYES ANKUNFT

Die Grausamkeit dieser Welt erstaunt mich nicht,
denn sie scheint ihrer Natur zu entsprechen.
Eher verwundert mich, wieso es überhaupt etwas Gutes gibt.

Hunter Bells Tagebuch

Es war ein glühend heißer Tag Ende Juli, als Quaye in Bethel ankam. Sie schenkte dem Ort jedoch keine große Aufmerksamkeit, denn er war nicht anders als die anderen, die sie in den letzten sechs Jahren im Westen gesehen hatte.

Sie ritt, den Kopf eingehüllt in eine Haube, die fast das ganze Gesicht bedeckte, hinten auf dem Pferd ihres Ehemannes. Die Haube, die in ihrer Heimat einst als Statussymbol gegolten hatte, trug sie nur, weil Jak darauf bestanden hatte. Der Stoff verbarg die Prellungen links und rechts in ihrem Gesicht – eine Folge der Prügel des vorangegangenen Abends und anderer Schläge, die noch nicht lange genug zurücklagen, als dass ihre Spuren schon verblasst wären. Quaye zählte die Flecken schon lange nicht mehr, denn die Wunden, die sie noch mehr schmerzten, waren ohnehin nicht auf der Haut sichtbar.

Auch wenn Quaye von Bethel keine Notiz nahm, wurde ihre Ankunft im Ort doch sehr wohl wahrgenommen. Es war für die Bergleute immer ein besonderes Ereignis, wenn eine Frau neu in eine Goldgräbersiedlung kam. Weibliche Gesellschaft war im Westen sehr selten – noch seltener als ein ehrlicher Anwalt. In einem der Goldgräberlager, das völlig ohne Frauen gewesen war, hatten die Schürfer sich sogar in einer Reihe angestellt und einen ganzen Dollar pro Mann bezahlt, nur um einen Blick auf das Korsett einer

Frau werfen zu können. Es war eine Ironie des Schicksals, dass der raue Westen eine bessere Behandlung der Frauen verlangte als der Osten, und Jak hatte gelernt, Quaye nicht in der Öffentlichkeit zu schlagen, da er vermeiden wollte, dass man ihm seine Schläge heimzahlte. Denn wie die meisten, die sich an Schwächeren vergreifen, war er ein Feigling.

Jak lenkte das Pferd zum Gasthof, ließ Quaye absitzen und schwang sich dann selbst aus dem Sattel. Sie traten ein und hatten Glück, sofort auf den Besitzer des Gasthofes zu treffen. Quaye blieb mit leicht gesenktem Kopf hinter Jak stehen. Der Wirt war nicht größer als sie selbst, ein kahlköpfiger Mann mit langem Bart. Es sah so aus, als sei ihm das Haar vom Scheitel ans Kinn gerutscht. Er trug ein rotes Flanellhemd und Hosen von Levi Strauss, die von Hosenträgern gehalten wurden. Und es kostete ihn augenscheinlich einiges an Disziplin, die junge Frau nicht offen anzustarren.

»Wir brauchen Unterkunft für zwei«, sagte Jak.

»Tut mir Leid, aber ich habe keinen Platz mehr. Es schlafen schon Männer im Speisesaal auf dem Fußboden.« Er deutete auf das zusammengerollte Bettzeug, das dort lag. »Ich schlage vor, Ihr kauft euch ein Zelt. Der Händler nebenan hat genug auf Lager.«

Jak runzelte die Stirn. »Braucht Ihr eine Frau zum Kochen und Saubermachen?«

Der Mann blickte Quaye an. »Die Hilfe einer Frau könnte ich immer gebrauchen.«

Jak erkannte den vertrauten Ausdruck des Verlangens im Blick des Mannes. »Was würdet Ihr zahlen?«

»Einen Dollar fünfzig pro Tag. Und freie Mahlzeiten für die Dame.«

Jak wusste um den Geldwert seiner Frau. »Ihr könnt sie für zweieinhalb Dollar haben. Und Mahlzeiten für uns beide.«

Der Mann rieb sich den Bart. »Zwei Dollar. Und Mahlzeiten für euch beide.«

Jak sah ihn zögernd an, und der Mann fügte hinzu: »Und Ihr könnt es euch in der Scheune bequem machen. Es ist kein Vieh mehr drin, seit mein Pferd eingegangen ist.«

»Wir haben unser ganzes Geld ausgegeben, um herzukommen«, sagte Jak.

Der Mann griff in seine Tasche und zog einige Banknoten hervor. »Ich zahle Lohn für zwei Tage im Voraus, wenn sie morgen früh anfängt.«

Jak strich das Geld ein. »Um wie viel Uhr?«

»Eine halbe Stunde vor Sonnenaufgang.«

»Sie wird pünktlich sein.«

Nachdem sie das Gasthaus wieder verlassen hatten, beschwerte Jak sich über die Knauserigkeit des Besitzers. Quaye jedoch schwieg, denn sie war dankbar für die Arbeit – für alles, was sie von ihm fortbrachte.

»Ich brauche etwas zu trinken«, sagte Jak. »Gib du den Pferden Wasser und kümmere dich dann um unsere Unterkunft.«

»Ich habe Hunger«, erwiderte sie.

Er gab ihr ein Fünfundzwanzig-Cent-Stück. »Wenn du die Pferde versorgt hast, kannst du dir etwas Brot kaufen.«

Quaye nahm die Münze, griff nach den Zügeln und tat wie geheißen.

KAPITEL 12

JAK MORSE

Ist der Mensch von Natur aus gut und wird durch die Gesellschaft böse, oder wird er böse geboren und durch die harte Hand der Gesellschaft auf den rechten Pfad gebracht? Mich verstört an dieser Frage nicht so sehr die mögliche Antwort, sondern vielmehr der Grund, aus welchem man sie oft stellt.

Hunter Bells Tagebuch

Jak Morse war das Kind einer armen Familie, die in einer bescheidenen Hütte etwa eine Stunde zu Fuß von Macon, Georgia, hauste – eine Tatsache, die weder den Ort noch den Staat mit Stolz erfüllen konnte. Die Nachbarn, die sich noch an Jaks Vater, Lucius Morse, erinnern konnten, sagten übereinstimmend, er sei ein abergläubischer Mann gewesen und habe zu Gewaltausbrüchen geneigt, die sich gewöhnlich gegen Jak und dessen Mutter richteten. Er hatte geglaubt, dass Jak unter einem schlechten Stern geboren sei und hatte bei der Taufe des gerade einen Monat alten Säuglings allen Anwesenden erklärt, dass aus dem Jungen nie etwas werden würde. Vermutlich war es nur zu Jaks Bestem, dass Lucius verschwand, bevor Jak sechs wurde – allerdings war es schwer vorstellbar, dass er, unter welchen Umständen auch immer, eine noch schlechtere Entwicklung hätte nehmen können.

Jaks Mutter, Virgie Morse, war eine strenge, gläubige Frau, die ihren Glauben als ihren eigentlichen Reichtum betrachtete und ihr Leiden stolz als ein Zeichen ihrer Frömmigkeit ertrug. Sie versuchte nie, sich oder Jak vor den Schlägen ihres Mannes zu schützen, denn sie sah alles Unglück als Gottes Wille an, und da Gott ihrer Meinung nach diejenigen züchtigt, die er liebt, sonnte sie sich in dem Glauben, dass sie gewiss zu den erwählten Töchtern Gottes gehörte.

Sie hatte nicht viel Zeit für Jak, außer um ihn zu bestrafen, und das tat sie mit großer Strenge und bei der kleinsten Ungehörigkeit. Daher war es kaum verwunderlich, dass Jak sich zu einem niederträchtigen Menschen entwickelte. Blind dafür, dass sie selbst zu seiner Entwicklung einen wesentlichen Beitrag geleistet hatte, fragte sie sich oft, ob nicht vielleicht doch etwas daran war, was ihr Mann einst über den Jungen gesagt hatte – dass ein Kind einfach unter einem schlechtem Vorzeichen geboren wurde.

Jak war noch keine achtzehn, als seine Mutter sich die Schwindsucht zuzog und bettlägerig wurde. Jak verspürte keinerlei Neigung, für seine kranke Mutter zu sorgen, und war eines Morgens – die Hühner waren noch nicht gefüttert, die reifen Tomaten noch nicht gepflückt – sang- und klanglos verschwunden.

Nachdem er vierzehn Tage in Richtung Westen unterwegs gewesen war, um Essen gebettelt und in Heuschobern geschlafen hatte, fand er eine Anstellung als Gehilfe des Aufsehers einer Plantage. Diese Stellung kam seinem Temperament sehr entgegen. Die Sklaven lernten sofort, ihn zu fürchten, denn er war ebenso sadistisch wie faul und behandelte sie so unmenschlich, wie kein anderer Aufseher es je zuvor getan hatte.

Fast sechs Monate lang arbeitete er durchaus erfolgreich in seiner neuen Position, bis er an einer der Sklavinnen Gefallen fand, einem jungen Mädchen von zehn Jahren, das in der Küche half. Er versuchte sich dem verängstigten Mädchen aufzuzwingen und wurde dabei von der Köchin überrascht, einer groß gewachsenen Schwarzen, die Miss Linnie genannt wurde und das Haus mit der Bibel in der einen und der Bratpfanne in der anderen Hand befehligte. Jak war für sie kein ernst zu nehmender Gegner. Sie prügelte ihn ordentlich durch und zerkratzte ihm das Gesicht, bis er blutend und gedemütigt floh. Eine Stunde später kam er mit einem Gewehr zurück und erschoss sie.

Er hatte sich zwar vor den Gesetzen des Staates für diesen Mord nicht zu verantworten, aber mit den Gesetzen der Plantage hatte es eine ganz andere Bewandtnis. Die Seddons, die Besitzer der Plantage, waren der Frau zugetan gewesen, vor allem Mrs Seddon, die sowohl Miss Linnies Gesellschaft als auch ihre Kochkunst geschätzt hatte. Mr Seddon, der durch ihn eine wertvolle Sklavin eingebüßt hatte, ließ Jak an einen Baum fesseln und auspeitschen, sodass er sich danach nur mit größter Mühe von dem Besitz schleppen konnte.

Nachdem Jak wiederhergestellt war, beschloss er, sein Glück zur See zu versuchen. Er schlug sich bis nach New York durch und hoffte, auf einem seegehenden Schiff anheuern zu können, aber stattdessen fand er eine andere Arbeit: Hilfsdienste zur Ausbeutung der Iren, die – von der Hungersnot aus der Heimat vertrieben – Tag für Tag scharenweise in den amerikanischen Häfen anlandeten.

Die Iren hatten am Ende ihrer furchtbaren Überfahrt nur den einzigen Wunsch, an Land zu kommen und rasch eine Unterkunft zu finden. Auf das, was sie nach ihrer langen Reise erwartete, waren sie kaum vorbereitet. Sobald die Schiffe angelegt hatten, schwärmten Männer von den Kais und Molen an Bord und über die Decks: habgierige, ölige Typen, die mit schlecht nachgemachtem irischen Akzent sprachen, um ihre eigene Herkunft von der Insel vorzutäuschen. Die Strolche wurden von Schenken und Gasthäusern bezahlt, um die von der Fülle der Eindrücke überwältigten Einwanderer in ihre Etablissements zu locken, wo man sich darauf verstand, ihnen den Rest ihres Geldes abzuknöpfen. Zusätzlich zu den Kommissionen, die sie erhielten, berechneten diese Handlanger der Wirte ihrer irischen »Kundschaft« exorbitante Summen für ihre Dienste. Für den Fall, dass eine misstrauische Familie ihnen zu widerstehen versuchte, hatten sie stets einige Schläger in der Nähe, die ebenso ihrem Schutz dienten. Das Gesetz hatte Jak bei dieser Beschäftigung nicht zu fürchten, denn die örtliche Verwaltung hatte, was die Iren betraf, nur eine Sorge: Sie wollten sie um jeden Preis davon abhalten, auf den Straßen zu betteln oder den New Yorkern ihre Börsen zu stehlen.

Jak brauchte nicht lange, um es zu wahrer Meisterschaft zu bringen. Er kam mit den anderen Männern zusammen an Bord, suchte sich eine Familie aus und bemächtigte sich ihrer Taschen. »Macht euch keine Sorgen, der alte Jak hat eure Taschen. Eine irische Familie, Gott segne euch! Ihr trefft es gut heute. Ich weiß genau den richtigen Platz für euch, ein sicheres Quartier in dieser schrecklichen Stadt. Ein Platz, wo ihr in Ruhe nachdenken und unter euresgleichen über eure Zukunft entscheiden könnt.«

Nach einem halben Jahr entdeckte Jak, dass man noch mehr an den Iren verdienen konnte, wenn man als »Broker« arbeitete und ihnen Passagen auf Schiffen verkaufte, deren Abreisedatum sich verzögerte oder ungewiss war, weil noch Reparaturen durchgeführt werden mussten. Er segelte nach Irland, und das, was er den Iren zuvor im Hafen von New York angetan hatte, tat er ihnen nun mit noch größerem Gewinn in Cork an. Nachdem er ihnen Passagen auf dem Schiff verkauft hatte und dabei zwei Schilling auf jedes Pfund für die Verpflegung an Bord aufgeschlagen hatte, brachte er seine Kundschaft in Gasthöfen im Hafen unter, wo Unterkunft und Verpflegung zu Wucherpreisen geboten wurde, bis das Schiff endlich bereit war, in See zu gehen. Die unglücklichen Leute hausten unter den widerwärtigsten Umständen, Kranke und Gesunde lagen zusammen in einem Raum, für drei Penny pro Nacht im Voraus.

Die durchschnittliche Aufenthaltsdauer eines Auswanderers im Hafen von Cork betrug sieben bis zehn Tage, bevor sein Schiff in See ging, und die Laufburschen und Besitzer der Unterkünfte nutzten diese Zeit, um den gutgläubigen Reisenden alle möglichen Dinge zu verkaufen, die sie nach ihren Angaben unbedingt benötigten: Feldbetten, Angelgerät, Wasserkanister und Proviant, der diese

Bezeichnung kaum verdiente – Dosen mit bereits benutztem Tee, ranziges Mehl und mit Sand versetzter Zucker.

Jak hatte erkannt, dass die verzweifelte Not, die in Irland herrschte, die Ausreisewilligen außergewöhnlich angreifbar machte, und in der letzten Woche seines Aufenthalts auf der Insel setzte er ein neues Schelmenstück ins Werk. Er verkaufte Passagen für ein Schiff, das angeblich erst in einigen Monaten gehen sollte, aber in Wirklichkeit gar nicht existierte.

Mit diesem Betrug war er beschäftigt, als ihm das Glück widerfuhr, Connall McGandley zu begegnen. Und es war Quayes Pech, dass Jak sie nicht im Hafen von New York aussetzte, wie er es ursprünglich geplant hatte. Quaye war jung und verletzbar, und Jak war nur allzu willig, sie dafür bezahlen zu lassen. Es war, als habe Jak in einer Welt, die ihn und seinesgleichen wie Dreck behandelte, eine Geisel der Gegenseite genommen, an der er nun Rache nehmen konnte.

Auf der Überfahrt nach Amerika brachte er sie im billigsten Quartier unter Deck unter, außer wenn er Verlangen nach ihr hatte, bis sie sich schließlich die Ruhr zuzog und nicht mehr auf Deck kommen durfte.

Jak begriff bald, dass Quaye ein Besitz war, der ihm, wenn er ihn ordentlich ausbeutete, seinen Lebensunterhalt und genug zu trinken verschaffen konnte. Amerika empfing die Iren nicht mit offenen Armen, ein Umstand, der Jak die Herrschaft über die verängstigte junge Frau erleichterte. Er ergriff alle erforderlichen Maßnahmen – ganz gleich welcher Art –, um sicherzustellen, dass sie sein Lastesel blieb. Und wenn er sie nicht gerade verprügelte, erinnerte er sie daran, dass sie ihm ihr Leben verdankte, wie elend dieses Leben auch sein mochte, und selbst wenn sie inzwischen hoffte, dass er es ihr nehmen würde, glaubte sie ihm dennoch. Zumindest begann sie nach all den Jahren der Misshandlungen zu glauben, dass er mit seiner schlechten Meinung über sie in einigen Punkten Recht hatte.

Quaye hatte gelernt, sich in sich selbst zurückzuziehen, unbeteiligt zu bleiben, als sei ihr Leib ein unbelebtes und unbeseeltes Ding, während er geprügelt wurde. Aber das Schlagen allein befriedigte Jaks Sadismus nicht, und so ersann er sich Qualen, um ihren Geist zu brechen, und quälte sie mit ihren Sehnsüchten, bis sie nach und nach jede Hoffnung auf einen kleinen Rest Glück verlor.

Im Frühjahr 1851, fast vier Jahre nach ihrer Ankunft in Amerika, verschleppte Jak sie an die kalifornische Küste. Sie erwies sich im Westen als noch wertvoller, als sie es bereits im Osten gewesen war. Jak hatte bei der Goldsuche ebenso wenig Erfolg wie bei jeder anderen seiner Unternehmungen, aber wenn auch sein Traum vom leicht erworbenen Reichtum zerstob, blieb ihm doch ein bequemes Leben, das Quaye ihm ermöglichen konnte.

Quaye hatte nichts gegen ihr neues Quartier. Obwohl es im Stall noch nach dessen früheren Bewohnern roch, waren Wände und Decke doch solide und würden sie im Winter besser vor der Kälte schützen als ein Zelt. Der Besitzer des Gasthauses hatte ihnen ein schmales Bett gebracht, das Jak für sich beanspruchte; Quaye schlief auf einer Decke, die sie auf dem Heu in einem der Ställe ausgebreitet hatte, oder auf den Spelzen, die noch in einer Futterkrippe lagen – beides zog sie dem Platz an Jaks Seite vor. Sie war es gewohnt, lange zu arbeiten, und war froh, dass sie tagsüber, wenn Jak zu Hause blieb, nicht da war, und des Abends, wenn sie von ihrer Arbeit kam, war er verschwunden. Er ließ sich kaum sehen, solange er Geld hatte, um zu trinken oder zu spielen, außer manchmal in der Nacht, wenn er sie mit gierigen Händen und nach Whisky stinkend weckte.

Um vier Uhr morgens stand Quaye auf, fachte das Feuer in dem einfachen Feuerkorb der Scheune an, ging dann im Halbdunkel der Morgendämmerung zum Gasthof hinüber und begann dort das Frühstück vorzubereiten und die Henkelmänner mit dem Mittagessen. Wenn sie damit fertig war, brachte sie Jak sein Mittagessen und kehrte wieder ins Gasthaus zurück, um dort Küche und Haus sauber zu machen und danach das Abendessen für die Gäste zuzubereiten.

Die Bergleute mochten Quaye, aber sie wahrte den gebührenden Abstand; denn sie wusste, welche Strafe sie erwartete, wenn Jak sie dabei ertappte, wie sie mit einem der Männer sprach. Aber selbst wenn Jak ihr den freien Umgang mit den Gästen gestatten würde, hätte sie davon keinen Gebrauch gemacht. Das Leben hatte sie gelehrt, Männer zu fürchten.

Die Minenarbeiter gaben ihr gelegentlich ein Trinkgeld, das sie mit höflichem Dank entgegennahm und dann in einer Backpulverdose, die in der Küche nicht mehr gebraucht wurde, versteckte. Sie bezweifelte, dass Jak ihr das Geld lassen würde, aber sie malte sich gern aus, dass sie einen Teil davon behalten dürfte und eines Tages genug zusammengespart haben würde, um sich ein fertiges Kleid im Laden zu kaufen. Sie hielt an diesem Traum fest, bis sie eines Abends in die Scheune kam und Jak mit einer halb leeren Flasche Apfelschnaps in der einen Hand und einer Silbermünze in der anderen auf dem Bett sitzend antraf, das Gesicht rot glühend vor Alkohol und vor Zorn. Die Blechdose lag zu seinen Füßen, ihr Inhalt über den strohbedeckten Boden verstreut.

»Was ist das?«, fragte er mit leiser, kehliger Stimme.

Sie antwortete ihm ängstlich: »Das ist Geld, welches ich beiseite gelegt habe.«

In seine Augen trat ein Glanz, der ihr inzwischen vertraut geworden war; und sie wusste, dass es bereits zu spät war, um den Gang der Ereignisse noch aufzuhalten. Er machte einen Schritt auf sie zu. »Du bestiehlst mich?«

Sie wagte es nicht, ihn anzublicken. »Ein Bergarbeiter hat mir ein bisschen was dazugegeben. Ich wollte es dir erzählen ...«

»Mir erzählen?« Er drängte sie in eine Ecke der Scheune. Sie fasste sich an die Schulter, da sie an einen Holzbalken gestoßen war. »Und was hast du ihm dafür gegeben?«

Quaye strich sich das Haar aus dem Gesicht. »Er war mit dem Essen, das ich koche, sehr zufrieden.«

Er hob die Faust, und sie duckte sich instinktiv. »Was sonst hast du ihm gegeben?«

»Nichts. Es tut mir Leid. Ich hätte dir das Geld nicht vorenthalten dürfen.«

Sie bedeckte sich das Gesicht mit den Händen. Er gab ihr eine Ohrfeige, packte sie am Haar, zog ihren Kopf nach vorne und schlug ihn zurück gegen die Wand. Dann begann er sie zu schlagen, nicht in einem wilden Hagel der Fäuste, sondern langsam und mit Bedacht, während sie vergebens versuchte, sich gegen seine Schläge zu schützen. Während sie um Vergebung flehte.

»Es tut mir Leid. Ich will es nicht wieder tun. Ich werde dich nicht wieder bestehlen.«

Jak fuhr fort, sie zu schlagen, bis es ihm keinerlei Befriedigung mehr verschaffte. Dann drehte er sich um und wandte sich wieder seiner Flasche zu. Quaye sackte in der Ecke in sich zusammen. Sie wimmerte leise, kümmerte sich aber nicht einmal um das Blut, das ihr am Kinn hinablief. Sie weinte nicht laut, denn das wäre wieder ein Grund für ihn, sie zu schlagen. Sie hatte gelernt, in ihrer Welt zu überleben.

KAPITEL 13

DIE FRAU IM SCHNEE

Jetzt ist es still, der Schneesturm hat sich vorübergehend gelegt. In solchen Augenblicken denke ich an sie beide – ich tappe inmitten der Scherben meines gebrochenen Herzens im Schattenreich der Erinnerung herum.

Hunter Bells Tagebuch

Der erste Schnee in Bethel fiel Mitte Oktober: Er lag wie ein feiner Staub auf dem Boden, ohne die Schürfarbeiten im Lager zu beeinträchtigen. Allerdings ließ man von da an die Feuer ständig brennen, und die Bergleute nahmen ihre Vorbereitungen für den Winter ernsthaft in Angriff. Vorräte von Lebensmitteln und Feuerholz wurden angelegt, die Löcher in Zelten und Hütten ausgebessert. Drei Wochen später gab es den ersten lang anhaltenden Schnee, der das Land mit einer weißen Decke von gut fünfzehn Zentimetern Dicke überzog. Die Arbeit in den Bergwerksstollen ging weiter, da sich die Temperatur im Erdinneren kaum änderte. In Bethel wurde das Gold allerdings hauptsächlich im Tagebau gefördert. Und da die Erde schon bald zu festgefroren war, als dass man sie noch mit einer Spitzhacke hätte aufbrechen können, kamen die Arbeiten der Schürfer beinahe zum Stillstand.

Es war die Zeit der Winterruhe, in der die Arbeiter sich in ihren Unterkünften versammelten, manchmal für Wochen Karten spielten und sich unterhielten, Gerätschaften ausbesserten, aber vor allem einfach versuchten warm zu bleiben. Am ärmsten waren jene dran, die in Zelten oder in den Unterkünften lebten, die in die Berghänge gegraben worden waren; sie schliefen nachts nicht durch vor Kälte, obwohl sie in viele Decken gewickelt bei loderndem Feuer lagen und ihre Tage in den Saloons verbrachten, weil es dort warm war.

Anfang Dezember tobte ein Schneesturm über den Bergen, gnadenlos angetrieben durch stürmische Winde, die die Temperatur auf minus fünfzehn Grad sinken ließen. Schrill und geisterhaft heulte unablässig Wind durch die Berge wie das misstönende Stöhnen tausender Gespenster.

Hunters Hütte lag hoch auf dem Hang. Drei Tage lang bauten sich die Schneeverwehungen ringsum immer höher auf, vor allem an der Westseite der Hütte, bis der Schnee vom Grund bis zum First seines schrägen Daches einen sanften Hang bildete. Hunter blieb derweil in der Hütte und wartete, bis der Sturm sich gelegt haben würde. Er trank, er schlief und er las alles, was er besaß, zweimal. Er legte sich Karten und übte seine Fingerfertigkeit, mischte Kartendecks, ließ einzelne Karten verschwinden und wieder erscheinen – Tricks, die er am Kartentisch niemals anwendete, deren er aber durchaus fähig gewesen wäre, ohne fürchten zu müssen, dass die anderen es mitbekamen. Er hatte sich darangemacht, die Bettpfosten zu schnitzen, hatte bereits deren Rinde abgeschält und die scharfen Kanten geglättet, da die Pfosten einen runden Abschluss erhalten sollten. Er überlegte schon, ob er dem Ganzen nicht ein Schuppenmuster geben sollte, bevor er der Sache müde wurde und sein Messer beiseite legte.

Kurz nach Mitternacht des dritten Tages ließ das Wüten des Sturmes plötzlich nach, die heftigen Winde hielten inne, wie außer Atem von ihrer Attacke, die die Vorberge mit einer weißen Decke überzogen hatte.

Die plötzliche Ruhe weckte Hunter. Er lag im Bett, starrte in die Dunkelheit und überlegte, ob er wohl wieder einschlafen würde. Nach ungefähr einer Stunde ruhelosen Grübelns zündete er die Petroleumlampe an seinem Bett an und ging zum anderen Ende des Raumes, um Holz auf die verlöschende Glut in der Feuerstelle zu legen. Wenn er eine Uhr gehabt hätte, hätte er gewusst, dass es beinahe halb drei war, aber seit er San Francisco hinter sich gelassen hatte, hatte er keine Uhr mehr aufgezogen. Die Uhrzeit gehörte zu einer Welt, die anders strukturiert war als die seine.

Er nahm einen Kessel und ging zur Tür, nur um festzustellen, dass er in der Hütte gefangen saß; der Schnee war auf der Schwelle gefroren und hatte sich auf der anderen Seite gegen die Tür angehäuft. Er warf sich mit der Schulter gegen die Tür und drückte sie auf. Ein Strom kalter Luft umfing ihn. Er blieb auf der Schwelle stehen und sah hinaus in die unberührte Landschaft. Die Wolken hatten sich geteilt und gaben den Blick auf den Mond frei, dessen Schein von der kristallinen Decke widergespiegelt wurde. Solange der Mond sein fahles Licht auf Bethel werfen konnte, wurde es in den Winternächten hier nie richtig dunkel.

Er füllte Pulverschnee bis zum Rand in seinen schwarzen Gusseisenkessel. Dann schloss er die Tür wieder und brachte den Kessel zum Herd. Er hängte ihn in sein Gestell und schob ihn über die Flamme. Dann füllte er seine Kaffeemaschine mit Kaffeemehl. Als das Wasser im Kessel kochte, schüttete er es in den Trichter der Kaffeemaschine, und bald roch es in der Hütte herrlich nach frischem Kaffee. Schließlich füllte er einen Becher mit dem dunklen und starken Kaffee. Es war eine der seltenen Extravaganzen, die er sich leistete; für gewöhnlich trank er den Kaffee der Bergleute, eine dicke Brühe in einem Becher, der halb voller Kaffeesatz war.

Er setzte sich in den Schaukelstuhl am Herd, um auf die Stille zu lauschen. In solchen Augenblicken vermied er es meist, nüchtern zu bleiben, denn ein ruhiger Sinn war eine gefährliche Sache. Aber jetzt hatte er keine Lust, Alkohol zu trinken; also ging er an seinen Schreibschrank und holte sein Tagebuch hervor – eine in Leder gebundene Kladde, deren Einband mit der Zeit rissig geworden war –, außerdem eine Feder und ein Tintenfässchen. Wie ihn die Erfahrung gelehrt hatte, vermochte er sich durch irgendeine merkwürdige Hexerei von seinen Gedanken zu distanzieren, wenn er sie niederschrieb – als würde er sie mit der Tinte auf Papier bannen. Mit einem Füllfederhalter hätte er seine Gedanken leichter niederschreiben können, aber er bevorzugte die mit mehr Mühe verbundene Schreibfeder, gleichsam als Symbol für die Schwere seiner Gedanken. Er tunkte den Federkiel in das Tintenfässchen und begann zu schreiben.

Jetzt ist es still, der Schneesturm hat sich vorübergehend gelegt. In solchen Augenblicken denke ich an sie beide – ich tappe inmitten der Scherben meines gebrochenen Herzens im Schattenreich der Erinnerung herum. Ich fürchte weniger die Hölle, die mich gewiss im Jenseits erwartet, als das, was aus meinem eigenen Leben und dessen Erinnerungen entspringt. Mir ist schon der Gedanke gekommen, dass beides vielleicht das Gleiche ist – dass die Hölle nichts anderes ist als die klare Erkenntnis dessen, was wir sind und was wir hätten sein können …

In Gedanken versunken hob er die Feder und starrte ins Feuer; die züngelnden Flammen faszinierten ihn. Plötzlich wurde die Stille der Nacht durch das unersättliche Knurren von Wölfen zerrissen. Hunter schob sein Tagebuch beiseite. Vermutlich hatte der Schneesturm die Wölfe aus den höheren Bergen ins Vorgebirge getrieben, wo sie sich am Vieh der Bergleute gütlich tun konnten.

Er zog seine Stiefel und den dicken Mantel an, nahm seine Büchse und inspizierte den Abzug, während er in den hüfthohen Schnee hinausstapfte. Nur mit großer Mühe gelang es ihm, hinter seine Hütte zu kommen.

In ungefähr sechzig Schritt Entfernung sah er in der Nähe des Stalles drei Timberwölfe: flinke dunkle Schatten, die im Pulverschnee ihren Siegestanz aufführten. Sie hatten etwas zur Strecke gebracht, und das Tier, das ihm am nächsten war, zerrte mit gebleckten Zähnen an der Beute, während die beiden anderen um den kleinen dunkeln Haufen im Schnee herumtänzelten. Hunter hob die Büchse und schoss. Ein Wolf heulte auf und fiel dann zuckend neben seiner Beute in den Schnee. Das Echo des Schusses hallte durch die Berge, und die Gefährten des Wolfes zogen sich für den Augenblick in die Deckung der Bäume zurück; von dort aus sahen sie mit bernsteingelb glühenden Augen zu, wie Hunter näher kam. Zu seiner Überraschung lebte das gerissene Tier noch, bewegte sich aber nur schwerfällig, als stände sein Tod kurz bevor. Da er das Tier nicht leiden lassen wollte, hob Hunter die Büchse und spannte den Hahn, während er sich weiter langsam vorarbeitete. Dann blieb er stehen und ließ das Gewehr sinken.

Es war kein Tier, sondern eine Frau, die bewusstlos im Schnee lag. Sie war klein, wahrscheinlich eine Squaw der Gosiute, vermutete er. Vorsichtig näherte sich Hunter der Frau, rammte den Schaft seiner Büchse in den Schnee und hockte sich dann neben sie. Der Schnee ringsum schien schwarz von ihrem Blut. Es war keine Indianerin, sondern eine Weiße. Die Kälte hatte ihre blasse Haut gerötet. Sie trug keinen Mantel und war barfuß; wahrscheinlich hatte sie ihre Schuhe auf der Flucht vor den Wölfen verloren.

Plötzlich griff einer der Wölfe aus der Dunkelheit heraus an. Hunter nahm seine Büchse und holte damit aus, während das Tier ihn ansprang, und traf es mit dem Kolben. Als es wieder angriff, schoss er. Der Wolf jaulte auf, taumelte noch einige Schritte vorwärts und verschwand dann in der Dunkelheit.

Hunter klemmte sich sein Gewehr unter den Arm und kniete sich über die Frau in den Schnee. Vorsichtig nahm er sie hoch und trat schließlich unter der Last schwankend den Rückweg an, ohne den Blick von den Wölfen zu wenden, die als dunkle Schatten seinem Rückzug folgten.

Als Hunter endlich in seiner Hütte war, legte er die Frau auf sein Bett und drehte dann die Laterne auf. Die Unbekannte zitterte. Ihr

Mund stand offen, und ihre Zähne klapperten, wenn sie nicht gerade stöhnte.

Nachdem er sie vorsichtig vom Schnee befreit hatte, sah er, dass ihre Lippen und ihr Gesicht blutverkrustet waren und schwere Prellungen aufwiesen. Er konnte sich keinen rechten Reim auf die blauen Flecken machen; es sah nicht so aus, als rührten sie von einem Sturz her, sondern sie waren völlig unregelmäßig über ihr Gesicht verteilt, so als sei sie wiederholt geschlagen worden. Ihre Schulter war ein blutiger Fetzen; wo der Wolf an ihrem Fleisch gezerrt hatte, war die Haut aufgerissen. Die Wunde würde versorgt werden müssen. Aber zunächst einmal waren es die Erfrierungen und nicht die offenen Wunden, die ihm Sorgen bereiteten. Er war Männern begegnet, die in der Prärie von frühen Schneefällen überrascht worden waren und durch Erfrierungen verschiedene Körperteile verloren hatten, Nasen, Ohren, Finger, Zehen und sogar ganze Gliedmaßen. Systematisch untersuchte er ihren Körper. Die Hände und Arme waren vor Kälte gerötet, aber nicht aschgrau. Ihr Fuß stand merkwürdig vom Bein ab; wahrscheinlich war er verrenkt. Aber die größte Angst machte ihm die Farblosigkeit der Haut an ihren Füßen. Er ging zum Kamin, leerte seinen Kaffeebecher aus und schöpfte dann mit dem Becher etwas heißes Wasser. Da es jedoch zu heiß war, gab er etwas Schnee hinein, den er an seinen Schuhen von draußen mit in die Hütte gebracht hatte, verrührte ihn mit dem Finger im Becher und ging wieder zum Bett. Langsam goss er das Wasser über ihren Fuß und massierte vorsichtig die Haut. In diesem Augenblick war er froh, dass sie bewusstlos war, denn sonst müsste er sie sicherlich mit Gewalt zurückhalten, weil sie sich gewiss gegen die Behandlung wehren würde. Er wiederholte das Bad und die Massage, holte dann Terpentin und Rizinusöl aus seinem Schrank, stellte beides ans Bett und rieb damit die Füße der Frau ein. Als das Terpentin verdunstet war, massierte er Rizinusöl in die Haut; dann zog er seine Wollsocken aus und stülpte sie ihr über die Füße.

Er merkte, dass sie immer heftiger zitterte, da sie vermutlich stark unterkühlt war. Er holte die Wolldecke, die im Schaukelstuhl am Kamin lag, schnitt mit dem Messer das nasse Kleid der Frau auf, sodass sie im Hemd dalag, wickelte sie in die warme Decke und deckte sie noch mit zwei weiteren Decken zu. Dann erst besah er sich den blutenden Arm genauer. Kein Zweifel, die Fleischwunde musste genäht werden.

Nadel und Faden hatte er im Schrank, und er konnte damit durchaus umgehen, denn seit fast vier Jahren stopfte er sich seine Kleider selbst. Und Haut würde leichter zu nähen sein als Rehleder. Er schob ihr die Nadel durch die Haut und vernähte sie mit Kreuzstichen, so gut er konnte. Ihr Stöhnen wurde lauter. Er band die Naht ab und schnitt dann mit dem Messer den Faden ab. Über die ausgefranste Wunde schüttete er Whisky, dann wickelte er den Arm in ein Flanelltuch, das sich sofort tief blutrot färbte.

Plötzlich begann die Frau, wild um sich zu schlagen und die Decken wegzustoßen. Er ließ sich auf sie fallen und drückte sie aufs Bett. Es ist ein merkwürdiges Paradox, dass die Opfer von Unterkühlung selbst dann noch, wenn ihr Körper den Kältetod stirbt, versuchen, sich ihrer Kleider zu entledigen, als ob sie das Ganze noch beschleunigen wollten.

Obwohl er viel größer war als sie, war die Frau doch überraschend stark, und er musste fast all seine Kraft aufwenden, um dafür zu sorgen, dass sie die Decken nicht von sich warf. So kämpften sie einige Minuten lang, bis ihre Bewegungen abrupt ein Ende fanden und ihre Glieder steif wurden. Ihr Atem war kaum noch wahrnehmbar, das Gesicht aschfahl. Die Arme nahmen einen grotesken Blauton an, denn ihr Körper versuchte zu überleben, indem er den Blutstrom auf die Leibeshöhle und das Gehirn beschränkte.

Hunter wusste, dass nicht mehr viel Zeit blieb. Ihr Körper hatte die Fähigkeit, sich selbst zu erwärmen, eingebüßt, und wenn ihre Temperatur nicht unverzüglich stieg, würde sie in einen Schockzustand geraten und ihr Herz aussetzen. Er riss sich das Hemd vom Leib und stieg zu ihr ins Bett, zog ihren kalten Leib an sich und schlang die Decke fest um sich und die Frau herum. Dann zog er sie über ihre Köpfe, sodass sie im Dunkeln lagen. Sein Herz raste vor Angst, und er redete auf die bewusstlose Frau ein, flehte sie an, während er sie an sich drückte. »Bleib bei mir«, sagte er. »Bleib bei mir. Lass sie nicht sterben, Gott …«

Es war ihm so herausgerutscht – aber die Worte riefen ihm sofort in beängstigender Klarheit ins Bewusstsein, dass er das Gleiche schon einmal erlebt hatte. Er hatte zu Gott gefleht, seinen Körper an die kalte, feuchte Haut einer sterbenden Frau gedrückt, deren Haut aschgrau wie Wachs war. Als ob die Albträume, die Gott ihm sandte, wenn er schlief, nicht schon schlimm genug waren, hatte er ihm jetzt genau das wieder auferlegt, vor dem er in der Nacht, als *sie,* Gott und sein Herz gestorben waren, geflohen war.

Diese Erkenntnis erfüllte ihn gleichermaßen mit Wut und Schrecken. Hunter wollte am liebsten jetzt auch fortlaufen, diese fremde Frau wieder nach draußen bringen und den Wölfen überlassen. Was bedeutete sie ihm schon? Sollten sich die Raubtiere über sie hermachen. Sein Herz wandte sich in schwarzem Zorn gegen den rachsüchtigen Gott, der vor seiner Zeit gekommen war, um ihn zu quälen.

»Ich werde dir diese Genugtuung nicht lassen«, sagte er laut. »Es wird mir niemand mehr unter den Händen wegsterben.« Er drückte die Frau noch fester an sich, dann legte er seinen Mund auf ihren und beatmete sie, füllte ihre Lungen mit warmer Luft. Er hatte dreiundzwanzig Atemzüge gezählt, bis sie wieder zu zittern begann, und er machte weiter, bis er langsam fühlen konnte, dass ihre Haut sich ein wenig erwärmte – bis der bebende Körper, der nicht mehr in der Lage gewesen war, die eigene Hitze zu halten, wieder warm wurde.

Die Petroleumlampe war verloschen, und die Hütte wurde nur noch vom Flackern des langsam ersterbenden Feuers erleuchtet. Er wusste nicht, wie lange es dauerte, bis ihre Arme und Beine wieder durchblutet wurden und das Zittern nachließ. Ruhig und regelmäßig hob und senkte sich jetzt ihre Brust. Er bemerkte auch nicht die Tränen, die sich in ihren Augenwinkeln sammelten und ihr die Wangen hinabliefen. Eine Stunde, bevor der Morgen dämmerte, machte Hunter sich von ihr los und blieb entkräftet liegen. Dieses Mal hatte er Gott besiegt.

KAPITEL 14

DIE FREMDE

Durch irgendeine Verschwörung des Himmels oder der Hölle ist mir eine Frau anvertraut worden. Ich muss an das Wort aus der Bibel denken: Die fremde Frau ist ein enger Brunnen.

Hunter Bells Tagebuch

Bei der trüben Beleuchtung und während der hektischen Aktivitäten der Nacht hatte Hunter gar nicht bemerkt, wie schön die Frau in seinem Bett war. Als er wach wurde, schlief sie noch. Ein einzelner Strahl der Mittagssonne stahl sich durch das verhängte Fenster, während er sich aufsetzte und sie betrachtete.

Ihr Gesicht war zart und sehr sanft, mit betont hohen Wangenknochen, Augen wie denen eines Rehs und inzwischen wieder roten, vollen, wie vom Meißel eines Bildhauers geformten Lippen. Mit den abgehärmten, gegerbten Gesichtern der Frauen, die man im Westen gewöhnlich antraf, hatte es nicht viel gemein; es erinnerte ihn eher an das der jungen Frauen aus dem Osten mit ihrer frischen, blassen Haut, die man hier ebenfalls von Zeit zu Zeit sah – unglückliche Ehefrauen, die ein leichtgläubiger, goldgieriger Ehemann, der zu vielen Berichten über schnell zu erwerbenden Reichtum zum Opfer gefallen war, aus einem schönen Zuhause fortgerissen hatte.

Ihre Figur war nicht so üppig wie die der Tanzmädchen, die beim Kartenspiel in den Etablissements von San Francisco die Tische umlagerten, sondern schmal, aber doch sehr ansprechend. Das lange, kupferrote, jetzt blutverschmierte und schmutzige Haar lag zerzaust auf dem Laken. Das zerschnittene Kleid, das neben dem Bett auf dem Boden lag, war selbst geschneidert, ohne dass das sofort ins

Auge gefallen wäre, denn die Arbeit war sorgfältig gemacht und entsprach der Mode, wie sie die etwas eleganteren Frauen in seiner früheren Gemeinde getragen hatten.

Das Feuer war ausgegangen, während sie geschlafen hatten, und jetzt war die Hütte kalt und dunkel. Er stand auf, zog die Gardine vom Fenster zurück, legte dann ein neues Holzscheit mit etwas klein gespaltenem Anmachholz in den Feuerbock und blies in die Asche, bis sie orangeweiß glühte und die ersten Flammen auf das Holz übergriffen. Sobald das Feuer brannte, zog er den Schaukelstuhl von der Feuerstelle neben das Bett, setzte sich und legte kurz seine Hand auf die Stirn der Fremden. Sie war jetzt fieberheiß.

Ob Gott sie ihm tatsächlich geschickt hatte, um ihn zu quälen? Oder war es nur eine zufällige Wendung des Schicksals, dass sie aufgetaucht war? Hunters Land lag ein gutes Stück abseits der Durchgangsstraße und wurde von dem allgemeinen Treiben durch einen kleinen Hain von Nadelbäumen abgeschirmt. Die Leute aus dem Ort hielten sich normalerweise von seiner Hütte fern. Selbst im Sommer kam kaum jemand her. Wie hatte sie inmitten eines Schneesturms den Weg auf seinen Hang gefunden?

Während er sie betrachtete, seufzte die Frau, und der Kopf sank ihr zur Seite. Ihre Augenlider zitterten, bevor sie sie langsam aufschlug. Sie sah ihn an, blickte auf ihr zerrissenes und zerschnittenes Kleid, das in einem traurigen Häuflein auf dem Boden lag, und dann wieder zu ihm. Als ihre Blicke sich trafen, zog sie schnell die Decke bis zum Kinn hoch.

»Dein Kleid war nass. Du bist beinahe erfroren«, meinte er, da er ihren Blick als Anklage empfunden hatte.

Sie sagte nichts, sondern sah ihn nur vorsichtig an.

»Ich habe keine Schlangenwurz gegen dein Fieber«, sagte er. »Wenn es nicht bald zurückgeht, werde ich einen Sud von Baumwollsamen bereiten. Vermutlich schmerzt dich der ganze Leib.« Nach kurzem Schweigen fügte er hinzu: »Am besten sollte ich mir jetzt deinen Fuß ansehen.«

Obwohl sie ihn immer noch misstrauisch ansah, hockte er sich vor das Bett und schob die Decke von ihrem Bein zurück. Vorsichtig zog er ihr den Strumpf aus; die Haut ihres Fußes war rosa und hatte die Kälte überstanden. Ihr linkes Fußgelenk stand, wie er es von der Nacht her in Erinnerung hatte, in einem unnatürlichen Winkel ab. Vorsichtig strich er über das Bein, bis er den Knochen spürte, der sich verschoben haben musste. Dann bewegte er das Gelenk ein wenig. Sie verkrampfte sich, schrie aber nicht. Vermutlich war sie es gewohnt, Schmerzen klaglos zu ertragen.

»Du hast dir das Fußgelenk verrenkt«, sagte er. »Es muss gerichtet werden.«

Er stand auf, überließ sie einen Augenblick sich selbst und kehrte mit zwei schmalen Latten aus Holz, einigen ausgefransten Stoffstreifen und einer Flasche mit breitem Hals zurück, in der er Beinwellblätter mit Schnee gemischt hatte. Wieder hockte er sich vor sie.

»Es tut mir sehr Leid, aber es wird dir wehtun.« Vorsichtig zog er an ihrem Fußgelenk, prüfte, welchen Widerstand es bot, und renkte es dann mit einer schnellen Bewegung ein. Man hörte ein Knacken, und sie stöhnte leise. Ihr Gesicht wurde bleich und zeigte, welche Schmerzen sie ausstand, aber sie gab keinen weiteren Ton mehr von sich. Er packte das Gelenk in Schnee und Beinwellblätter ein, schiente es mit den Latten und verband es mit den Stofffetzen.

»Wahrscheinlich war es ein Segen, dass die Wölfe gekommen sind. Ohne ihr Geheul hätte ich nicht gewusst, dass du da draußen vor meiner Tür lagst.« Er hatte inzwischen die Streifen verknotet und erhob sich. »Es wird ein paar Tage dauern, bis du wieder laufen kannst. Ich begreife nicht, wieso du dich ohne Mantel in den

Schneesturm gewagt hast.« Nach einem kurzen Schweigen fügte er hinzu: »Du musst Hunger haben. Ich werde dir etwas zu essen bringen.«

Er ging in seine Speisekammer, füllte eine Schale mit Hafergrütze, gab aus dem Kessel Wasser hinzu und ließ den Brei eine Minute ziehen, bevor er ihn umrührte und der jungen Frau brachte. »Ich habe dir Haferbrei gemacht.«

Da sie sich nicht rührte, stellte er die Schale vor dem Bett auf den Boden. Die Stille in seinem eigenen Leben war für Hunter nichts Fremdes, aber in Gesellschaft anderer war er nicht an Schweigen gewöhnt, erst recht nicht, wenn die Gesellschaft weiblich war. Schließlich ergriff er das Wort, um die belastende Spannung zu vertreiben. »Du wirst wohl essen, wenn du Hunger bekommst.« Er schob die Hände in seine Taschen. »Nun, ich muss an die Arbeit.« Dann ging er zur Tür, zog seinen Mantel und die Stiefel an und verließ die Hütte.

Erst am späten Nachmittag kam Hunter zurück. Ein Bündel Feuerholz in den Armen trat er über die Schwelle und warf einen verstohlenen Blick auf die junge Frau, aber sie sah nicht in seine Richtung. Er ließ das Holz vor der Feuerstelle fallen. Einen Holzscheit schlug er gegen die Wand, um das Eis abzubrechen, das daran haftete, und legte ihn ins Feuer; sofort begann es zu zischen und zu qualmen.

»Wie fühlst du dich?«

Sie schwieg immer noch beharrlich. Ihr Kleid hatte sie neben sich unter die Decke geschoben und inzwischen offensichtlich von dem Brei vor ihrem Bett gekostet, ihn aber nicht aufgegessen. Jetzt lag sie, die Arme über der Decke, auf dem Rücken. Hunter bemerkte, dass die Verbände an ihrem Arm sich gelockert hatten, und schloss daraus, dass sie den Stoff abgewickelt hatte, um sich die Wunde selbst einmal anzusehen.

»Was wolltest du hier?« Er beugte sich vor, um den Verband zu untersuchen, und als er den Arm hob, zuckte die Frau zusammen. Hunter hielt inne und trat einen Schritt zurück.

»Du brauchst mich nicht zu fürchten. Ich werde dir kein Leid antun.« Er entfernte sich noch weiter von dem Bett, den Blick immer noch auf die schweigende Frau geheftet. Sie strich sich mit der Hand über das verfilzte Haar und versuchte erfolglos, ihre Finger durch die schlammverkrusteten Strähnen zu ziehen. »Du hast Erde im Haar. Wenn du möchtest, wasche ich es dir.«

Da sie weder mit Worten noch mit Gesten widersprach, goss Hunter warmes Wasser in eine kleine blecherne Waschschüssel, legte ihr einen Lappen um den Hals, stützte ihr den Kopf sanft mit einem Kissen ab, schöpfte mit einer Tasse etwas Wasser aus der Schale und goss es ihr vorsichtig über den Kopf. Ein paar Sekunden lang ließ er das warme Wasser ihr Haar durchtränken, dann griff er nach einem Lappen und wischte vorsichtig Schlamm und Gras ab. Diese Prozedur wiederholte er, bis das Wasser in der Schale dunkelbraun von Blut und Schlamm war.

Es lag etwas sehr Intimes in dem, was er tat, und sie schloss die Augen, während er sie wusch. Als er fertig war, tätschelte er ihr sanft den Kopf, dann tupfte er ihr Stirn und Hals trocken.

»Ich hole dir etwas zum Anziehen.« Kurz darauf kehrte er mit einem Flanellhemd zurück, das er über das Bett legte; das würde sie einhüllen wie ein langes Gewand. »Morgen werde ich dir etwas Nahrhafteres bringen als Hafermehl. Ein Gericht mit Wildbret. Fleisch wird dir gut tun.«

Er fragte sich, ob die Frau der Sprache nicht mächtig sei, und kam dann zu dem Schluss, dass er selbst genug gesagt habe, um ihr Schweigen wettzumachen. »Ich lasse dich jetzt allein. Am Fußende des Bettes steht ein Nachttopf.«

Er hatte sich gerade abgewandt, als sie zu sprechen begann.

»Warum hast du mich nicht sterben lassen?«

Hunter drehte sich wieder um und sah sie an, bevor er antwortete. »Nun, Ma'am, das Geschäft des Tötens überlasse ich Gott.«

Die Frau blinzelte nur. Hunter tippte sich an die Schläfe. »Gute Nacht, Ma'am.«

Mit diesen Worten zog er sich in die entgegengesetzte Ecke seiner Hütte zurück.

KAPITEL 15

DIE SEELE DES PREDIGERS

Es gibt Menschen, die die Existenz Gottes leugnen, und andere, die zu viel erlebt haben, um die unsichtbare Welt zu leugnen, sich aber selbst der Liebe Gottes verweigern. Ich bin der hoffnungsloseste Fall von allen. Denn es schenkt keine Hoffnung, einen Gott zu hassen, an den man glaubt.

Hunter Bells Tagebuch

Die seltsame Frage der Frau beschäftigte Hunter, und ihre Stimme verfolgte ihn. Sie hatte furchtsam und zerbrechlich geklungen, mit einem leichten, nicht genau bestimmbaren Akzent, vielleicht ein ferner Nachhall einer irischen Herkunft.

Hunter hatte sein Bettzeug in der Ecke der Hütte ausgebreitet, inmitten von Jutesäcken voller Bohnen und Gerste. Die Sonne war noch nicht aufgegangen, als er sich aus seiner wollenen Decke herausschälte, zur Herdstelle hinüberging und das Feuer anfachte, das mit seinem flackernden Schein die Hütte ein wenig erhellte. Er sah zu der Frau hinüber. Sie schien noch zu schlafen, soweit er es erkennen konnte, denn sie hatte das Gesicht von ihm abgewandt.

Er begann, Frühstück zu machen. Als die großen Schinkenstücke in der Pfanne zischten, erwachte Quaye, aber sie hielt das Geräusch anfangs für das Trommeln von Regen. Die ganze Hütte duftete nach Kaffee und gebratenem Schinken. Sie sah, wie er Schinken und gebratene Eier auf einen Teller schob und vor ihr Bett auf den Fußboden stellte. Er verrichtete sein Werk schweigend, als versuche er, das Vertrauen eines Vogels zu gewinnen, den er nicht verschrecken wollte. Ihre Blicke trafen sich, und sie sagte: »Du bist der Prediger.«

»Nennt man mich hier so?«

Sie nickte. »Man erzählt sich viel über dich. In der Stadt.«

»Was zum Beispiel?«

Sie schwieg, und Hunter spürte, dass sie Angst hatte, das Gehörte weiterzugeben. »Du kannst mir ruhig erzählen, was man so redet.«

»Die Leute sagen, du hättest deine Seele an den Teufel verkauft.«

Obwohl Hunter belustigt lächelte, blickte die Frau immer noch ängstlich drein. »Manche Leute sagen, du seiest ein Mörder.«

»Ein Mörder?«

»Ein Mann aus dem Gasthof will dich aus Pennsylvania gekannt haben. Er hat allen Leuten im Speisesaal erzählt, du hättest deine Frau getötet und seiest nach Westen geflohen, um dem Henker zu entkommen.«

Das Lächeln auf Hunters Gesicht erstarb. Obwohl die Anklage ihn offensichtlich betroffen machte, tat er nichts, um sie zu bestreiten. Quaye wünschte, sie hätte die verleumdenden Worte für sich behalten.

»Ich stamme aus Pennsylvania«, bekräftigte er. Dann setzte er sich in den Schaukelstuhl und fuhr nachdenklich fort: »Und ich denke, deine erste Bezeichnung für mich ist zutreffender.«

»Du warst früher mal Prediger?«

»Das liegt schon lange zurück. Ein ganzes Leben.«

Einen Augenblick später fragte er: »Wie heißt du?«

»Quaye.«

»Quaye«, wiederholte er, als koste er das Wort in seinem Mund. »Ein seltsamer Name.«

»Es ist ein irischer Name.«

»Was hast du bei diesem Unwetter draußen getan?«

Quayes Gesicht verhärtete sich, und Hunter überlegte, was wohl daran verwerflich sein sollte, in einem Unwetter draußen ertappt zu werden. »Du trägst einen Ring am Finger. Dein Mann wird sich gewiss Sorgen machen. Heute Nachmittag werde ich in die Stadt reiten und ihm Bescheid geben, wo du bist. Wo werde ich ihn finden?«

»Wahrscheinlich am ehesten im Saloon.«

»Im Saloon?«

»Er spielt Karten.«

»Ich würde meinen, dass er draußen wäre, um nach dir zu suchen.«

Sie schüttelte den Kopf. »Er hat mich in den Sturm hinausgeschickt.«

Hunter legte den Kopf zur Seite, als ob er über ihre Antwort nachdenken müsste.

Sie sprach mit ungerührter Stimme, als berichte sie von einem Ereignis, an dem sie keinen Anteil gehabt hatte. »Jak hatte stark getrunken. Er war wütend, weil er nicht aus dem Haus konnte. Aber dann ging ihm der Whisky aus. Er befahl mir, neuen zu holen, doch ich wollte nicht gehen, wegen des Schneesturms. Als ich mich weigerte, schlug er mich, dann warf er mich ohne meinen Mantel hinaus in den Schnee und wollte mir die Tür nicht mehr öffnen. Ich versprach ihm, dass ich ein bisschen Whisky für ihn erbetteln würde, wenn er mir nur meinen Mantel gäbe, aber er weigerte sich. Alle Häuser, an die ich kam, waren wegen des Schneesturms dicht gemacht worden, und der Sturm war zu laut, als dass ich mir hätte Gehör verschaffen können.« Sie senkte den Blick, und ihre Stimme wurde leiser. »Also habe ich mich auf den Weg zum Berg gemacht.«

»Warum zum Berg?«

»Ich wollte an keinem öffentlichen Platz gefunden werden.«

Hunter lehnte sich auf dem Stuhl zurück und rieb sich das Kinn. Mit einer solchen Erklärung hatte er nicht gerechnet, und er wusste nicht, was er sagen sollte. Schließlich meinte er: »Mein Name ist Hunter.«

»Wenn ich nur noch einen einzigen Tag bleiben dürfte, wäre ich dir sehr dankbar.«

»Du wirst noch eine ganze Weile nicht hier wegkönnen«, erwiderte Hunter. »Nicht bevor dein Knöchel geheilt ist. Es sei denn, du möchtest den Rest deines Lebens als Krüppel verbringen.«

»Ich muss zurück zu Jak.«

Ihr Beharren, zu dem Mann zurückzukehren, der sie durch sein unbedachtes Handeln beinahe getötet hatte, verwirrte ihn. »Du bist hier keine Gefangene. Aber es wäre das Beste für dich, noch eine Weile zu bleiben.«

Einen Augenblick dachte sie über ihre missliche Lage nach. Zwar wusste sie nicht, ob Jak am vergangenen Abend betrunken genug gewesen war, um die Ereignisse vergessen zu haben, aber er würde in jedem Falle wütend auf sie sein, weil sie sich den Knöchel verrenkt hatte. Und er würde sie trotzdem arbeiten lassen. Obwohl sie bei ihrer Rückkehr gewiss Prügel erwartete, vor allem dann, wenn sie noch länger wegbliebe, wäre es wohl das Beste, zu warten, bis ihr Knöchel verheilt war.

»Ich muss mein Kleid flicken«, sagte sie.

Hunter, der auf dem Boden gekniet hatte, erhob sich. »Dafür habe ich nicht genug Zwirn im Haus. Und du hast deine Stiefel verloren. Sobald das Wetter es zulässt, werde ich in der Stadt kaufen, was du brauchst.«

Ihre Augen weiteten sich vor Schreck, als sie das hörte. Vor zwei Jahren hatte Quaye ein ganzes Jahr ohne Schuhe gelebt, bis die Frau eines Ranchers, die sie in Vacaville kennen gelernt hatte, ihr Stiefel schenkte. »Ich habe meine Stiefel verloren?«

»Ich vermute, sie liegen irgendwo im Schnee vergraben. Ich werde dir neue kaufen.«

Sie fürchtete sich vor dem, was er als Gegenleistung verlangen würde. »Ich habe keine Möglichkeit, dir das Geld zurückzuzahlen.«

»Ich verlange keine Bezahlung«, antwortete Hunter.

Als er in seine Ecke des Raums zurückkehrte, fragte Quaye sich, was für ein Mensch er eigentlich war.

KAPITEL 16

XIAO LOU

Ich habe eine große Wahrheit des Lebens begriffen.
Wir gedeihen nicht trotz unserer Probleme und Schwierigkeiten,
sondern wegen ihnen.

Hunter Bells Tagebuch

Die beiden nächsten Tage vergingen größtenteils in Schweigen, das sich bis lang in die Nacht hineinzog, da weder Quaye noch Hunter gut schliefen. Der Besuch am Sonntagnachmittag war daher eine willkommene Abwechslung von der Stille. Sonny Chang war gekommen, zusammen mit dem fünfjährigen Xiao Lou. Die Mutter des Jungen, Hua, stand hinter ihm, die Arme über seine Schultern gelegt, und drückte ihn an sich. Hunter bat sie hinein.

Quaye verfolgte die Ankunft der Chinesen mit großem Interesse. Obwohl auch sie, genau wie Hunter, im Westen schon Angehörigen dieses Volkes begegnet war, hatte sie noch nie mit einem von ihnen gesprochen, und sie fand diese Menschen genauso seltsam wie alles andere, das ihr in dem neuen Land widerfahren war.

»Hua wollen, dass Junge Amerikaner sein«, sagte Sonny.

Hunter fragte sich, was das mit ihm zu tun hatte. »Ist er in Amerika geboren?«

»Ja.«

»Dann ist er Amerikaner.«

»Sie wollen, dass du ihrem Sohn beibringen, Englisch lesen.«

Hunter musterte den Jungen, und seine Miene verriet einen seltsamen, tiefen Schmerz. »Er ist noch zu jung«, sagte er schließlich.

»Er lernen jetzt, und er nicht sprechen Englisch wie Chinese. Wir bezahlen dich.«

Obwohl Hunter dem Chinesen Dank schuldete, konnte er sich nicht dazu überwinden, den Auftrag anzunehmen. Die Mutter des Jungen sah ihn hoffnungsvoll an.

»Unterrichte du ihn«, sagte er zu Sonny.

»Ich kann nur schreiben wenige Worte.«

»Wer hat die Urkunde für deinen Claim geschrieben? Ich habe sie gelesen.«

»Ich schreibe sie ab von *huiguan,* Heimatverein in San Francisco.«

Hunter schüttelte den Kopf. »Tut mir Leid. Ich kann es einfach nicht.«

Als Sonny sah, dass Hunter seine Entscheidung getroffen hatte, verbeugte er sich. »Es tut mir Leid, dass ich dich belästigen, Mr Bell.« Mit noch immer gebeugtem Kopf ging er langsam rückwärts auf die Tür zu.

Plötzlich ergriff Quaye das Wort. »Ich werde ihn unterrichten.«

Sonny blickte fragend auf; er hatte bisher nicht bemerkt, dass sich noch jemand in der Hütte befand. Jetzt sah er Quaye an.

»Deine Frau?«, fragte er.

»Sie ist nicht meine Frau.«

»Ah«, erwiderte Sonny mit einem wissenden Nicken.

»Es ist nicht, wie du denkst«, sagte Hunter.

Quaye blickte zu Hunter hinüber. »Wenn du es gestattest, werde ich den Jungen unterrichten.«

»Was kann man denn in ein paar Wochen schon lernen?«

»Ich kann ihn jeden Tag unterrichten. Wenn ich von hier fortgehe, kann er in den Gasthof kommen. Ich werde ihn dort unterrichten.«

Sonny sah zwischen den beiden hin und her. Obwohl Hunter sein Unbehagen über das Angebot nicht ganz verbergen konnte, sagte er schließlich: »Sie wird den Jungen unterrichten.«

Sonny fragte: »Um wie viel Uhr du unterrichten?«

Sie sah Hunter bittend an. »Morgen Mittag«, schlug sie vor.

»*Zhongwu*«, erwiderte Sonny. Die Mutter des Jungen lächelte.

»*Xie xie. Xie xie*«, rief sie und verbeugte sich immer wieder in alle Richtungen, als sei der Raum voller Menschen. Nachdem sie fort waren, wechselten Quaye und Hunter kein Wort mehr miteinander.

Xiao Lou stand am nächsten Tag um Punkt zwölf vor der Hütte. Er brachte einen Rucksack mit, der Papier, einen chinesischen Schreibpinsel und ein Glas schwarzer Tinte enthielt sowie ein Geschenk für seine Lehrerin, einen großen Glaskrug mit schwarzem Tee.

Quaye stand nicht auf, sondern beugte sich über die Bettkante, und der Junge saß neben ihr auf dem Stuhl. Sie schrieb das ganze Alphabet auf ein Blatt von seinem Papier und ließ ihn jeden Buchstaben etliche Male wiederholen, damit er dessen Lautung einübte. Die erste Lektion dauerte drei Stunden. Während der ersten Stunde saß Hunter an seinem Tisch und reinigte ein Gewehr, dann verließ er die Hütte. Ein paar Mal blickte er durchs Fenster, kam aber erst zurück, als der Junge fort war. Am Abend fragte er Quaye, ob sie die Absicht habe, jedes Mal so lange zu unterrichten. Wenn er es erlaube, antwortete sie, wolle sie es so halten. Daraufhin ging Hunter in den Stall und kehrte wenig später mit einem Beil und einem zusammengerollten Seil zurück. Er schlug mit der flachen Seite des Beils knapp über Kopfhöhe einen Nagel in die Wand, bog ihn krumm und band das Seil daran fest. Dann durchquerte er den Raum, schlug einen weiteren Nagel ein und befestigte das andere Ende des Seils daran. Schließlich nahm er mehrere Decken und hängte sie über die Leine, sodass Quaye und das Bett vom Rest des Raumes abgetrennt waren.

»Jetzt bist du vollkommen ungestört.«

Es überraschte sie nicht, dass die ungewöhnlichen Umstände ihn zu belästigen schienen. Bisher hatte er allein gelebt oder zusammen mit Männern, und jetzt teilte er seine Hütte mit einer Frau und einem Kind. Sie vermutete, dass sein Ärger weniger ihr galt als der Anwesenheit von Xiao Lou, was sie erstaunte, da er die Familie Chang offensichtlich mochte. Nach einigem Nachdenken kam sie zu dem Schluss, dass er wohl nichts für Kinder übrig hatte, und beließ es dabei.

Quaye war stolz auf ihren kleinen Schüler. Xiao Lou lernte schnell, und nach der ersten Woche konnte der Junge jeden Buchstaben ihrer Alphabetseite richtig aussprechen. Außerdem hatte er inzwischen auch ihren Namen gelernt, da er dem Chinesischen nicht allzu fremd und daher leicht auszusprechen war. Quaye genoss jeden Augenblick, den sie mit dem Kind verbrachte. Der kleine Junge weckte ihre mütterlichen Gefühle. Quaye war von Jak niemals schwanger geworden. Und so sehr dieser Umstand sie bekümmerte, glaubte sie doch, dass es ein Segen Gottes war.

Da der Vorhang ihm nun ein wenig Abgeschiedenheit bot, blieb Hunter während der Schulstunden in der Hütte. Obwohl er ursprünglich gegen den Unterricht gewesen war, verfolgte er das Geschehen nun mit größter Aufmerksamkeit und erkundigte sich häufig nach den Fortschritten des Jungen. Und er hatte stets ein Lächeln für das Kind, obwohl in seinen Augen eine seltsame Traurigkeit lag.

Quaye vermutete, dass Hunter ihre Unterrichtsstunden belauschte, aber dies wurde erst am Heiligen Abend zur Gewissheit. Quaye hatte Hunter um einen alten Strumpf gebeten, den sie mit Walnüssen und einer Lutschstange füllte. Sie erzählte Xiao Lou die Weihnachtsgeschichte, dann überreichte sie ihm das Geschenk. Als der Junge fort war, war Hunter sehr still und starrte ins Feuer. Quaye fragte ihn, ob alles in Ordnung sei. Er antwortete nur: »Ich wusste nicht, dass heute Weihnachten ist.«

Am nächsten Tag beendete Quaye gerade den Unterricht, als Sonny in die Hütte gestürzt kam. Seine Augen waren weit aufgerissen vor Erregung.

»Mr Bell!«

Hunter legte sein Buch beiseite. »Was gibt es, Sonny?«

»Männer kommen und sagen, wir müssen heute fortgehen. Sie sagen, Claim gehört ihnen.«

»Was waren das für Männer?«

»Weiße Männer. Sie nehmen unser Claim-Papier und gehen mit Lao Jong in die Stadt. Sie sagen, sie haben Schürferrat nur für Weiße.« Er sah Hunter an, in der Hoffnung, einen Verbündeten gegen den Rat zu finden. Hunter fragte sich, warum die Männer mitten im Winter einen Claim für sich beanspruchen wollten. »Was war der Auslöser dafür?«

»Lao Jong gehen in die Stadt, um Öllampe zu kaufen. Böse Männer sehen sein Gold und folgen ihm in unser Lager. Sie sagen uns, wir müssen sofort gehen, oder sie erschießen jeden Einzelnen von uns. Wir zeigen ihnen unseren Claim, aber sie sagen, er ist nicht in Ordnung, und sie nehmen uns Papier weg. Sie bringen Lao Jong fort. Sagen, wir können ihn mitnehmen, wenn unser Wagen die Stadt verlassen, oder er werden hängen heute Abend.«

»Wie viele Männer waren es?«

»Sechs Männer.«

Hunter runzelte die Stirn. »Ich werde sehen, was ich tun kann.«

Sonny drehte sich jetzt zu dem Vorhang um und sagte mit scharfer Stimme: »Xiao Lou! *Ni mashang hui jia, ba!*« Der Junge kam hastig hinter der Abtrennung hervor, griff nach seinem Mantel und lief aus der Hütte. Quaye hatte das Gespräch mit angehört, blieb aber schweigend hinter dem Vorhang sitzen, während Hunter sich einen Colt um die Hüfte band und hinausging. Sie machte sich Sorgen, dass ihm etwas zustoßen könnte.

KAPITEL 17

DIE ENTFÜHRUNG

Chinesen, Chinesen, Seifenverkäufer,
hütet euch vor dem Schicksal, das euch erwartet.
Kein Henkerskomitee, nicht der Bürgerwehr Seil,
sondern der Hass der Damen steht euch bevor.
Ihr schlitzäugigen mörderischen Heiden mit euren
ledergegerbten Gesichtern!
Ihr nach Opium und Moschus stinkenden Gauner,
wir erheben keinen Einspruch, wenn ihr lebt und atmet.
Aber hütet euch, Wäsche zu waschen!

Verse des Redakteurs einer Zeitung im Westen,
die den Wunsch der Frauen am Ort wiedergeben,
die Chinesen mögen aufhören, Wäsche zu kochen.

Die Nachricht vom amerikanischen Gold erreichte China durch wagemutige Schiffseigner, die in einer chinesischen Massenimmigration potenzielle Profite witterten. Sie brachten in den Küstenstädten Chinas Nachrichtenblätter in Umlauf und rühmten den von Gold durchsetzten Boden Kaliforniens, wo ein Mann seinen Pflock in die Erde schlagen und genug von dem gelben Metall zusammenbringen konnte, um sich als vornehmer Herr zur Ruhe zu setzen. Kalifornien gaben sie den Namen *Jin Shan:* Goldener Berg.

Zu Anfang hieß man die chinesischen Einwanderer willkommen; sie strömten zu zehntausenden in das neue Land. Als die Goldvorräte Kaliforniens jedoch zur Neige gingen, fanden die verbitterten Goldsucher, die um einen überaus kargen Lebensunterhalt kämpften, in den Chinesen ein bequemes Ventil für ihre Frustration. Die öffentliche Meinung richtete sich gegen sie. Zeitungsleute wie Politiker befürworteten Maßnahmen, um sie zu vertreiben – sie denunzierten die Chinesen als Heiden, als Opiumsüchtige und Plünderer von Goldwaschtrögen, als eine Bedrohung für alles Heilige in einem Land, in dem nichts heilig war. Die Chinesen, die einst mit offenen Armen aufgenommen worden waren, weil sie die Arbeiten verrichteten, die niemand sonst tun wollte, wurden nun aus eben diesem Grund gehasst. Die Menschen betrachteten sie als einen Fluch – eine gesichtslose, namenlose Masse, die wie eine gewaltige gelbe Geißel den Westen überschwemmt hatte.

Nachdem die Gesellschaft sie gewissermaßen für vogelfrei erklärt hatte, wurden die hilflosen Chinesen zu Opfern weißer Banditen, die ihnen ihr Gold, ihr Land und auch ihr Leben nahmen, wenn sie Widerstand leisteten. Ein Zeitungsredakteur kommentierte derartige Grausamkeiten mit den Worten, dass er »nichts dagegen habe, ab und zu vom Mord an einem Chinesen zu hören«, um seine Leser sodann zu ermahnen, dass sie die Chinesen nicht töten sollten – »es sei denn, sie verdienten es« –, und falls sie es doch täten, dann bitte nicht gleich scharenweise.

Hunter und Sonny ritten in die Stadt, und Sonny entdeckte schließlich die Pferde der Männer, die Lao Jong mitgenommen hatten, vor dem Saloon. Hunter ließ Sonny draußen warten und ging allein hinein.

In einer Ecke der Bar hatten sich die Männer um Lao Jong versammelt, der an einen Stuhl gefesselt worden war. Sein Oberkörper war nackt, seine Hände waren hinter dem Rücken zusammengebunden, und seine Nase blutete, da man ihn mehrfach geschlagen hatte. Die Männer hatten Wetten abgeschlossen, ob es möglich sei, die Nase eines Chinesen noch flacher zu machen. Ein stämmiger, rotgesichtiger Kerl mit ausgedünntem Haar hielt etwas in der Hand, das wie ein Pferdeschwanz aussah, und versuchte, Lao Jong das Ding in den Mund zu stopfen. Hunter wusste sofort, dass es Lao Jongs Zopf war. Alle Anwesenden im Saloon ergötzten sich an der Not des Chinesen und stachelten seinen Peiniger mit lauten Rufen an.

Eine Stelle aus dem Buch Salomo schoss Hunter durch den Kopf. *Ihren Rachen sperren sie gegen mich auf wie ein brüllender und reißender Löwe …*

Er legte die Hand auf seinen Revolver. »Bindet ihn los.«

Die Leute in der Bar wandten sich sofort zu ihm um, und in einigen Gesichtern fand er bestätigt, dass zumindest ein Teil von dem, was Quaye über ihn gesagt hatte, der Wahrheit entsprach: Sie fürchteten ihn. Als niemand Anstalten machte, den Mann loszubinden, trat Hunter vor, zog sein Bowiemesser aus dem Gürtel und schnitt die Seile selbst durch. Lao Jong erhob sich unsicher. Hunter fasste ihn am Arm und geleitete ihn aus dem Kreis der Männer. Niemand versuchte, ihn aufzuhalten.

»Haltet euch von meinem Claim fern«, sagte Hunter.

Der Mann, der den Zopf in der Hand hielt, machte ein finsteres Gesicht. »Der Claim eines Chinesen ist das gelbe Fleisch nicht wert, das ihn abgesteckt hat.«

»Es ist nicht ihr Claim. Es ist meiner. Ich habe den Chinesen das Stück Land im vergangenen Herbst abgekauft.« Hunter holte die Quittung hervor, die Sonny ihm für den Bau seiner Hütte ausgestellt hatte, und hielt sie in die Höhe. »Ich habe hier eine Urkunde über den Verkauf. Hat irgendjemand Zweifel daran?«

Einer der Männer rief: »Warum haben die Schlitzaugen dann da oben ihr Lager aufgeschlagen?«

»Sie arbeiten für mich.«

Der Claim eines Chinesen galt als Freiwild, aber es war etwas vollkommen anderes, einem Weißen sein Land zu stehlen. Daher gaben die Männer lieber klein bei, als die ganze Gemeinschaft der Goldgräber gegen sich aufzubringen. Nur ein rotgesichtiger Mann widersetzte sich. »Uns wird hier kein feiner Pinkel sagen, was wir zu tun haben. Er lügt. Ich habe das Gold der Schlitzaugen selbst gesehen.«

Hunter warf einen kühlen Blick in die Runde. Schließlich sagte einer der Männer: »Lass gut sein, Jak. Das Land ist vergeben.«

Hunter glaubte sofort zu wissen, mit wem er es zu tun hatte. »Jak Morse?«

Der Fremde sah ihn verblüfft an. »Was interessiert dich das?«

»Du interessierst mich nicht die Spur«, antwortete Hunter. Dann fügte er, so laut, dass alle es hören konnten, hinzu: »Ich werde nicht nur jeden Mann erschießen, der mein Land betritt, sondern im nächsten Frühjahr auch meinen Bach umleiten, wenn ihr mir in dieser Sache Scherereien macht. Dann werden wir ja sehen, wie euch das Trockenwaschen gefällt.« Er schob Lao Jong vor sich her zur Tür, und Schweigen senkte sich hinter ihm über den Raum.

»Wohin willst du ihn denn umleiten?«, rief ein Goldsucher ihm nach.

»Ich werde die Wiese überfluten, um Reisfelder darauf anzulegen. Meine schlitzäugigen Freunde lieben Reis.«

Als sie ins Freie traten, ließ Lao Jong den Kopf hängen, da der Verlust seines Zopfes ihn beschämte. Sonny schwieg einen Augenblick, doch sein Gesichtsausdruck verriet, dass er aufgewühlt war. »Du nehmen unseren Claim?«, fragte er schließlich.

Hunter, der immer noch grimmig dreinschaute, sah zu ihm hinüber. »Du hast gelauscht?«

Sonny nickte.

»Das ist die einzige Möglichkeit, damit ihr euer Land behalten könnt. Was immer ihr dort findet, gehört euch«, erwiderte Hunter.

Sonny entspannte sich. »Ich verstehen«, sagte er.

Bevor sie die Stadt verließen, machten sie beim Krämer Halt, wo Hunter Garn erstand, ein paar Damenschuhe und vier Gewehre für die Chinesen. Sonny wog eine der Waffen in der Hand und liebkoste ihren Schaft.

»Jetzt wir halten böse Männer fern.«

»Glaub ja nicht, du hättest auch nur die geringste Ahnung, wie man mit diesem Ding umgeht«, erklärte Hunter rundheraus. »Ich werde dir beibringen müssen, wie man schießt. Und dann wirst du Übung brauchen.«

KAPITEL 18

DIE WIDMUNG

Diese Frau, eine Pandora, hat gelesen,
was meine Geliebte mir einst schrieb.

Hunter Bells Tagebuch

Gleich an ihrem ersten Tag in der Hütte hatte Quaye die staubigen Bücher auf dem Kaminsims gesehen und sich gefragt, ob wohl eine Bibel dabei war. Auch wenn sie ein gläubiger Mensch war, war es mehr als sieben Jahre her, seit sie das letzte Mal eine Bibel in Händen gehalten hatte. Als Kind einer katholischen Familie hatte sie in ihren schwierigen Jahren Stärke aus ihrer Religion gezogen. Anfangs hatte Jak gedacht, ihr Glaube sei töricht, aber harmlos, und hatte sie zwar deswegen verspottet, aber keine Einwände erhoben, solange die Religion seinen Forderungen nicht im Wege war. Als er jedoch merkte, dass der Glaube ihr nach und nach wiedergab, was er ihr genommen hatte, ergriff er Maßnahmen, um ihn aus ihrem Leben zu verbannen. Ihr Rosenkranz verschwand. Zudem untersagte er ihr, an der Messe teilzunehmen oder die Kommunion zu empfangen, und verbot ihr schließlich, von ihrem Glauben auch nur zu reden. Zu guter Letzt wollte er nicht einmal mehr eine Bibel im Haus dulden.

Als Hunter fort war, schwang Quaye die Beine über die Bettkante, doch beim ersten Schritt durchzuckte ein scharfer Schmerz ihren Knöchel. Halt suchend stützte sie sich auf dem Stuhl ab, holte tief Luft und belastete den Knöchel dann von neuem. Sie war nicht wehleidig und hatte überdies gelernt, sich von Schmerzen nicht beeinträchtigen zu lassen. Langsam humpelte sie durchs Zimmer, bis sie keuchend auf der anderen Seite angelangt war. Dort stützte sie sich auf den Kaminsims, um sich die Bücher anzusehen.

Zu ihrer Überraschung konnte sie keine Bibel finden. Sie hatte Hunters in Leder gebundenes Tagebuch für die Heilige Schrift gehalten, doch als sie es aufschlug, erkannte sie ihren Irrtum und stellte es wieder auf das Brett über dem Kamin. Ein dünnes Bändchen mit Sonetten fiel ihr jetzt auf. Nachdem sie es kurz durchgeblättert hatte, nahm sie es mit zurück zum Bett. Das Buch sah reichlich abgegriffen aus; der Rücken war gebrochen, und die Seiten waren an den Rändern verblichen. Sie legte sich wieder hin und schlug das Buch auf. Auf dem Vorsatzblatt stand eine in wunderschöner Handschrift verfasste Widmung:

Mein liebster Hunter,
wenn meine Lippen doch nur ebensolche Worte benutzen könnten, wie mein Herz es so mühelos zu tun vermag – auf dass die Wolken meines Geistes die Sonne meiner Liebe nicht verhüllen möchten. Aber gerade ich hätte allen Grund, mit meinem Los zufrieden zu sein und mit Liebesdiensten auszudrücken, was meine Worte kaum mitzuteilen wissen.
Du bist mein Licht und mein einzig wahrer Traum. Du bist mein Glaube und meine Religion, und ich lege mein Herz auf den Altar deiner Liebe. Wie glücklich ein solcher Akt der Ergebenheit doch ist!
Oh, mein lieber Gemahl, sieh nur, wie schlicht meine Feder sich müht, auszusprechen, was meine Seele so gern in die Welt hinausrufen würde. Daher schenke ich dir dieses Büchlein und borge mir die Worte eines anderen, und wenn auch meine Feder nicht das Eigentum daran behaupten darf, so fürchtet mein Herz sich doch nicht vor einem Diebstahl …
»Mir scheint, die ganze Welt hat sich verändert, seit ich zum ersten Mal den Klang deiner Seele vernahm …«
In zärtlicher Liebe,
deine Rachel

Diese Widmung machte sie neugierig, und sie fragte sich, was für ein Mann er sein mochte, dass eine Frau ihn mit solcher Hingabe liebte. Eines verwirrte sie noch mehr: Wenn die in dem Büchlein ausgedrückten Gefühle aufrichtig waren, wo war dann die Verfasserin dieser Worte? Warum hatte sie den Mann, den sie liebte, allein gelassen? Doch dann fiel ihr wieder ein, dass erzählt wurde, er habe seine Frau ermordet. Obwohl Quaye bezweifelte, dass es zutreffend war, konnte sie sich Hunters seltsame Reaktion nicht erklären, als sie ihn darauf angesprochen hatte.

Sie blätterte weiter und begann, die Sonette zu lesen, aber nach nur wenigen Seiten kehrte sie zu der Widmung zurück und las sie noch einmal.

Das Buch enthielt noch andere Rätsel für sie. Zwischen seinen Seiten befand sich die Daguerreotypie eines kleinen Mädchens mit großen, dunklen Augen, dem das Haar in Locken in die Stirn und auf die Schultern fiel. Quaye fand die Kleine sehr hübsch und fragte sich, in welcher Beziehung sie zu dem Mann stehen mochte. Auf dem Bild fand sich keine nähere Angabe als ein auf die Rückseite gekritzeltes *Philadelphia 1856*. Und bei dem Porträt lagen zwei Briefe: einer war zusammengefaltet, der andere steckte in einem versiegelten Umschlag. Auf dem Siegel prangte ein großes »B«; sonst stand nur der Name *Hannah* auf dem Umschlag. Zunächst kümmerte Quaye sich nicht um die Briefe, bis ihre Neugier zu stark wurde und sie sich ihnen doch zuwandte. Den versiegelten Umschlag hätte sie niemals geöffnet, aber den anderen Brief zog sie schließlich aus dem Buch hervor und faltete das brüchige Papier vorsichtig auseinander.

12. Februar 1856

Pastor Bell,

ich bete, dass Sie mein Schreiben bei guter Gesundheit empfangen. Gott segne Sie für das Geld, das Sie uns geschickt haben. Sie waren stets ein freigebiger Mensch. Hannah ist an Geist und Körper wohlauf. Das Bild zeigt, dass unser Herr sie mit der Schönheit ihrer Mutter gesegnet hat und mit der wunderbaren Gesinnung ihres Vaters, denn beides wird in ihrem Gesicht offenbar.

Wir beten für Ihre glückliche Rückkehr zu unserer Herde und in Seinen Schoß. Bis dahin möge Gottes Friede Ihnen folgen.

SCHWESTER FOLLAND

Als Quaye den Hufschlag von Hunters Pferd hörte, faltete sie den Brief schnell zusammen und schob ihn wieder in das Buch, das sie auf die andere Seite des Bettes legte, damit er es nicht sehen konnte. Kurz darauf trat Hunter ein, legte sein Gewehr auf den Tisch und holte sich dann eine Schöpfkelle Wasser aus dem Regenfass. Während sie ihn beobachtete, wurde ihr bewusst, dass der Inhalt des Briefes und der Widmung ihre Wahrnehmung verändert hatte. Er schien mit einem Mal anders auszusehen, als habe er einen Teil seines Äußeren abgestreift, um einen neuen Menschen zu offenbaren.

»Hast du Durst?«, fragte er.

»Ja.«

Er schöpfte das Wasser in einen Blechbecher und brachte ihn an ihr Bett, zusammen mit dem Ranzen, der seine Einkäufe enthielt. Er reichte ihr den Becher.

»Hast du Lao Jong gefunden?«

Hunter nickte.

»Was ist passiert?«

»Sie haben klein beigegeben«, antwortete er leise.

Quaye sah ihn bewundernd an.

»Xiao Lou wird diese Woche nicht mehr herkommen«, sagte Hunter. »Seine Mutter hat Angst.« Er öffnete den Ranzen und holte eine Rolle Garn mit einer Nadel hervor. Als Nächstes förderte er ein paar lederne, knöchelhohe Stiefel mit einem Dutzend Ösen zu Tage. »Ich habe dir Garn und Stiefel gekauft. Die Stiefel dürften wohl passen. Es sind allerdings keine Adelaids.«

»Vielen Dank«, sagte sie bescheiden. »Ich hatte auch keine Adelaids erwartet.« Während sie liebkosend über die Stiefel strich, entdeckte Hunter das Buch neben ihr. Sein Gesichtsausdruck veränderte sich schlagartig.

»Was hast du da?«

Quaye sah erst das Buch an, dann wieder ihn. Seine Miene machte ihr Angst. »Deinen Gedichtband.«

»Woher hast du ihn?«

»Es tut mir Leid, ich wollte nichts Unrechtes tun. Ich habe nur nach einer Bibel gesucht. Ich dachte, es würde dir nichts ausmachen.«

»Ich habe keine Bibel«, erwiderte er schroff. Als er einen Schritt auf sie zu machte, zog sie instinktiv den Kopf ein, da sie glaubte, er wolle sie schlagen, aber er streckte nur die Hand aus und griff nach dem Buch. Einen Augenblick lang betrachtete er die verängstigte Frau. Dann stellte er das Buch ohne ein weiteres Wort auf den Kaminsims zurück.

KAPITEL 19

VERSCHÜTTET

Eine große Tragödie hat unsere Welt überschattet.

Hunter Bells Tagebuch

Für den Rest des Abends herrschte in der Hütte eine spürbare Anspannung. Hunter bereute seinen Wutausbruch und bedauerte es, auf ein Gespräch mit Quaye verzichten zu müssen. Sie hatte sich wieder in ihre Welt des Schweigens zurückgezogen, während sie ihr Kleid flickte, da sie vorhatte, bald wieder aufzubrechen. Hunter wünschte, Xiao Lou würde sie besuchen, da seine Anwesenheit Quaye immer so glücklich machte.

Am nächsten Morgen bereitete Hunter zum Frühstück ein dünnes Fladenbrot mit Honig zu, kochte Gerstentee und verließ dann ohne ein weiteres Wort die Hütte. Mehrere Stunden später kehrte er mit einem schweren Karton zurück, den er ohne Erklärung vor Quayes Bett stellte.

»Was ist das?«, fragte sie.

»Die sind für dich.«

Quaye nahm den Deckel des Kartons ab, und als sie einen Stapel Bücher darin sah, öffneten ihre Lippen sich zu einem verhaltenen Seufzer. Sie nahm jedes Buch einzeln heraus und ließ die Finger über die geprägten ledernen Buchdeckel gleiten – *Die Sturmhöhe, Das verlorene Paradies, Moby Dick* sowie eine neue Ausgabe des Gedichtbandes *Sonette aus dem Portugiesischen.* Ganz zuunterst in dem Stapel lag eine in Leder gebundene Bibel. Sie betrachtete das Buch, als sei es eine heilige Erscheinung, und dachte an jenen Tag zurück, an dem sie ihre eigene Bibel daheim nicht mehr vorgefunden hatte. Jak hatte ihr mit schroffen Worten zu verstehen gegeben, dass er das Buch nicht länger in ihrer Wohnung dulden würde. Als sie vehement protestierte, hatte er sie so heftig geschlagen, dass selbst er anschließend so etwas wie Reue zu verspüren schien. Das war, soweit sie sich erinnern konnte, das einzige Mal, dass er sie je gefragt hatte, wie es ihr gehe. Quaye berührte die Bibel und schlug sie behutsam auf, und Tränen traten ihr in die Augen.

»Ich weiß, du hast es nicht böse gemeint, als du dir mein Buch angesehen hast. Es tut mir Leid, dass ich dich erschreckt habe. Wenn du nach Hause zurückkehrst, darfst du diese Bücher mitnehmen.« Er zögerte kurz, dann fügte er hinzu: »Vielleicht gibt es ja irgendeinen Ort, an dem du sie vor Jak verstecken kannst.«

Es erstaunte Quaye, dass Hunter ihre Situation verstand. »Sie sind wunderschön«, sagte sie. »Ich könnte sie im Gasthof lassen.« Sie breitete sämtliche Bücher auf dem Bett aus. »Hast du die alle schon gelesen?«

Er nickte. »Ich lese so ziemlich alles, was ich bekommen kann. In West Chester habe ich eine recht ansehnliche Bibliothek zurückgelassen.«

»Warst du dort zu Hause? In West Chester?«

»Wir waren dort …« Er hielt inne und fuhr dann leise fort: »Ich habe dort gepredigt.« Quaye bemerkte, dass der Ausrutscher ihm Unbehagen bereitete. Sie griff nach der *Sturmhöhe.* »Ich habe schon von diesem Buch gehört und mir gewünscht, es zu lesen. Aber Bücher sind ein Luxus, der mir nur selten vergönnt ist.«

»Das überrascht mich nicht. Ich bin deinem Jak begegnet«, erwiderte er.

Die Worte ließen sie frösteln. »Wo?«

»Im Saloon. Er war einer der Männer, die Lao Jong entführt hatten. Er ist genauso abscheulich, wie ich ihn mir vorgestellt habe.« Hunter bemerkte die Angst, die sich nun deutlich in ihren Zügen zeigte, und fügte beruhigend hinzu: »Er weiß nicht, dass du hier bist.«

Quaye wandte sich wieder dem Buch zu. Sie hatte gerade die ersten Zeilen gelesen, als ein lautes Krachen durch die Berge hallte. Sie blickte auf. »Deine chinesischen Freunde lassen wohl ein Feuerwerk steigen.«

»Nein. Ich habe ihnen Gewehre gekauft, damit sie sich verteidigen können. Aber sie sollten jetzt nicht …« Er hielt mitten im Satz inne, und seine Stirn legte sich in Falten; mit einem Mal war er so wachsam wie ein Hirsch, der die Witterung eines heranpirschenden Pumas aufnimmt. Quaye verharrte vollkommen reglos und lauschte. Dann hörte auch sie es: ein leises Donnern, das immer stärker wurde, bis der Boden zu zittern schien. Der Kessel, der über dem Feuer hing, begann zu schaukeln.

»Ist das ein Erdbeben?«, fragte sie mit angehaltenem Atem.

Hunter, der sich noch immer ganz und gar auf das Geräusch konzentrierte, schüttelte den Kopf. »Eine Lawine.«

Das Donnern schwoll weiter an, und Hunter versuchte, die Entfernung abzuschätzen.

»Liegen wir auf ihrem Weg?«

»Ich weiß es nicht …« Er hielt inne. »Nein. Sie geht nördlich von uns ab. Bei den Chinesen.«

Sofort lief Hunter zur Tür, schlüpfte in seinen Mantel und verschwand nach draußen.

Als Hunter das Lager der Changs erreichte, war die Lawine bereits weiter talwärts gestürzt, nachdem sie eine Schneise umgeknickter und gesplitterter Nadelbäume durch den bewaldeten Berghang geschnitten hatte. Die Walze aus Schnee und Geröll war etwa hundert Meter nördlich des chinesischen Lagers zu Tal gegangen, aber mit ihren Ausläufern hatte sie die Wagen umgeworfen und zwei der Zelte zum Teil unter sich begraben. Am nördlichen Rand des Lagers steckte ein Maultier bis zur Brust im Schnee und schrie vor Angst. Der ganze Clan hatte sich bereits vor den Zelten versammelt, und die Chinesen betrachteten fassungslos die verheerenden Auswirkungen dieser neuen Gefahr, einer der ungezählten, die dieses fremde Land für sie bereithielt.

»Seid ihr alle unverletzt?«, rief Hunter.

Sonny winkte ihm mit seinem Gewehr. »Wir sind nicht tot, Mr Bell.«

In diesem Augenblick begann eine der Frauen laut zu schreien. »Xiao Lou! Xiao Lou!«

Sonny sah mit einem Mal sehr ernst aus. »Ihr kleiner Sohn ist wohl verschwunden!«

Auf der Stelle schwärmten sämtliche Bewohner aus. Hunter schloss sich dem Suchtrupp an und stapfte mühsam durch die dicke Schicht von Schnee, die die Lawine hinterlassen hatte. Jede Minute, die verstrich, erschien ihnen länger als die vorangegangene, und ununterbrochen hallten die Schreie der unglücklichen Mutter in der Wildnis wider. Mehr als fünfzehn Minuten waren vergangen, bevor Hunter einen Farbtupfer entdeckte, der von dem glitzernden Weiß abstach. Er kämpfte sich durch den fast hüfthohen Schnee zu der Stelle hinüber, ließ sich dann zu Boden sinken und schaufelte verzweifelt mit beiden Händen das Eis weg, das das Kind umgab. Als die anderen auf seine Hilferufe hin herbeigeeilt kamen, hatte er bereits die Beine des Kindes freigelegt, und sämtliche Männer legten sich flach auf den Bauch, um zu graben. Die Mutter jammerte verzweifelt, und die anderen Frauen, die sich um sie kümmerten, versuchten sie zu trösten. Xiao Lou war bewusstlos, aber er atmete noch, da sein Kopf bei dem Sturz in ein Luftloch geraten war. Seine Lippen und Fingerspitzen waren jedoch blau, und Hunter erkannte die Anzeichen einer weit fortgeschrittenen Unterkühlung. Die Männer bargen den Jungen aus dem Schnee, und Hunter hüllte das Kind in seinen Mantel, bevor er es, mit der Familie im Schlepptau, zu seiner Hütte trug.

Er legte den Kleinen vor die Feuerstelle, während die Mutter des

Jungen dicht neben ihm blieb und den Arm ihres Kindes umklammert hielt. Die anderen scharten sich um sie und verfolgten hilflos das Geschehen. Bei der Ankunft der Chinesen war Quaye aufgestanden und hinter ihrem Vorhang hervorgekommen. Als sie Xiao Lous erschlafften Körper sah, presste sie sich eine Hand auf den Mund. Genauso wie er es bei Quaye getan hatte, umfasste Hunter nun den Mund des Kindes mit seinem eigenen und füllte seine Lungen mit warmer Luft, aber das Kind blieb kalt. Der kleine Körper versteifte sich, und ein tiefes Rasseln drang zwischen den bereits blau verfärbten Lippen hervor. Schließlich legte Hunter, erschöpft vor Anstrengung, das Kind nieder und senkte den Kopf vor der Mutter des Jungen. Als er wieder aufblickte, sah Quaye, dass seine Wangen tränenüberströmt waren. Er sah Sonny an. »Was heißt auf Chinesisch ›es tut mir Leid‹?«

Sonny ließ den Kopf sinken. *»Baoqian«*, erwiderte er ernst.

Die Mutter, die sich mit schmerzverzerrtem Gesicht hin und her wiegte, rang die Hände. Hunter verneigte sich. *»Baoqian, Baoqian.«*

Stille legte sich über den Raum, die nur vom Prasseln des Feuers und dem Wimmern der Mutter unterbrochen wurde. Die Familie brach schon bald wieder auf, und die gramgebeugte Mutter drückte das tote Kind an ihren Leib, während ihr Mann ihr den Arm um die Schultern legte. Nachdem sie fort waren, saß Hunter schweigend vor dem Feuer, den Kopf über die Knie gesenkt.

»Ich hätte Ihnen keine Gewehre geben dürfen«, sagte er.

Quaye humpelte durch den Raum und setzte sich neben ihn. Eine Weile schwiegen sie beide, während das Feuer knisterte und zischte und die Kiefernäste verschlang. Quaye wischte ihre Tränen vom Gesicht, dann begann sie schließlich zu sprechen. »Auf der Überfahrt nach Amerika mussten die meisten von uns Iren unter Deck bleiben. Es war feucht, und es wimmelte von Ratten. Wir waren alle krank, seekrank, außerdem grassierten Cholera, Ruhr und Typhus.

Eine Frau war dabei, deren kleines Kind nach nur einer Woche auf See krank wurde und heftiges Fieber bekam. Die Mutter wiegte ihr Baby in den Armen, um es zu trösten, aber das Kleine hörte nur während der kurzen Zeit zu weinen auf, in der es schlief. Ich glaube nicht, dass seine Mutter überhaupt geschlafen hat. Nach dem zweiten Tag ging ich zu ihr und fragte sie, ob ich ihr Kind halten sollte, damit sie schlafen könne, aber sie sah mich nur mit trostlosem Blick an. Sie wusste, dass es nicht mehr lange dauern würde. Als ich am nächsten Morgen erwachte, war ihr Kind still. Der Junge war während der Nacht in ihren Armen gestorben. Sie hielt das Kind immer noch fest umschlugen und wiegte es. Sie weinte nicht.

Die Nachricht vom Tod des Kindes drang zum oberen Deck vor, und die Männer öffneten die Luke und nahmen ihr den Jungen weg. Da wir krank waren, durfte die Frau nicht nach oben. Ich hielt ihre Hand, während wir hörten, wie ihr Sohn über Bord geworfen wurde. Erst dann weinte sie, und ich weinte mit ihr.« Quaye drehte sich um und sah Hunter an. »Ich habe nicht geglaubt, dass ich jemals einem Mann wie dir begegnen würde. Du bist ein guter Mensch.«

Hunter stützte den Kopf in die Hände. »Du irrst dich. Ich habe meine Seele dreitausend Meilen weiter östlich zurückgelassen. Zusammen mit meinem Leben und meinem Amt als Pfarrer.«

»Deine Seele ist nicht verloren, du hast sie noch immer.«

Hunter antwortete nicht.

»Was bringt einen Mann dazu, sich von seinem geistlichen Amt abzuwenden?«

»Die Alchemie des Teufels.«

»Was ist das für eine Alchemie, die Gold in Blei verwandelt?«

Hunter senkte den Blick und antwortete nicht. Schließlich stieß er einen Seufzer aus.

»Vor etwa sieben Jahren habe ich im Priesterseminar von Princeton meinen Abschluss gemacht. Die Kirchenältesten fanden Gefallen an mir und gaben mir eine Gemeinde außerhalb von Philadelphia. Es war eine kleine Gemeinde, aber die Menschen waren fromm und ordentlich. Während meiner Dienstzeit als Pfarrer dort lernte ich eine junge Frau namens Rachel kennen.« Er hielt inne, da ihm mit einem Mal klar wurde, dass er den Namen nicht mehr laut ausgesprochen hatte, seit er aus West Chester fortgegangen war. Es war ein Gefühl, als hätte er ein Grab geöffnet. »Wir haben geheiratet, Rachel und ich. Nach nur einem Jahr eröffnete Rachel mir, dass sie ein Kind erwarte. Sie hatte sich so sehr ein Kind gewünscht. Und ich wünschte mir nichts mehr, als sie glücklich zu machen. Für Rachel war dieses Kind nur der Anfang. Sie wollte eine große Familie, die einen ganzen Wagen füllen würde. Dies war die glücklichste Zeit in unserem Leben.« Ein entrückter Ausdruck trat in seine Augen, ein Ausdruck, der zuerst von zärtlicher Erinnerung sprach und dann dem Grauen der Realität Platz machte.

»Fast vier Wochen vor der erwarteten Niederkunft setzten bei Rachel die Wehen ein. Es war mitten in der Nacht, und das Baby kam sehr schnell. Wir lebten auf dem Land, und es blieb keine Zeit mehr, die Hebamme zu holen. Plötzlich begann Rachel zu bluten. Die Blutung wollte einfach nicht mehr aufhören, und ich wusste nicht, was ich machen sollte. Es gab nichts, was ich hätte tun können, nichts, außer zu beten. In meinem ganzen Leben habe ich niemals so inbrünstig gebetet. Ich habe Gott versprochen, dass ich ihm alles geben würde, was er verlangte, wenn er sie am Leben ließe.« Er senkte den Blick, und seine Augen wurden feucht. »Als das Blut aus ihrem Körper hinausgeflossen war, wurde ihre Haut aschfahl. Wie Wachs. Während ich sie umfangen hielt, klagte sie über die Kälte. Sie fror so furchtbar. Ich versuchte, sie zu wärmen. Bei Sonnenaufgang starb sie in meinen Armen.« Er atmete tief ein, und es dauerte eine Weile, bis er wieder zu sprechen begann. »Wenige Stunden später erschien eine der Gemeindeschwestern in unserem Haus. Sie brachte das Baby fort, während ich mein Herz auf dem Friedhof neben der Kirche begrub. Danach ging ich ins Haus, packte meine Sachen und kehrte nie mehr zurück.«

Quaye schwieg einen Moment lang. »Das kleine Mädchen, dessen Bild in dem Buch liegt, ist deine Tochter?«

Er blickte mit tränennassen Augen auf. »Sie ist wunderschön, nicht wahr?«

Quaye nickte.

»Sie ist inzwischen vier Jahre alt.«

Quaye berührte seinen Arm. Über diesen Abschnitt seines Lebens hatte Hunter niemals mit einem anderen Menschen gesprochen. Er konnte nicht erklären, warum er es jetzt tat, warum mit dieser Frau. Aber vor ihr konnte er nichts verbergen. Und er hatte auch nicht den Wunsch, ihr etwas zu verheimlichen. »In jener Nacht hat Gott mir alles genommen.«

»Und deshalb bist du zornig auf Gott?«

»Inzwischen ist mein Zorn wohl eher eine Gewohnheit als ein echtes Gefühl.«

»Das tut mir Leid«, sagte sie sanft. Danach saßen sie noch einige Minuten still beieinander, bis Quaye sich vorbeugte, ihn auf die Wange küsste und dann zu ihrem Bett zurückhumpelte.

KAPITEL 20

DIE BEERDIGUNG

Ich habe aus dem Schmerz der Chinesen viel über die Trauer gelernt. Wir brauchen auch die Dunkelheit des Kummers eines anderen Menschen, um Licht auf unseren eigenen zu werfen.

Hunter Bells Tagebuch

Obwohl sie in Amerika verfolgt wurden, kehrten die meisten Chinesen niemals in ihre Heimat zurück. Zumindest nicht, solange sie lebten. Für die Auswandererschiffe, die die Chinesen in das neue Land brachten, war es jedoch ein schönes Zusatzgeschäft, die sterblichen Überreste der chinesischen Neusiedler wieder nach China zurückzubringen. Für die Chinesen war es von höchster Wichtigkeit, dass ihre Knochen in das Land ihrer Vorfahren zurückkehrten, damit ihre Geister nicht für alle Ewigkeit in der Dunkelheit eines fremden Landes umherirrten. Xiao Lous sterbliche Überreste sollten allerdings nicht nach China zurückgeschickt werden. Die Changs waren zu dem Schluss gekommen, dass er Amerikaner gewesen sei.

Die Beerdigung fand zwei Tage nach dem Tod des Kindes statt, und obwohl das Gehen Quaye noch immer schwer fiel, bestand sie darauf, an dem Begräbnis teilzunehmen. Hunter war froh darüber, dass sie ihn begleitete. Ihm war klar, dass sein Wunsch, sie in der Nähe zu haben, mehr war als das wachsende Verlangen nach ihrer Gesellschaft; das, wonach er sich sehnte, ging viel tiefer. Es war, als erhole sich eine Seele nach einem schweren Unwetter in der warmen Sonne. Er wusste nicht, ob sie die Macht besaß, sein Herz zu heilen, oder ob er begonnen hatte, sich selbst zu heilen, weil es ihr gelungen war, ihm die verborgene Wahrheit seines Schmerzes zu entlocken. Er wusste es nicht, und es interessierte ihn auch nicht. Die Worte des Blinden im Johannesevangelium kamen ihm in den Sinn: *Eines aber weiß ich: dass ich blind war und bin nun sehend.*

Er fühlte mit ihr eine Verbundenheit, wie er sie seit seiner Flucht nach Westen nicht mehr verspürt hatte. Auch glaubte er, eine Veränderung bei ihr wahrgenommen zu haben, obwohl er befürchtete, dass er sich das nur einbildete. Mehrmals blickte er auf und stellte fest, dass sie ihn ebenfalls ansah. Dann lächelte sie scheu und wandte ihre schönen Augen wieder ab.

Am Tag der Beerdigung war der Himmel bewölkt – wie ein Leichentuch lag ein stahlgrauer Nebel über dem Land, der dafür sorgte, dass die Temperatur unter dem Gefrierpunkt blieb. Vier Männer mit Spitzhacken hatten fast den gesamten gestrigen Tag darauf verwandt, ein Loch in die gefrorene Erde zu schlagen, das groß genug für den Sarg war. Hunter hakte Quaye unter, während er ihr zum Lager hinunterhalf. Als sie näher kamen, konnten sie die Klänge des Beerdigungsrituals hören – die ätherischen Melodien der chinesischen Flöte, untermalt vom dumpfen Dröhnen einer Trommel.

Die Familie Chang hatte sich um den Sarg versammelt, der aus einem Baumstamm gehauen worden war. Die Erwachsenen waren in Sackleinen und Hanf gekleidet. Um den Sarg herum lagen aus Papier geformte Gegenstände, wie ein Kind sie in der jenseitigen Welt sich wünschen würde: Diener, Geld, Häuser und Pferde. Später würde man sie über dem Grab verbrennen, und der Rauch sollte sie gen Himmel tragen, um sie mit dem Geist des Jungen zu vereinen. Auch Nahrungsmittel lagen bereit: getrocknete Früchte, Wein, ein Huhn und ein ganzer Fisch, der mitsamt dem Kopf gekocht worden war. Verziert wurden die Speisen von Blumen, die aus Papier ausgeschnitten und auf Weihrauchstäbchen aufgespießt waren, um die Essenz der Speisen himmelwärts zu tragen.

Die Musik schwoll an und brach dann abrupt ab. Der Vater trat mit steinerner Miene vor, den Hammer in der Hand, und nagelte den Sarg zu. Dann zündete der Familienälteste, Long Yan, die Papiergaben an. Als das Papier Feuer fing und der winterliche Wind es emporhob, war der Himmel übersät von Ascheflöckchen. Nachdem die letzten Totengaben verbrannt waren, sah der Vater des Jungen Hunter an und sagte etwas auf Chinesisch. Sonny kam unauffällig einen Schritt auf Hunter zu. »Mr Bell. Xiao Lous Vater möchte, dass du sprechen.«

Hunter wusste, dass diese Bitte nur eine Geste des Respekts war, denn abgesehen von Sonny sprach keiner der Chinesen Englisch.

Er nahm den Hut ab und trat einen Schritt vor. Es war das erste Mal seit Rachels Beerdigung, dass Hunter vor einem Grab stand. Damals hatte er nichts gesagt. Und er wusste auch nicht, was er jetzt sagen würde.

Er holte tief Luft. »Es ist unendlich schmerzhaft, dass wir uns hier versammeln, um den Tod eines kleinen Kindes zu beklagen. Eure Trauer bekümmert mich zutiefst«, sagte er zu den Eltern, und sie sahen ihn an, als verstünden sie.

»Überall um uns herum sind die Zeichen des Winters zu sehen: die kahlen Bäume, das stille Flussbett. Nichts ist sicherer im Leben oder in der Natur als der Tod. Wir akzeptieren ihn als den Lauf der Dinge. Vielleicht sind wir dazu im Stande, weil wir an den Frühling glauben. Aber wenn der Tod vor der Zeit kommt, erscheinen uns die Dinge irgendwie anders. Sosehr wir einen frühen Winter beklagen mögen, fühlen wir uns um etwas beraubt, wenn es ihn nicht gäbe, da er uns zusteht. Wir fühlen uns betrogen. Manchmal zürnen wir. Und manchmal sprechen wir von Schuld. Und wenn wir das tun, sagen wir zu Gott: ›Mein Wille soll geschehen, nicht deiner‹, und wir vergessen das Versprechen des Frühlings.« Er blickte zu Quaye hinüber. »In der Kälte unseres Seelenwinters begraben wir unsere Herzen. Und dann fragen wir uns, warum es dunkel ist und warum wir uns so allein fühlen. Und wir gehen das Risiko ein, einen großen Teil unseres Lebens auf unsere Trauer zu verwenden und auf die Dinge, die wir nicht haben. Wenn wir das tun, vergessen wir die Schönheit dessen, was ist und was wir noch besitzen. Und das ist manchmal der größere Verlust.«

Wieder sah er Quaye an. »Eines weiß ich: Es gibt mehr Wege, ein Kind zu verlieren, als den Tod. Vielleicht sind jene, die eine Kindheit an den Tod verlieren, glücklicher als jene, die sich den Kelch einer Kindheit entgleiten lassen, ohne je davon getrunken zu haben.« Dann wandte er sich wieder den trauernden Eltern zu. »Euer Verlust tut mir von Herzen Leid. Xiao Lou hatte einen guten Vater und eine gute Mutter. Und damit will ich es bewenden lassen.« Hunter verneigte sich, trat wieder neben Quaye und setzte seinen Hut auf.

»Vielen Dank, Mr Bell«, sagte Sonny.

Der Sarg wurde in die Erde gesenkt, und Hunter und Quaye kehrten langsam zu seiner Hütte zurück.

KAPITEL 21

EIN DUNKLES GLAS

Unsere innere Wahrheit wird allzu sehr getrübt durch das launenhafte Bild unserer Selbstwahrnehmung. Ich glaube, es gehört zu den größten Abenteuern des Lebens, das Leben nicht nur so zu sehen, wie es wirklich ist, sondern auch die eigene Rolle darin zu erkennen.

Hunter Bells Tagebuch

In jener Nacht ging Hunter hinaus und setzte sich, zum Schutz gegen die schneidende Kälte eingehüllt in eine schwere Decke, auf die Bank auf der Bretterveranda. Der Osthimmel über der stillen Weite der Wüste war übersät von Sternen. Ein paar einsame Wolken trieben vor dem Vollmond vorüber. Nach einer Weile öffnete Quaye schüchtern die Tür; sie zögerte, seine Einsamkeit zu stören. Er blickte zu ihr auf, und sie konnte die Melancholie in seinen Augen sehen.

»Was du heute bei der Beerdigung gesagt hast, war sehr schön.«

Hunter lächelte traurig.

»Das wollte ich dir nur sagen. Gute Nacht.«

Hunter hob die Hand. »Möchtest du dich nicht zu mir setzen?«

Quaye ergriff seine Hand und ließ sich neben ihm auf die Bank nieder. Hunter legte ihr die Decke um die Schultern. Sie rückte näher an ihn heran, bis ihre Körper sich leicht berührten, und sie fragte sich, ob er es bemerkt hatte. Der Atem stand wie eine weiße Wolke vor seinem Gesicht, als Hunter sprach.

»Als wir die Hütte gebaut haben, wollte ich, dass die Tür in die Richtung geht, wo mein Claim liegt. Die Chinesen wollten nichts davon wissen. Sie bestanden darauf, dass die Tür sich um der harmonischen Ausgeglichenheit willen nach Osten öffnen müsse. Es ist ein Glück, dass ich auf sie gehört habe. Ich läge sonst immer noch im Schnee begraben.«

»Und ich auch«, sagte Quaye. Sie sah ihn an. »Ich glaube, ich habe dir nie richtig dafür gedankt, dass du mir das Leben gerettet hast. Das tut mir Leid. Ich war nur damals nicht sicher, ob ich gerettet werden wollte.«

Er dachte über ihre Worte nach. »Warum bleibst du bei ihm?«, fragte er.

Es dauerte lange, bis sie antwortete. »Es ist mein Schicksal.«

Hunter runzelte die Stirn. »Das ist keine besonders überzeugende Antwort.«

»Nein. Aber vielleicht gibt es nicht mehr zu sagen.«

»Hast du einmal darüber nachgedacht, nach Irland zurückzukehren?«

»Das ist unmöglich.«

»Aber wenn es möglich wäre.«

»Es entsteht nichts Gutes daraus, über Dinge nachzudenken, die nicht sein können.«

»Da hast du wohl Recht. Aus welcher Gegend Irlands stammst du überhaupt?«

»Ich komme aus Cork.«

»Du hast kaum noch einen Akzent.«

»Ich habe daran gearbeitet. Jak verspottet mich deswegen, und dieses Land hasst mich dafür.«

»Es ist schade«, sagte Hunter. »Ich finde, es ist ein wunderschöner Dialekt.«

In ihren Augen spiegelte sich Dankbarkeit wider.

»Ich habe von Cork sagen hören, dass der Himmel dort nicht regnet, sondern weint.«

»Es ist ein wunderschönes, tragisches Land«, erwiderte Quaye. »Ich liebe alles, was mir davon in Erinnerung geblieben ist. Zumindest aus der Zeit vor der Hungersnot. Irland war damals für ein

Kind ein magischer Ort. Mein Vater sagte immer, in Irland gäbe es Geräusche, die man nirgendwo sonst hören könne. Des Nachts sang der Wind ein Schlaflied in den Bäumen.« Sie zog die Decke fester um sich. »Nachts, wenn der Wind weht, kann ich auch in der Wüste Musik hören.«

»Was für eine Art von Musik?«

»Eine Trauerklage. Die Erde singt für die sterbende Sonne.« Wieder sah sie zu ihm hinüber. »Hast du jemals daran gedacht, zurückzukehren?«

»Jeden Tag«, antwortete Hunter leise.

»Und doch bleibst du hier?«

»Ich habe einen zu weiten Weg zurückgelegt, um heimzukehren.«

»Wie kann der Weg zu weit sein, wenn jemand auf dich wartet?«

»Dasselbe könnte ich dich fragen.«

»Auf mich wartet niemand in Irland.«

Hunter senkte den Blick. »Hannah ist ohne mich besser dran. Die Gemeindeschwestern sind besser in der Lage, sie großzuziehen.« Seine Stimme klang wenig überzeugend. »Wie ist es dazu gekommen, dass du Jaks Frau wurdest?«

»Es war während der großen Hungersnot. Jak war als Agent, der Schiffspassagen verkaufte, in Irland tätig. Meine Familie litt Hunger. Alle litten Hunger. Mein Vater war auf der Suche nach etwas Essbarem unterwegs, als er Jak traf. Der bot ihm an, uns allen zu helfen, nach Amerika zu kommen, aber mein Vater wollte Irland nicht verlassen. Also hat er sich erboten, mich an Jak zu verkaufen.«

»Hat dein Vater dir das erzählt?«

»Nein. Jak.«

»Glaubst du ihm?«

Quaye antwortete nicht sofort. »Ich habe selbst gesehen, wie er meinem Vater das Geld gab.«

»Das allein beweist nicht, dass Jaks Worte der Wahrheit entsprechen.« Hunter sah sie ernst an. »Es ist genau die Lüge, die Jak dich glauben machen will.«

»Warum sollte er das tun?«

»Wenn Jak dich davon überzeugen kann, dass deine Existenz für den Menschen, der dir das Leben gab, wertlos war, wird es ihm gelingen, dich seinen Launen vollends zu unterwerfen. Unsere falschen Vorstellungen können eine Fessel für unsere Seelen sein. Nur wenn wir an dem festhalten, was wir wirklich sind, können wir frei sein. Die Gefahr liegt im Vergessen.«

Quaye schien erschüttert zu sein. »Das waren die letzten Worte meines Vaters an mich. Wenn ich nicht vergäße, wer ich bin …«

»Ich weiß nicht, was deinem Vater durch den Kopf ging, als er dich fortgab. Vielleicht wusste er, was für ein Mann Jak war, vielleicht wusste er es nicht, aber ihm war höchstwahrscheinlich klar, dass es keine andere Möglichkeit gab, dir zu helfen. Also hat er getan, was er tun musste, um dir eine Chance zu geben, am Leben zu bleiben.«

Hunter blickte in den sternenklaren Himmel. »Wir sehen die Dinge in diesem Leben nicht so, wie sie wirklich sind – sondern nur so, wie wir glauben, dass sie seien. Es steht schon in der Bibel geschrieben: *Wir sehen durch ein dunkles Glas* – aber kein Glas ist so dunkel, denke ich, wie der Spiegel, in dem wir uns selbst betrachten.«

»Ein Spiegel kann nicht lügen«, erwiderte Quaye. »Er ist nichts als poliertes Glas.«

»Es ist nicht der Spiegel, der lügt. Aber nirgends irrt der Mensch so wie bei dem Versuch, zu erkennen, wer er wirklich ist.«

Quaye wollte nicht, dass Hunter sie weinen sah. Daher senkte sie den Kopf und zog sich die Decke übers Kinn.

»Solange du nicht selbst begreifst, dass du der Liebe würdig bist, wirst du für immer in Knechtschaft leben. Und nicht Jak oder irgendein anderer Mensch sind es, die dich fesseln, sondern deine eigene Wahrnehmung.«

Er beugte sich vor und berührte ihre Hand, und sie umfasste die seine mit festem Griff.

»Ich würde dir gern glauben. Aber vielleicht ist es für mich schon zu spät.«

»Es ist noch nicht so spät, wie du es befürchtest. Was ist dir von deinem Vater noch in Erinnerung?«

Sie schloss die Augen und verlor sich in ihren Gedanken. »Wenn er früher von den Feldern heimkam und mich sah, erhellte sich seine Miene. Er nannte mich sein ›kleines Mädchen‹.«

»Ich kenne den Schmerz eines Vaters, der sein Kind hergibt. Hätte er dieses Opfer bringen können, wenn er dich nicht geliebt hätte?«

»Ich weiß es nicht«, antwortete sie schlicht. Quaye hielt noch immer seine Hand und legte nun die andere Hand darüber. Die Wärme ihrer Finger, die seine umfassten, erfüllte ihn mit einem wunderbaren Schauer. Wie schön sie ist, dachte Hunter. Unglaublich schön. Plötzlich wurde ihm klar, dass etwas Mächtiges ihn ergriffen hatte, ebenso geistig wie körperlich; es zog ihn unerbittlich aus dem Schutz seines von Mauern umringten Herzens. Doch mit einem Mal umfing ihn eine seltsame Kälte. Er entzog ihr seine Hand, und seine Stimme hatte nun jede Leidenschaft eingebüßt.

»Dein Knöchel macht gute Fortschritte.«

Quaye verstand die jähe Veränderung nicht, die in ihm vorgegangen war, und sie gefiel ihr auch nicht.

»Er ist fast verheilt, denke ich.«

Hunter nickte, als verstünde er ohne Worte, was ihre Antwort bedeutete. »Wenn der Himmel morgen Früh klar ist, werde ich fortgehen.«

»Fortgehen?« Quaye rückte auf der Bank ein Stück von ihm ab.

»Ich werde den Wagen nach Salt Lake City bringen. Das Heu ist im Schneesturm nass geworden, und die Leute in der Stadt haben keine Vorräte mehr. Ich schätze, die Reise wird vier Tage dauern. Falls es nicht schneit.«

Quaye fragte zögernd: »Möchtest du, dass ich bei deiner Rückkehr noch hier bin?«

Hunter schwieg einen Moment lang und sah sie nicht an, als er wieder sprach. »Ja.«

»Dann werde ich so lange bleiben.« Sie stand auf und ging hinein, wobei sie noch ein wenig humpelte. Hunter zog die Decke um sich und blickte zu den Sternen empor, und obwohl er es versuchte, konnte er an nichts anderes denken als an sie.

KAPITEL 22

ALLEIN IN DER HÜTTE

Mein Gekritzel ist fast unleserlich, da ich es auf dem Kutschbock zu Papier bringe. Ich fahre mit dem Wagen in die Stadt am großen Salzsee, um Vorräte zu holen. Quaye ist jetzt allein in meiner Hütte. In Wahrheit weiß ich nicht, was ich mit ihr anfangen soll. Und ich habe Angst, dass sie bei meiner Rückkehr nicht mehr da sein wird.

Hunter Bells Tagebuch

Hunter brach am nächsten Morgen bei Sonnenaufgang auf. Obwohl Quaye aufgewacht war, blieb sie mit geschlossenen Augen im Bett und lauschte, während er sich auf die Fahrt vorbereitete. Bevor er ging, trat er zu ihr und blieb schweigend einen Moment lang stehen. Als sie die Augen aufschlug, sah er sie an.

»Gute Reise«, sagte sie.

Er lächelte, dann drehte er sich um und verließ die Hütte.

Leere füllte Quayes Brust, als sie hörte, wie die Tür hinter ihm zufiel. Sie ging ans Fenster und beobachtete ihn, während er die Maultiere anspannte und dann über den verschneiten Weg davonfuhr. Als er außer Sicht war, tat ihr das Herz weh, und da begriff sie, dass die Worte der Dichter der Wahrheit entsprachen, dass nicht jeder Schmerz gleich war. Dass es tatsächlich so etwas wie einen wonnevollen Schmerz geben konnte.

In der vergangenen Nacht war etwas Unerklärliches mit ihr geschehen. Sie hatte in der Bibel von der Wiedergeburt gelesen, von einer mystischen Wiedergeburt – und das waren die einzigen Worte, mit denen sie in diesem Augenblick ihre Gefühle beschreiben konnte.

Zum ersten Mal, seit sie Irland verlassen hatte, glaubte sie, dass ihr Leben mit Jak vielleicht wirklich auf einer Lüge fußte. Es war, als sei sie in einer neuen Welt erwacht. Aber es war nicht allein ihre Welt; sie war untrennbar verbunden mit dem Mann, der sie dorthin gebracht hatte.

Quaye durchquerte die Hütte, um ihr Kleid anzuziehen, legte es dann aber wieder beiseite und schlüpfte stattdessen in Hunters Flanellhemd. Sie kochte Wasser und machte sich eine Tasse Tee. Schließlich setzte sie sich in den Sessel neben der Herdstelle und begann, *Die Sturmhöhe* zu lesen. Aber ihre Gedanken schweiften immer wieder ab, und ihre Augen starrten auf die Seiten, ohne etwas zu sehen. Sie beschloss, stattdessen in dem Buch mit den Sonetten zu lesen, denn diese passten am ehesten zu ihrem gegenwärtigen Gemütszustand. Nach einer Weile trat sie ans Fenster, um sich davon zu überzeugen, dass er nicht zurückgekehrt war, dann nahm sie Hunters Ausgabe vom Bücherregal und merkte sich genau die Stelle, an der das Buch gestanden hatte. Aber selbst die Gedichte wirkten mit einem Mal anders auf sie, als seien sie nicht länger in einer fremden Sprache geschrieben, sondern von ihrem eigenen Herzen übersetzt worden. Es waren plötzlich ihre eigenen Worte. Sie las Rachels Widmung und hätte am liebsten ihren eigenen Namen neben den von Rachel gesetzt – mit all den zarten Gefühlen, die auch sie nun kennen gelernt hatte.

Quaye hatte nicht geglaubt, dass es möglich sei, so für einen Mann zu empfinden. In den Parks von New York hatte sie Paare Arm in Arm gehen sehen, und diese, auf Gegenseitigkeit beruhenden Gefühle waren für sie etwas vollkommen Fremdes gewesen. Sie hatte in Bezug auf ihr eigenes Leben nie an Liebe gedacht, sondern dieses Phänomen eher mit einer losgelösten Neugier betrachtet – so wie man den Pomp und die Pracht königlichen Lebens betrachtet und sich fragt, wie es wohl wäre, selbst so zu leben.

Nachdem sie eine Stunde lang gelesen hatte, legte sie das Buch beiseite und machte sich daran, in der Hütte für Ordnung zu sorgen. Zuerst zog sie die Decken herunter, die ihr Bett von dem übrigen Raum abtrennten, faltete sie sorgfältig und legte sie am Fußende des Bettes zusammen. Dann füllte sie den Kessel mit Wasser und trug ihn zur Feuerstelle, die ihrer Meinung nach einer Säuberung bedurfte. Doch selbst während der Arbeit wanderten ihre Gedanken immer wieder zu Hunter; die Worte, die er benutzte, die Art, wie er seine Sätze bildete, gingen ihr durch den Sinn, und während sie putzte und seine Sachen ordnete, verspürte sie plötzlich den Wunsch, alles über sein privates Reich in Erfahrung zu bringen und sich vorzustellen, sie sei selbst ein Teil davon.

Aber die Erfahrung hatte Quaye gelehrt, dass die grausamste aller Tugenden die Hoffnung war. Eine Mauer aus Zynismus konnte den Schmerz abwehren, aber Hoffnung öffnete all diese Mauern und machte den Menschen verletzbar. Keinen Augenblick lang verdrängte sie die Tatsache, dass sie am Tag nach Hunters Heimkehr zu Jak zurückgehen würde.

Am dritten Tag seiner Abwesenheit nahm sie die Schiene ab. Ihr Knöchel war bleich, und dort, wo der Verband ihre Haut aufgescheuert hatte, waren tiefe, rote Abdrücke zu sehen, aber die Schwellung war abgeklungen. Vorsichtig belastete sie den Fuß. Obwohl der Knöchel noch immer ein wenig wehtat, war der Schmerz doch nicht mehr sehr stark. Sie wusste, dass ihrer Rückkehr in dieser Hinsicht nichts mehr im Wege stand.

An diesem Nachmittag hämmerte jemand an die Tür der Hütte, und eine Männerstimme rief Hunters Namen. Quaye öffnete vorsichtig die Tür und sah einen hoch gewachsenen, schlanken Mann mit glatt rasiertem, jungenhaftem Gesicht vor sich stehen. Er war prächtig gekleidet, wie ein Dandy, mit einem Bowler und einer braunen Satinkrawatte, die sorgsam gebunden und in ein samtenes Wams geschoben war. Er trug einen cremefarbenen Mantel mit einer goldenen Brustnadel, und seine schwarzen Stiefel reichten ihm fast bis zu den Knien. Der Mann stand einige Schritte von der Tür entfernt, und hinter ihm entdeckte Quaye sein Pferd. Einer seiner beiden Begleiter, die auf ihren Reittieren sitzen geblieben waren, hielt die Zügel in der Hand. Er war ebenfalls vornehm gekleidet, während der andere, ein Mann mit zerfurchtem Gesicht und dichtem Bart einen langen braunen Ranchermantel und einen riesigen schwarzen Filzhut trug und zwei Gewehre bei sich hatte.

Bei Quayes Anblick nahm der Mann den Hut ab.

»Verzeihung, Ma'am. Ich wusste nicht, dass eine Frau im Haus ist.«

»Das macht nichts.«

»Ich nehme an, Ihr seid Mrs Bell. Ich bin auf der Suche nach Eurem Gatten.«

Quaye klärte ihn nicht über seinen Irrtum auf. »Mr Bell ist nach Salt Lake City gefahren.«

Der Mann reichte Quaye eine Visitenkarte. »Mein Name ist Joseph Wharton. Mein Begleiter und ich haben den ganzen Weg von Kalifornien bis hierher zurückgelegt, um mit Mr Bell zu sprechen. Wann erwartet Ihr ihn zurück?«

»Ich nehme an, dass er bis morgen Abend fort sein wird.«

»Vielen Dank, Ma'am«, sagte der Mann und setzte seinen Hut wieder auf. »Dann werden wir morgen noch einmal wiederkommen. Könnt Ihr uns für den Augenblick irgendeine Unterkunft besonders empfehlen?«

»Der einzige Ort in der Stadt, in dem Ihr Quartier nehmen könnt, ist der Gasthof. Ich weiß allerdings nicht, ob sie dort Zimmer frei haben.«

»Hättet Ihr etwas dagegen, wenn wir uns die Mine ansehen würden?«

Sie blickte beklommen zu den beiden anderen Männern hinüber. »Ich nehme an, dagegen ist nichts einzuwenden.«

Er tippte sich an den Hut. »Vielen Dank für Eure Bemühungen, Ma'am.«

Als er zu seinen Begleitern zurückkehrte, saßen die beiden ab. Dann gingen die Männer zum Bach und der Waschrinne hinüber. Quaye schloss die Tür und lehnte sich dagegen. Sie hatte plötzlich Angst, auch wenn sie nicht sagen konnte, warum.

Die Männer waren noch keine Stunde fort, als es zu schneien begann. Zuerst waren es nur zarte Flocken, die der Wind in alle Richtungen wehte, dann fiel der Schnee dicht und schwer. Die Temperatur sank, und Eis überzog die Fensterscheibe. Quaye hatte im Geist Hunters Reise mitverfolgt und wusste, dass er wahrscheinlich an diesem Morgen den Rückweg nach Bethel angetreten hatte. Dieser Gedanke machte ihr Sorgen – zumal es inzwischen immer heftiger schneite. Langsam fürchtete sie, dass Hunter womöglich in das Unwetter hineingeraten würde, und sie hoffte, dass er in der Stadt am Großen Salzsee aufgehalten worden oder dorthin zurückgekehrt war.

Es schneite bis zum Abend und dann die ganze Nacht hindurch, und am nächsten Morgen lagen der Berg und alles, was auf ihm lebte, wieder unter einem kalten, stillen Leichentuch verborgen. Den ganzen Tag über betete Quaye, sorgte sich und wartete. Aber er kam nicht, weder an diesem Tag noch am nächsten. Es war Montag, nur eine Stunde vor Einbruch der Dämmerung, als Hunter schließlich zurückkehrte.

KAPITEL 23

DER SPIEGEL

Die schlimmsten Fesseln, die wir in diesem Leben tragen, sind jene, die unsere eigenen Ängste schmieden.

Hunter Bells Tagebuch

Quaye hörte das Wiehern eines der Maultiere erst, als der Wagen keine fünfzig Meter mehr von der Hütte entfernt war; vom Fenster aus sah sie zu, wie Hunter den Wagen vor den verschneiten Stall lenkte. Ihr Magen krampfte sich zusammen vor Aufregung. Zu ihrer Enttäuschung kam er jedoch nicht gleich herein, sondern widmete sich zuerst den Arbeiten, die seine Rückkehr erforderlich machte. Hätte sie gewusst, warum er zögerte, wäre sie glücklich gewesen.

Auch Hunter war nervös. Er hatte während der vergangenen Woche beständig an Quaye gedacht und sich danach gesehnt, zu ihr zurückzukehren. Am dritten Tag war er aufgebrochen und hatte sich durch den Schnee gekämpft, bis der Sturm ihn dazu gezwungen hatte, wieder in die Stadt zurückzufahren und bis zum Sonntagmorgen dort auszuharren. Schon vor seinem ersten Aufbruch hatte er etliche Stunden darauf verwandt, ein passendes Geschenk für sie auszusuchen, und am Ende waren es drei Geschenke geworden. Nachdem das Wetter ihn dann in Salt Lake City aufgehalten hatte, waren noch zwei weitere hinzugekommen. Er hatte sich auch rasieren lassen, sein Gesicht fühlte sich nackt an. Es war das Gesicht seiner Vergangenheit, und er machte sich Sorgen, dass ihr das, was es zeigte, nicht gefallen könnte.

Während der langen Fahrt durch die Wüste hatte er an kaum etwas anderes gedacht als an ihre Schönheit. Er war sich nicht sicher, ob das Bild, das sich unauslöschlich in seinen Gedanken eingegraben hatte, nur ihre körperliche Gestalt zeigte oder auch den Geist, der diese umfasste; ob ihre Augen aufgrund ihrer Form oder Farbe so schön waren, oder ob es an der Zärtlichkeit lag, die er in ihnen sah. Ob die Schönheit ihrer Lippen ihren Grund in der Fülle hatte oder in der Art, wie sie sich hoben, wenn Quaye ihn anlächelte.

Nun befürchtete er, sie könne seine Abwesenheit genutzt haben, um fortzugehen – und das bereitete ihm ein seltsames Unbehagen, das umso schlimmer wurde, je näher er seinem Zuhause kam. Als er den Rauch über der Hütte aufsteigen sah, verspürte er Erleichterung und Freude, die schon bald der Furcht vor einem ungewissen Wiedersehen wichen.

Er zog den Wagen in den Stall und lud die Luzerne darauf mit einer Mistgabel ab. Dann band er die Maultiere los, gab ihnen Heu, bürstete sie und reinigte ihre Hufe. Als er endlich zur Hütte hinüberging, herrschte tiefschwarze Dunkelheit.

Einen Moment später öffnete er die Tür, die Arme voller Päckchen, und trat rückwärts ein, um die Tür gleich hinter sich schließen zu können. Quaye saß auf der Bettkante. Sie sahen einander schweigend an.

»Ich bin wieder da«, sagte er schließlich und begriff im gleichen Augenblick, wie töricht seine Worte klangen. Quaye bemerkte sofort, dass er sich rasiert hatte. Er sieht jungenhaft aus, dachte sie, und sie hätte gern sein Gesicht berührt. Stattdessen lächelte sie und deutete mit dem Kinn auf sein Gesicht. »Du hast dir den Bart scheren lassen. Du hast ein hübsches Gesicht.«

Hunter blickte verlegen drein, ohne auf ihr Kompliment einzugehen.

»Diese Päckchen sehen schwer aus, leg sie doch auf den Boden.«

»Ich habe dir ein paar Geschenke mitgebracht.« Er legte die

Schachteln vor Quaye ab, setzte sich jedoch nicht. »Du kannst sie aufmachen.«

Quaye legte sich eine Hand auf die Brust. »Das ist alles für mich?«

Hunter nickte und reichte ihr das oberste der Geschenke, eine kleine, runde Blechdose, deren Deckel das handgemalte Bild einer Frau in Schweizer Tracht zeigte, die Wiesenblumen pflückte. Die Dose enthielt Süßigkeiten: Andornbonbons und Erdnussflorentiner. Quaye lächelte, nahm ein Plätzchen heraus und brach es in zwei Hälften. Die größere hielt sie Hunter hin, die andere schob sie sich selbst in den Mund. Obwohl sie nur selten Süßigkeiten aß, hatte sie doch eine Schwäche dafür. Hunter bedeutete ihr, die anderen Geschenke auszupacken, und sie legte die geöffnete Dose beiseite. Als sie den Deckel einer anderen kleinen Schachtel öffnete, fand sie darin einen Weihnachtsbaumschmuck aus mundgeblasenem Glas.

»Das Fest ist zwar schon vorbei«, sagte Hunter, »aber ich dachte, es würde dir gefallen.«

Quaye hielt die Glaskugel hoch, um sie im Licht der Laterne zu betrachten.

»Sie ist entzückend.« Vorsichtig legte sie das zarte Stück wieder in seine Schachtel. Das nächste Päckchen war ein wenig größer und enthielt eine Haarbürste. Der Griff war aus Elfenbein geschnitzt und mit drei dunkelpurpurfarbenen Amethysten geschmückt.

»Oh!«, entfuhr es Quaye, und sie strich mit den Fingern über die Borsten.

»Der da gehört dazu«, sagte Hunter und reichte ihr eine weitere Schachtel.

Sie hob den Deckel und fand einen kunstvollen Handspiegel, eine exquisite Arbeit aus Sterlingsilber.

»Ein Spiegel.« Behutsam nahm sie ihn aus der Schachtel und blickte überrascht hinein, als hätte sie noch nie zuvor ihr eigenes Spiegelbild gesehen. Schließlich sagte sie: »Er ist wunderschön.«

»Ich nehme an, das hängt in hohem Maße davon ab, wer hineinblickt«, bemerkte Hunter.

Ein freudiges Lächeln glitt über ihre Züge, als sie den Spiegel vorsichtig wieder in die Schachtel zurücklegte.

»Ich bin sprachlos.«

»Ich habe noch ein weiteres Geschenk für dich.« Jetzt reichte er ihr die größte der Schachteln – ein langes, rechteckiges Behältnis, das als einziges in Papier eingewickelt war. Sie riss das weiße Einpackpapier auf und starrte dann voller Ehrfurcht auf ein Kleid aus dunkelgrünem Satin, das in der Schachtel lag.

»Ich hoffe, es passt dir. Ich konnte deine Kleidergröße nur erraten.«

Sie nahm das Kleid aus der Schachtel.

»Es hat Schnüre, mit denen du das Mieder festziehen kannst.« Er klang verlegen. In seiner Welt aus Wildleder und Zeltleinwand gab es keine weichen, femininen Dinge, weder in Gedanken noch anderswo. Ebenso wenig jedoch kamen diese Dinge in Quayes Welt vor. Ihr Leben wurde von Not bestimmt, von einer kalten, harten und unerbittlichen Not. Einen Moment lang starrte sie das Kleid nur an, als wage sie nicht, es zu berühren. Sie blickte zu Hunter auf. »Wo sollte ich ein solches Kleid tragen?«

»Ich habe etwas Wein und Rindfleisch zum Abendessen mitgebracht. Vielleicht könntest du es heute Abend tragen. Für mich.«

Die Bitte freute sie. »Ich würde gern baden, bevor ich es anziehe.«

Ein Bad gehörte im Westen nicht zu den alltäglichen Ritualen. Genau genommen galt es vielen als unnatürlich oder verderbt. Hunters Badezuber stand daher unbenutzt in einer Ecke des Raums und war gefüllt mit leinenen Säcken voller Kaffee und Hafer.

»Ich hole dir den Zuber«, sagte Hunter. »Du kannst baden, während ich das Abendessen mache.«

Er nahm seine Sachen aus dem Zuber und trug ihn zu dem Regenfass hinüber, das während des Winters in der Hütte stand. Nachdem er einen Teil des Regenwassers in den Zuber geschüttet hatte, füllte er auch zwei Kessel und hängte sie über das Feuer. Als er das schwere Behältnis zu Quayes Bett hinüberzog, schwappte das Wasser über den Rand und durchnässte seine Hose ein wenig. Während sie darauf wartete, dass das Wasser in den Kesseln heiß wurde, hängten sie die Decken wieder auf, um den Badezuber vom Rest des Raumes abzutrennen.

»Hast du Seife?«

»In der Speisekammer.« Hunter brachte ihr einen Brocken Laugenseife und zwei Lappen, ging zur Feuerstelle hinüber und kehrte gleich darauf mit einem Kessel voll dampfendem Wasser zurück, das er in den Zuber goss. Dann kam er mit dem zweiten Kessel herbei, prüfte mit dem Handgelenk die Temperatur des Wassers und entschied sich, den Kessel nur zur Hälfte auszuleeren.

»Es ist ein bisschen heiß.«

»Es ist bestimmt genau richtig«, sagte Quaye. Sie zog an dem Vorhang und schickte Hunter dann mit einem entschuldigenden Lächeln fort.

Er brachte den Kessel zurück zum Feuer, zündete am Tisch eine Kerze an und begann mit der Vorbereitung des Abendessens. Mit seinem Jagdmesser schnitt er einen Laib Brot in Würfel, mischte Eier, Sahne und Zucker in einer Schale, goss alles über die Brotwürfel in dem Topf und stellte diesen zum Backen auf die Feuerstelle. Anschließend ging er noch einmal hinaus, um Karotten und Kürbis zu holen, die er gefroren draußen im Schnee liegen hatte, und warf sie zum Kochen in den halb vollen Kessel. Dann legte er zwei große Rindersteaks auf einen Rost über dem Feuer und goss Rotwein über das Fleisch; der Alkohol entzündete sich, als er in die Flammen tropfte.

Währenddessen knöpfte Quaye sich hinter dem Vorhang das Flanellhemd auf, hängte es über den Bettpfosten und setzte sich daneben. Noch einmal nahm sie den silbernen Spiegel aus dem Holzkästchen. Das flackernde Licht der Laterne tanzte auf ihrer hellen Haut, während sie ihr Spiegelbild betrachtete. Mit der freien Hand strich sie sich das Haar aus dem Gesicht. Dann berührte sie sachte ihre eigene Haut, strich mit ihren schlanken Fingern über ihre Wange und zeichnete die Umrisse ihres Kinns nach. Sie starrte sich an, als begegnete sie einer Fremden. Quaye hatte bisher nur selten einen Blick in einen Spiegel geworfen, und absichtlich tat sie es ohnehin niemals. Sie wusste, dass die Männer sie attraktiv fanden. Sie hatten es ihr bei Gelegenheiten gesagt, an die sie sich lieber nicht erinnern wollte – es waren Augenblicke gewesen, die unter dem Narbengewebe bitterer Erinnerungen begraben lagen. Seit sie denken konnte, hatte ihre Schönheit sie verraten, und sie hatte nicht den leisesten Wunsch verspürt, hübsch zu sein. Bis jetzt. Zum ersten Mal, seit sie denken konnte, sehnte sie sich danach, in den Augen eines Mannes schön zu sein.

Sie prüfte das Badewasser mit den Zehenspitzen, dann stieg sie langsam hinein. Das Wasser reichte bis an den Rand des Zubers, und sie schloss die Augen und ließ sich in die wohlige Wärme sinken. Sie sah sich nicht an und wünschte nur, das Wasser hätte jeden einzelnen bösen Gedanken fortspülen können, den sie in sich trug – eine Taufe, um alles, was sie erlitten hatte, wegzuwaschen. Alles, was sie war. Sie hatte plötzlich Angst. Das Wissen, dass nur Decken sie von *ihm* trennten, gab ihr ein Gefühl der Verletzbarkeit. Sie wollte nicht, dass Hunter sie sah. Selbst angetan mit dem schönen Kleid, das er ihr geschenkt hatte, würde sie sich nackt fühlen, und sie wollte nicht, dass er sie betrachtete. Dass er ein Urteil sprach. Sie könnte seine Zurückweisung nicht ertragen, und gewiss würde er genau das tun, sie zurückweisen. Wenn er wüsste, was sie getan hatte, würde er nicht anders können.

Sie wollte wieder bei Jak sein. Jak bedeutete Sicherheit – eine furchtbare, verabscheuungswürdige Sicherheit. Hunter hatte sie in Versuchung geführt, zu leben, wo der Tod so viel sicherer war. Dann fielen ihr die Worte eines Sonetts wieder ein: »Dann sieh mich an, / Geliebter, liebe mich, umgib mich ganz. / Sehr große Damen taten ihren Glanz / um solche Dinge ab. Ich aber werde / dem nahen Himmel fremd um deine Erde.«

Dieser schöne Mann besaß für sie eine ganz eigene Sanftheit. Und vielleicht war das allein genug, um das Risiko zu rechtfertigen. Hunter hatte so viel für sie getan und doch keinerlei Gegenleistung von ihr verlangt. Nicht einmal Dankbarkeit. Es schien ihr unmöglich, dass dieser Mann sich derart über ihre Freude freute, dass ihr Glück ihn so glücklich machen sollte.

Konnte es möglich sein, dass dieser Mann sie liebte? Obwohl sie nicht wagte, das zu glauben, hatte er nichts getan, was auf das Gegenteil schließen ließe. Er sprach mit großer Sanftheit zu ihr. Er war mit ihrem Herzen auf eine Art und Weise umgegangen, wie kein Mann es je getan hatte – als sei es ein Preis von großem Wert, der zuerst errungen und dann wie etwas sehr Kostbares vorsichtig behandelt werden musste. Etwas, das so zart und durchscheinend war wie der Weihnachtsschmuck, den er ihr geschenkt hatte.

Sie blickte auf den Ring an ihrem Finger und erinnerte sich an die Worte ihrer Mutter: Mögest du die Liebe finden, die ihn eines Tages an die rechte Hand bringt. Zum ersten Mal, seit ihr das Schmuckstück an den Finger gesteckt worden war, nahm sie den silbernen Ring ab und schob ihn auf die andere Hand.

Schließlich stieg sie aus dem Badezuber, trocknete sich ab und streifte sich das Hemd über den Kopf. Dann nahm sie ihr neues Kleid, zog es bis zur Taille hoch und legte die Träger über ihre Schultern. Es gefiel ihr, wie der Satin über ihren Körper glitt, wie er sich auf ihrer weichen Haut anfühlte. Sie hatte noch nie zuvor ein so elegantes Kleid getragen – das Kleid einer Dame. Sie verschnürte das Mieder, und es umspannte fest ihre Taille und betonte ihre Formen. Die Mode bevorzugte üppigere Kurven, und Quaye kam sich zu dünn vor, aber vielleicht machte Hunter das nichts aus.

Schließlich setzte sie sich auf das Bett, griff nach ihrer neuen Bürste und zog sie durch ihr Haar, bis die langen Strähnen ihr glänzend und weich über die Schultern fielen. Dann nahm sie den Spiegel zur Hand und beäugte ängstlich ihr Gesicht. Sie sah blass aus, fand sie, und kniff sich deshalb in die Wangen, um ein wenig Farbe hineinzubringen.

Als sie endlich den Mut dazu aufbrachte, erhob sie sich, blieb aber noch hinter den Decken stehen, als warte sie darauf, dass sie wie der Vorhang in einem Theater zurückgezogen wurden.

»Ich bin fertig«, sagte sie.

Hunter hockte vor dem Feuer und schob die noch blutigen Steaks mit einer Gabel auf dem Grill hin und her. Beim Klang ihrer Stimme drehte er sich um und stand nun langsam auf, während sie den Vorhang aus Decken teilte und furchtsam hervortrat, während ihr Blick nach seinem Einverständnis suchte.

Hunter konnte die Augen nicht von ihr abwenden. Sie sah prachtvoll aus in dem Gewand; der grüne Satin raschelte leise, wenn sie ging, und betonte das Grün ihrer Augen. Hunter starrte sie an, erfüllt von einer Ehrfurcht, wie sie aus Sonnenuntergängen und den größeren Schöpfungen Gottes erwächst.

»Du bist wunderschön.«

Sie lächelte ihn dankbar an, und obwohl sie es nicht wagte, ihm zu glauben, hätte sie es doch gern getan. »Ich danke dir für dieses schöne Kleid. Jede Frau würde darin hübsch aussehen.«

»Es ist nicht der Rahmen, der dem Bild Schönheit verleiht«, sagte Hunter. Plötzlich gehemmt, deutete er auf den Tisch.

»Bitte, setz dich doch. Das Essen ist fast fertig.« Er wandte sich wieder dem Fleisch zu.

»Bei dir erlebe ich immer wieder Neues. Seit ich nach Amerika gekommen bin, hat niemand je ein schönes Essen für mich gekocht.«

»Nun, es ist nicht weiter schwierig. Du brauchst nur dazusitzen und zuzusehen.«

Quaye lächelte, während sie am Tisch Platz nahm.

»Du hast meine Hütte geputzt.«

»Ich hoffe, du hast nichts dagegen.«

Hunter schüttelte den Kopf. »Sie brauchte dringend eine weibliche Hand.«

»Ich sollte dir helfen.«

»Du kannst mir vorlesen«, sagte er.

Diese Bitte überraschte sie. »Was soll ich denn lesen?«

»Was immer du magst«, antwortete Hunter.

Quaye ging zu ihrem Bett hinüber, griff nach dem Büchlein mit den Sonetten und kehrte dann zu der Bank zurück.

»Ich werde dir meine Lieblingsstelle von Mrs Browning vorlesen«, sagte Quaye, während sie das Buch aufschlug. Sie rezitierte das Gedicht mit großer Achtsamkeit und hoffte, dass ihr Vortrag ebenso gut sein möge wie die geschriebenen Worte. Es machte ihr nichts aus, dass die Worte vielleicht zu viel von ihrem eigenen Herzen verraten würden.

»Wenn du mich lieben musst, so soll es nur
der Liebe wegen sein. Sag nicht im Stillen
›Ich liebe sie um ihres Lächelns willen,
für ihren Blick, ihr Mildsein, für die Spur,
die ihres Denkens leichter Griff in mir
zurücklässt, solche Tage zu umrändern‹. –
Denn diese Dinge wechseln leicht in dir,
Geliebter, wenn sie nicht sich selbst verändern.
Wer also näht, der weiß auch, wie man trennt.«

Sie hielt inne, da es plötzlich so still geworden war, dass sie sich fragte, ob er überhaupt zuhörte.

»Und auch nicht um eines neuen Kleides willen?«, fragte Hunter schließlich. Quaye errötete, worauf Hunter das Sonett aus der Erinnerung fortführte:

»Leg auch dein Mitleid nicht zu Grund, womit
du meine Wangen trocknest; wer den Schritt
aus deinem Trost heraus nicht tut, verkennt
die Tränen schließlich und verliert mit ihnen
der Liebe Ewigkeit: ihr sollst du dienen.«

Er stellte die Flasche Wein auf den Tisch und schob die Steaks dann mit einer Gabel auf die Blechteller.

»Ich muss mich für mein Essgeschirr entschuldigen.«

»Ich nehme an, du hast dieses Jahr nicht mit Besuch gerechnet«, erwiderte sie leichthin.

Er füllte die Gläser zur Hälfte mit Wein, dann nahm er ihr gegenüber Platz und lud sie ein, anzufangen. Sie schnitt ein kleines Stück von dem Steak ab und kaute nachdenklich.

»Für einen Mann bist du ein ziemlich guter Koch.«

Hunter lachte. »Ist das ein Kompliment?«

Sie nickte. »Ich habe vergessen, dir zu erzählen, dass während deiner Abwesenheit ein paar Männer hier waren, die dich sprechen wollten.«

Hunter zog die Stirn in Falten. »Was für Männer?«

»Sie haben ihre Visitenkarte dagelassen. Ich habe sie auf den Kaminsims gelegt.« Sie erhob sich, holte die Karte und reichte sie ihm. »Die Männer wohnen im Gasthof unten in der Stadt.«

Hunter betrachtete die Karte, und die Anspannung in seinem Gesicht löste sich. »Vielleicht wollen sie ja meinen Claim kaufen.«

»Würdest du ihn denn verkaufen?«

Hunter nippte an seinem Wein und dachte einen Augenblick nach. »Nein. Wann waren sie hier?«

»Am Freitag. Ich habe ihnen erklärt, du würdest am Samstag zurückkommen.« Stirnrunzelnd dachte sie daran, dass er länger weggeblieben war als geplant. »Ich hatte solche Angst, dass dir etwas zugestoßen sein könnte.« Sie senkte den Blick. »Während du fort warst, habe ich über deine Worte nachgedacht.«

»Und was hast du gedacht?«

»Du gibst mir das Gefühl, etwas wert zu sein.« Sie brauchte ihre Bemerkung nicht zu erklären. »Das ist wahrscheinlich wieder etwas Neues für mich.«

Hunter beugte sich vor und griff nach ihrer Hand. Als er auf ihre Finger hinabblickte, sah er den Ehering. Eher eine Fessel als ein Ring, dachte er.

»Erzähl mir von deinem Ring. Ich habe noch nie etwas Ähnliches gesehen.«

»Es ist ein Claddaugh-Ring. So ein Ring wird in Irland von Generation zu Generation weitergegeben. Meine Mutter steckte ihn mir an dem Tag auf den Finger, an dem ich Irland verließ. Er ist alles, was mir noch von ihr geblieben ist. Jak wollte ihn in New York zum Pfandleiher bringen. Es war das einzige Mal, dass ich ihm erfolgreich getrotzt habe.«

»Er hat nachgegeben?«

Quaye sagte leise: »Ich habe ihm gedroht, dass ich mir die Kehle aufschlitzen würde, wenn er mir den Ring wegnähme.«

Ihre Antwort machte Hunter für einen Moment sprachlos. Schließlich fragte er: »Hättest du es getan?«

Als Quaye nichts darauf erwiderte, sah Hunter sich noch einmal den Ring an. Er war schmal und klein, und in der Mitte saß ein sorgfältig aus Silber geschmiedetes, winziges Herz mit einer Krone darüber und zwei Händen, die das Herz umfasst hielten.

»Haben diese Symbole auch eine Bedeutung?«

»Das Herz steht für Liebe, die Hände für den Glauben an die Freundschaft und die Krone für Treue. Manche Leute behaupten, die Symbole stünden für Gott selbst. Die Krone für den Vater, die rechte Hand für den Sohn und die linke für den Heiligen Geist, die allesamt das menschliche Herz umfasst halten.«

»Was bedeutet ›Claddaugh‹?«

»Das ist die Stadt, aus der der Ring ursprünglich stammte. Aber man nennt diese Ringe auch irische Eheringe, denn das sind sie eigentlich. Sie werden von der Mutter an die Tochter weitergegeben. Wenn man einen solchen Ring an der linken Hand trägt und die Hände des Ringes nach außen zeigen, dann bedeutet das, dass man noch immer auf der Suche ist. Wenn die Hände nach innen zeigen, ist das Herz des Trägers für immer versprochen. An dem Tag, an dem meine Mutter mir den Ring vermachte, dachte ich, es wäre der Ring der verheirateten Frau. Erst später, auf der Reise, begriff ich, dass sie den Ring, als sie ihn an meinen Finger steckte, nach außen gedreht hatte. Jetzt verstehe ich, was sie meinte. Dass ich die Liebe nämlich anderswo finden würde.« Sie sah zu Hunter auf. »Was ist mit dem Ring, den du trägst?«

»Ich trage keinen Ring«, erwiderte Hunter und hob zum Beweis die Hände.

»Ich meine den Ring, den du um den Hals trägst.«

Ihre Worte überraschten ihn. »Woher weißt du davon?«

»In der Nacht, als du mich hierher brachtest … als du mich in deinen Armen gehalten hast, um mich zu wärmen.«

»Du erinnerst dich an jene Nacht?«

»Ich erinnere mich an einiges davon.« Sie fühlte sich plötzlich gehemmt. »Ich habe den Ring zwischen uns gespürt. Und später habe ich ihn einmal gesehen. Als du dein Hemd ausgezogen hattest.«

»Er hat Rachel gehört.«

Sie bedauerte es, die Erinnerung an sie geweckt zu haben. Wieder blickte sie in Hunters Augen, aber es war nicht nur Schmerz, was sie dort sah. Es lag noch etwas anderes in seinem Blick, und sie spürte, dass es mit ihr zu tun hatte.

»Was für ein Mensch war sie?«

»Ein guter Mensch. Sie hat mich dazu gebracht, an das Göttliche zu glauben. Es gab Zeiten, da lag ich neben ihr im Bett und fragte mich, was Gott sich bei der Schöpfung der Frauen wohl gedacht haben mochte. Ich habe nie eine solche Ehrfurcht vor einer Frau empfunden, bis …« Hunter brach ab und blickte auf ihre Hand hinunter, die auf seiner lag. Er betrachtete die Stelle, an der ihr Ring steckte. »Du hast mir nicht erzählt, was es bedeutet, wenn man den Ring an der rechten Hand trägt.«

Plötzlich fühlte sie sich schwach und verletzbar. Doch als sie in seine Augen sah, fühlte sie sich in seinem Blick geborgen. »Wenn man ihn an der rechten Hand trägt, bedeutet das, dass die Liebe möglich geworden ist.«

Hunter umfasste sanft ihr Kinn und drehte ihr Gesicht zu sich. Dann beugte er sich vor, und ihre Lippen trafen sich, behutsam zuerst, bis Hunter sie an sich drückte und Quaye ihm entgegenkam. Sie hatte ihr ganzes Leben lang Widerstand geleistet, um von sich selbst zurückzuhalten, so viel sie nur konnte, und jetzt wollte sie sich diesem Mann und den Gefühlen, die sie in diesem Augenblick verspürte, ganz hingeben.

Plötzlich löste Quaye sich von ihm. Mit flackernden Augen starrte sie in sein verwirrtes Gesicht, dann stand sie auf und rannte aus der Hütte. Hunter folgte ihr nach draußen und fand sie auf der Veranda. Sie hielt das Gesicht mit beiden Händen umfasst und schluchzte.

»Was quält dich, Quaye?« Er berührte sie, und sie prallte zurück. »Liegt es daran, dass du verheiratet bist? Ein gegen den eigenen Willen geschlossenes Bündnis hat keine Geltung.«

Sie antwortete nicht.

»Sag mir, was ich falsch gemacht habe. Ich weiß, dass ich unbeholfen bin, denn ich war so lange mit keiner Frau mehr zusammen. Ich möchte dich nicht verletzen.«

Sie blickte nicht auf. Ihre Stimme nahm einen gequälten Tonfall an. »Lass mich allein, Hunter. Bitte, lass mich allein.«

Seine Brust war wie zugeschnürt. »Ich werde gehen, wenn das dein Wunsch ist. Aber du musst mir sagen, warum.«

»Ich bin nicht deine geliebte Rachel. Du kennst mich nicht. Du kennst meine Dunkelheit nicht.«

»Da ist keine Dunkelheit in dir.«

»Du siehst sie nicht, weil du mich nicht kennst.«

»Ich kann deinen Geist erkennen. Und was ich sehe, ist rein und unschuldig.«

»Dann siehst du nicht so klar, wie du es glaubst.«

Er trat näher an sie heran, um sie abermals in die Arme zu nehmen, aber sie rückte von ihm ab.

»Ich sehe in dir eine Frau, die heiliger und näher bei Gott ist, als ich ihm mit meinen Studien und meinen Gelübden je gekommen bin. Und selbst wenn du in Lumpen gekleidet sein solltest, ist mehr von Gott in dir als in den frommen Männern in ihren heiligen Kirchengewändern.«

»Du weißt nichts. Du kennst die Dunkelheit in mir nicht.« Sie blickte auf, und ihr Gesicht war nass von Tränen und schmerzverzerrt. »Wir tun, was von uns erwartet wird, Hunter. So verabscheuenswert und hässlich es sein mag, wir geben uns dafür her.«

Ihre Worte schienen gleichsam eine weiße Wolke in der winterlichen Luft zu sein. Nach einem kurzen Schweigen fragte Hunter: »Was ist es, das du mir nicht zu erzählen wagst?«

Sie sah ihm fest in die Augen. »Wenn ich es erzähle, wo würde ich in deinem Herzen dann noch einen Platz finden?«

»Ich weiß es nicht, Quaye. Aber du musst mir vertrauen.«

Sie ließ den Kopf sinken, als sei die Wahrheit mit einem Mal zu schwer geworden, um ihn noch aufrecht zu tragen. Als sie aufblickte, lag eine tiefe Traurigkeit in ihren Augen.

»Als wir in Amerika ankamen, war Jak sehr grausam zu mir. In

New York herrschte ein unglaublicher Hass gegen die irischen Einwanderer. Gegen uns Katholiken. Dieser Hass stachelte Jaks Gefühle noch an. Er wusste – wir wussten es beide –, dass diese neue Welt mich zerstören würde.« Sie wischte sich über die Augen. »Jak schlug mich beim geringsten Anlass, manchmal auch ohne jeden Grund. Es spielte für ihn keine Rolle, wo er es tat. Ob wir in unserer Wohnung waren, auf der Straße oder auf dem Markt, er schlug mich einfach, um mich daran zu erinnern, dass er dazu im Stande war. Wenn ich nicht alles tat, was er wollte, loderte sein Zorn auf, und ich musste abwarten, während er eine Strafe für mich ersann. Manchmal war das die größere Strafe, die Unwissenheit. Ich bettelte ihn um Vergebung an. Es gefiel ihm, wenn ich bettelte. Ich verachtete mich dafür, aber ich tat es trotzdem.« Sie zitterte jetzt. Hunter hätte sie gern in die Arme geschlossen, um sie zu trösten, wusste aber, dass sie es nicht zulassen würde.

»Jak fand keine Arbeit. Aber er wollte sich nicht wieder nach Irland einschiffen und mich zurücklassen. Angeblich gab es im Hafen keine Arbeit für ihn, weil die irischen Einwanderer bereit waren, für ein Glas Bier zu arbeiten, und so den echten Amerikanern die Arbeit stahlen. Ich wusste nicht, ob dies die Wahrheit war. Ich wusste nicht, ob überhaupt irgendetwas von dem, was er sagte, der Wahrheit entsprach, aber es spielte auch keine Rolle. Ich war so schwach und hatte solche Angst. Wie er es gemacht hat, kann ich nicht sagen, aber irgendwie hat er mir meinen Geist genommen. Mein Geist gehörte ihm, und er quälte ihn, und wir wussten beide, dass ich nichts dagegen ausrichten konnte.

Ich begann zu glauben, es sei meine Schuld, dass er so oft wütend auf mich war. Wenn ich mich entschuldigte, wenn ich um seine Vergebung flehte, glaubte ich, verdient zu haben, was immer er mir antat, weil es mir nicht gelungen war, ihm zu gefallen. Ich glaubte, er sei im Recht und ich könne nichts ohne ihn anfangen. Ich fürchtete nicht nur ihn, sondern auch das Leben ohne ihn, da er mir sagte, was ich zu tun hatte. In New York schickte er mich zur Arbeit in die Fabrik, während er das Geld, das ich dort verdiente, in den Pubs ausgab. Nach der Arbeit machte ich ihm das Abendessen, dann wartete ich, bis er nach Hause kam und mir gestattete, ebenfalls zu essen. Einmal war er besonders schlechter Laune, kippte den Eintopf, den ich gekocht hatte, von seinem Teller und befahl mir, ihn vom Boden zu essen. Ich fragte ihn, warum er das von mir verlangte. Ich sagte: ›Warum zwingst du mich, vom Fußboden zu essen?‹ Und er packte mein Haar, stieß mich auf die Knie, drückte mein Gesicht in das Essen und erwiderte, es genüge, dass er es mir befohlen habe. Und weil die Hunde vom Fußboden fressen und ich eine irische Hündin sei. Ich versuchte zu verstehen, aber ich konnte es nicht. Er machte mich zu einem Nichts, und dann hasste er mich, weil ich ein Nichts war.«

Quaye schluchzte, und für einen Moment konnte sie weder sprechen noch Hunter ansehen. Als sie den Kopf wieder hob, lag eine ungewohnte Leere in ihrem Blick. »Eines Abends brachte Jak einen Fremden mit nach Hause. Ich weiß nicht, woher er kam …« Sie hielt inne und wandte sich von Hunter ab, bevor sie mit bebender Stimme fortfuhr: »Jak befahl mir, mich vor dem Mann zu entkleiden. Ich konnte es nicht. Er drohte mir, mich zu Tode zu prügeln, und ich erwiderte, er solle es nur tun und dem Ganzen ein Ende machen. Er würde mich ohnehin eines Tages töten. Der Mann sagte zu Jak, er solle mich in Ruhe lassen und ihm sein Geld zurückgeben. Daraufhin wurde Jak noch wütender. Er stürzte sich auf mich und riss mir die Kleider vom Leib. Ich stand einfach nur da und ließ ihn gewähren. Es kümmerte mich nicht länger. Es war, als hätte ich meinen Körper verlassen, als sei ich gestorben, und es gab nichts mehr, was dieser Mann anschauen konnte, nur einen Leichnam. Der Fremde hatte Jak Geld dafür gegeben, mich ansehen zu dürfen, und Jak erlaubte es ihm. Irgendwie gefiel es ihnen beiden.« Ihre Worte kamen jetzt langsamer. »Aber das war erst der Anfang.

Er brachte noch andere Männer mit, die er in den Saloons kennen gelernt hatte. Es waren viele. Ich weiß nicht, wie viele. Ich habe versucht zu vergessen … Aber sie …« Sie sah wieder zu Hunter auf, und der dunkle Schmerz in ihren Augen machte ihm Angst. »Verstehst du nun? Ich bin sündhaft und verdorben. Würdest du mich jetzt noch nehmen, nachdem du das weißt?«

Es herrschte vollkommene Stille, bis auf Quayes gedämpftes Schluchzen. Hunter griff nach ihrer Hand, und diesmal widersetzte sie sich ihm nicht.

»Die Sünde hat Jak begangen, nicht du.«

»Aber würdest du mich trotzdem nehmen?«

All das, was sie hatte ertragen müssen, war für Hunter nur noch ein Grund mehr, sie zu der Seinen zu machen und für sie zu sorgen. Seine männlichen Instinkte trieben ihn, sie zu beschützen, sie festzuhalten und sie zu lieben. Aber sie nehmen? Erst da wurde ihm das Gewicht der Ketten bewusst, die ihn an die Vergangenheit fesselten; die unleugbaren, furchtbaren Ketten der Angst, deren Macht durch seine Gefühle für Quaye noch gewaltiger geworden war.

Hunter antwortete nicht – er konnte ihr nicht antworten, und während er sie schweigend betrachtete, sah er das Licht in ihren Augen, die schwache, flackernde Kerze ihres wieder erwachten Geistes auflodern und ersterben. Und es war, als sei er wieder bei Rachel in dem dunklen Raum, wo er vor ihrem Bett kniete; das Leben floss aus ihren Augen, und ihre Stimme war schwach und brüchig. Das Entsetzen darüber, an ihrer Seite versagt zu haben, machte ihn hilflos und ohnmächtig.

Quaye weinte nicht mehr, sondern wandte sich von ihm ab und ging schweigend zurück in die Hütte. Zum ersten Mal in seinem Leben spürte Hunter sich wahrhaft verdammt.

KAPITEL 24

GEBROCHENES GLAS

Ich habe einen schweren Fehler begangen. Ich habe ein Herz, das dem meinen anvertraut war, ohne Achtsamkeit behandelt. Und indem ich das tat, habe ich beide Herzen gebrochen.

Hunter Bells Tagebuch

Hunter erwachte sehr früh am nächsten Morgen; tatsächlich hatte er kaum geschlafen. Schon vor dem ersten Sonnenstrahl verließ er leise die Hütte und ging jagen. Er wollte nachdenken, aber zugleich wollte er sich auch dem sengenden Schweigen von Quayes Schmerz entziehen. Er wusste, dass er ihr gegenüber im denkbar wichtigsten Augenblick versagt hatte. Als er durch den Schnee trottete, überlegte er, was er bei seiner Rückkehr sagen würde, und fragte sich, ob es überhaupt etwas zu sagen gab, das eine Bedeutung haben würde. Je länger er darüber nachdachte, umso mehr hasste er sich für das, was er getan hatte.

Er schoss einen Truthahn, brachte den Vogel zu seiner Scheune und begann ihn zu rupfen, eine Arbeit, deren Eintönigkeit ihm Zuflucht vor seinen quälenden Gedanken gab. Er wusste noch immer nicht, was er sagen würde.

Das Wiehern eines näher kommenden Pferdes schreckte ihn auf, und er trat an die Tür des Stalls. Es war Jak Morse, der den verschneiten Weg hinaufgeritten kam. »Bell«, schrie er.

Hunter griff nach seinem Gewehr, ging auf den Reiter zu und legte einen Finger auf den Abzug. Obwohl er noch nie im Leben den Wunsch gehabt hatte, einen Menschen zu töten, zog er es in diesem Moment in Erwägung, Morse an Ort und Stelle niederzuschießen.

»In der Stadt heißt es, du hättest eine Frau hier oben.«

»Was ich habe oder nicht, geht dich nichts an.«

»Eine Irin.«

Hunter spannte den Hahn und machte einen Schritt auf den anderen Mann zu. »Hier ist nichts, was dir gehört. Jetzt verlass meinen Grund und Boden, es sei denn, du möchtest hier begraben werden.«

Weder Jak noch Hunter selbst zweifelten daran, dass die Drohung ernst gemeint war. Morse wollte sich gerade zurückziehen, als die Tür der Hütte geöffnet wurde und Quaye ins Sonnenlicht hinaustrat. Ohne Hunter anzusehen, kam sie gelassen auf die Veranda heraus, die Arme zum Schutz gegen die Kälte um den Leib geschlungen. Sie trug nur das Kleid, in dem er sie gefunden hatte und das jetzt säuberlich geflickt war. Bis auf die Stiefel hatte sie keines von Hunters Geschenken bei sich. Beide Männer starrten sie an.

»Ich bin hier, um dich zu holen«, schrie Jak.

Quaye antwortete nicht, ging aber mit leicht gesenktem Kopf auf das Pferd zu. Hunter konnte nicht glauben, was er da sah. Er verstellte ihr den Weg und fasste sie am Arm, aber sie riss sich los, ohne ihn anzusehen. »Wohin gehst du?«

Ihre Stimme klang ruhig und gefasst. »Dorthin zurück, wo ich hingehöre.«

»Du gehörst nicht zu ihm, Quaye. Du hast Besseres verdient.«

»Ach ja?«

»Siehst du denn nicht, dass er böse ist? Er ist grausam.«

Quaye drehte sich zu ihm um, und ein seltsames Lächeln verzerrte ihr Gesicht, als hätten seine letzten Worte sie erheitert. »Oh, Hunter. Du bist viel grausamer als Jak. Er hat mich zumindest nie glauben gemacht, dass er mich liebt.«

Sie ging an ihm vorbei und näherte sich dem Pferd.

»Quaye.«

Sie drehte sich nicht um. Ohne ein Wort hob Jak sie in den Sattel, dann sah er Hunter an, ein arrogantes Lächeln auf dem Gesicht. Quaye saß seitlich auf dem Pferd und hielt den Blick von Hunter abgewandt. Jak gab dem Tier die Sporen, und die beiden ritten in Richtung Stadt davon.

Ungläubig und wie betäubt stand Hunter da; sein Herz hämmerte wild in seiner Brust. Er ging in die Hütte und zu ihrem Bett und riss wütend die Decken von der Schnur, die er durch den Raum gespannt hatte.

Alles, was er für sie gekauft hatte, war noch da. Die Bücher waren am Fußende des Bettes aufgestapelt, und das Seidenkleid lag säuberlich gefaltet neben der Bürste und dem Weihnachtsschmuck. Alle Geschenke befanden sich wieder in ihren Schachteln, bis auf den Spiegel, der am Fußende des Bettes lag. Er war zersprungen.

KAPITEL 25

NEUIGKEITEN

Wieder bin ich umringt von Mauern der Einsamkeit. Ich glaube, die Hölle ist ein Gefängnis, das wir uns selbst zimmern, Ziegelstein um Ziegelstein, bis wir uns durch unsere eigene Feigheit und mangelnde Festigkeit von aller Liebe abgetrennt haben. Und von allem, das liebenswert ist.

Hunter Bells Tagebuch

Quaye beherrschte Hunters ganzes Denken, sie war in ihm und über ihm und um ihn herum. Wenn seine Gefühle für sie nicht genügt hatten, um die Mauern zum Einsturz zu bringen, die er um sein Herz errichtet hatte, dann wurde nun deutlich, dass sie durch die Hintertür eingetreten war. Seine Erinnerung an sie war ebenso durchdringend wie der Schmerz, der sie jetzt durchzog. Er sah sie in allem, was ihn umgab. Bei jedem Wispern des Windes und jedem Knacken der Bäume blickte er auf, in der Hoffnung, dass sie zurückgekehrt war.

Während der nächsten beiden Tage durchlebte er jene Nacht stets aufs Neue und erinnerte sich an die Zärtlichkeit, mit der Quaye seine Hand berührt hatte. Er erinnerte sich an ihren Kuss und daran, wie dieser Kuss seine Welt erfüllt und gewärmt hatte, und kalte Trostlosigkeit erfasste ihn, die er verspürte, seit sie gegangen war. Er hatte sie tief verletzt, und jetzt büßte er für ihren Schmerz mit jedem qualvollen Augenblick seiner Einsamkeit. Dennoch war es nicht sein eigener Verlust, der ihm die größte Pein bereitete, sondern das Wissen darum, wohin sie zurückgekehrt war. Wohin er sie zurückzukehren gezwungen hatte.

Er arbeitete, um die Gedanken mit körperlicher Anstrengung zu bannen. Er fällte zwei Bäume und schleppte sie zu seiner Hütte, wo er sie zu Feuerholz hackte, sie Scheit um Scheit bersten ließ, bis die Schwielen an seinen Händen Blasen warfen.

Als sich die Sonne am zweiten Tag ihrem Zenit näherte, hörte er das Hufeklappern eines näher kommenden Pferdes, und mit der Axt in der Hand ging er nachsehen, wer ihn da besuchte. Er hoffte, dass sie es wäre.

Zu Hunters Enttäuschung war es nur ein alter Mann, der rittlings auf einem ergrauenden Maultier saß. Seine Aufmachung wies ihn deutlich als alten Goldgräber aus. Er trug einen fadenscheinigen Hut mit breiter Krempe, und unter seinem Umhang war ein dunkelrotes Wollhemd zu sehen, das am Hals offen stand. Die Hosen hatte er sich in die Stiefel geschoben.

Der Mann brachte das Maultier zum Stehen. »Bist du Bell?«

Hunter stützte sich auf die Axt. »Ja.«

»Mein Name ist John Billings. Ich bin gerade eben in Bethel angekommen.« Der alte Mann ließ den Blick über Hunters Claim schweifen; offensichtlich hatte er es mit dem Sprechen nicht eiliger als zuvor das Maultier mit dem Gehen. »Ich habe ein Leben lang Gold gewaschen und zwei weitere Leben in Goldstollen gegraben, und jetzt bin ich auf der Suche nach Arbeit. Ich weiß, dass du im Moment nicht gräbst, aber wenn du mir auch nur den magersten Lohn zahlen kannst, werde ich's dir im nächsten Frühjahr wieder gutmachen.«

»Ich habe jede Menge Hilfe«, erwiderte Hunter schroff.

»Die Leute in der Stadt sagen, du hättest bloß Schlitzaugen als Arbeiter hier.«

Hunter antwortete nicht.

»Wie gesagt, ich bin auf der Suche nach Arbeit.«

»Woher kommst du?«, fragte Hunter.

»War zuletzt ein Stückchen nördlich von hier. In Goldstrike.«

»Ich habe in Goldstrike geschürft.«

»Wie lief es da?«

»Ich bin jetzt hier.«

Der Mann lächelte, nahm eine schon halb gerauchte Zigarre aus der Tasche und hielt sie Hunter hin, der das Angebot ablehnte. Daraufhin zündete der Alte sie für sich selbst an und stieß eine Wolke blauen Rauchs aus. »Sodom West nennen die Zeitungen den Ort. Und sie haben Recht damit.«

»Kennst du das Gasthaus Orleans?«

»Ich hatte nie Grund, dort Quartier zu nehmen, aber ich kenne es, ja. Sie haben den Namen geändert; es heißt jetzt Red Eye. Dieser Cajun, dem das Gasthaus früher gehörte, hat sich eines Abends furchtbar betrunken und einen der Saloons zusammengeschossen. Ein paar Leute haben ziemlich was dabei abgekriegt, und der Bursche ist ins Gefängnis gewandert. Er musste das Gasthaus verkaufen, damit sie den Saloon wieder aufbauen konnten. Seit der Ermordung seiner Tochter war der Cajun nicht mehr ganz richtig im Kopf.«

Hunter starrte den Mann mit ungläubigem Entsetzen an. »Was ist mit seiner Tochter passiert?«

»Wie hieß sie noch gleich?« Billings dachte einen Moment lang nach, dann zuckte er die Achseln. »Egal, jedenfalls hat ganz Goldstrike damals davon geredet. Einer ihrer eigenen Gäste hat sie um die Ecke gebracht. Abgeknallt.«

»Isabel«, sagte Hunter.

»Ja, richtig. Eine Mulattin. Es heißt, sie sei hübsch wie ein Reh gewesen.«

»Hat man ihren Mörder gehängt?«

»Nein. Der Mann hat ihr Pferd gestohlen und ist aus Goldstrike geflohen, bevor sie ihn einfangen konnten. Es heißt, es wäre ein Prediger gewesen, der sich dem Teufel verschrieben habe. Die Männer von der Bürgerwehr haben das Mädchen gefunden. Sie waren bereits vorher schon hinter dem Mann her, weil sie ihn wegen einiger anderer übler Dinge in Verdacht hatten. Wo die Damen in

Goldstrike doch so rar sind. Der Bürgerwehrausschuss hat eine hübsche Belohnung auf den Kopf dieses Predigers ausgesetzt, aber ich schätze, er ist inzwischen schon am Yukon.«

Hunter wandte sich ab.

»Wegen der Arbeit …«

»Wie ich schon sagte, ich brauche keine Hilfe.«

»Ich verlange nicht viel Lohn.«

»Und ich biete keinen an.«

»Du hast Arbeit für einen Chinesen, aber nicht für einen Weißen?«

»Ich schätze, so ist es.«

Der Mann schob sich die Zigarre wieder in den Mund und zog an den Zügeln seines Maultiers. »So eine Einstellung bringt einen Mann garantiert in Schwierigkeiten«, sagte er. Dann ritt er auf demselben Weg davon, auf dem er gekommen war.

Hunter war noch immer wie betäubt von der Nachricht von Isabels Tod, als einige Stunden später drei Männer sich zu Pferd der Hütte näherten. Als sie in Hörweite waren, ergriff der größte von ihnen das Wort. »Ich nehme an, Ihr seid Hunter Bell.«

»Sie haben das Vergnügen.«

Der Mann stieg von seinem Pferd und kam auf Hunter zu. »Ich habe mit Eurer Frau gesprochen, kurz bevor dieses Unwetter ausgebrochen ist. Die letzten Tage habe ich in dieser gottverlassenen Wüste festgesessen.« Er hielt Hunter seine Visitenkarte hin. »Joseph Wharton ist mein Name. Ich vertrete die Comstock Mining Company von San Francisco. Das sind Mr Barton, unser Geologe, und Mr Greeley, unser Führer. Wir haben von Eurem Claim gehört. Mr Barton hat Eure Ausgrabungsstellen untersucht. Wir würden gern hydraulische Maschinen herbringen und der Ader in den Berg hinein folgen. Selbstverständlich sind wir bereit, ein Angebot für Euren Claim zu machen.«

»Macht es.«

»Die Comstock Company ist bereit, Euch eine halbe Million Dollar sowie einen fünfprozentigen Anteil an der Bethel Mining Company anzubieten.«

Die Summe machte Hunter sprachlos. Nicht nur, weil er bereits ein Viertel dieser Summe gefördert hatte, sondern auch, weil Gold einem gebrochenen Herzen bedeutungslos erscheint.

»Ich hatte nicht die Absicht, zu verkaufen.«

»Ich weiß über Euch Bescheid, Mr Bell. Ihr seid ein zivilisierter Mensch. Was sollte einen Mann wie Euch dazu bringen, an einem Ort wie diesem bleiben zu wollen?«

»Wie würde die Transaktion vonstatten gehen?«

»Wir könnten das Geld an eine Bank Eurer Wahl kabeln. Natürlich könnten wir auch bar bezahlen, aber angesichts der Umgebung, in der wir uns befinden, würde ich das nicht für klug halten.«

»Ich brauche Zeit, um darüber nachzudenken.«

Wharton lächelte. »Euer Zögern gefällt mir. Es beweist, dass Ihr viel von Eurer Mine haltet.« Der Mann kehrte zu seinem Pferd zurück. »Unser Vorstand tritt am nächsten Donnerstag wieder zusammen. Ich würde gern am Tag davor Eure Antwort durchtelegraphieren.« Er stieg wieder in den Sattel. »Wir haben im Gasthof Bethel Quartier genommen. Und ob Ihr Eure Entscheidung bis dahin getroffen habt oder nicht, wir werden auf jeden Fall am nächsten Montag abreisen.«

KAPITEL 26

DREI GLEICHE

Nirgends darf man Königen weniger trauen
als in einem Kartendeck.

Hunter Bells Tagebuch

Hunter brauchte weniger als eine Stunde, um alles einzupacken, was ihm etwas bedeutete. In den fünf Monaten seit seiner Ankunft in Bethel hatte er eine beträchtliche Menge Goldes angehäuft: zwei Lederbeutel voll, die jeweils fast zwanzig Pfund wogen. Selbst ohne den Verkauf seines Claims war er ein reicher Mann, reich genug, um bis ans Ende seiner Tage von seinem Geld leben zu können, ohne jemals wieder eine Karte oder eine Schaufel anfassen zu müssen. Er konnte wie ein König in Mexiko leben, auf einer Hazienda von tausend Morgen mit tausend Rindern.

Seinen Wagen, die Tiere und alles, was er auf seinem Pferd nicht befördern konnte, würde er den Chinesen dalassen. Das Geld aus dem Claim würde an Hannah gehen; auf diese Weise würde es ihr an nichts mangeln. Im Lager der Changs wollte er ein letztes Mal Halt machen, um Lebewohl zu sagen, dann würde er zum Gasthof reiten und das Geschäft mit Mr Wharton abschließen.

Als er sein Pferd in das Lager lenkte, wurde er von Sonny begrüßt.

»Hallo, Mr Bell. Du gehen irgendwohin?«

»Nach Mexiko.«

Sonny sah ihn verwirrt an. »Mexiko?«

»Ich gehe fort«, erwiderte Hunter.

»Fortgehen? Das ist schlimm«, sagte er und schüttelte ungläubig den Kopf. »Ich erzählen den anderen.«

Die Changs machten kein Hehl aus ihrer Traurigkeit. Xiao Lous Mutter ging in ihr Zelt und drängte Hunter eine Kette aus Jadeperlen auf. Da die Familie darauf bestand, aß er noch mit ihnen zu Abend, und als er ihr Lager verließ, wich das Zwielicht bereits der Dunkelheit. Es war zu spät, um noch weit zu reiten, aber das kümmerte ihn nicht. Ob mit oder ohne Sonne, er wollte Bethel auf jeden Fall hinter sich lassen. Die Straße lag im Dunkeln, als er sein Pferd zu dem Gasthof lenkte, dessen Fenster jedoch noch hell erleuchtet waren. Als er sich dem Gebäude näherte, musste er unweigerlich an seine Flucht aus Goldstrike denken. Auch damals war das Gasthaus sein letztes Ziel auf dem Weg hinaus aus der Stadt gewesen. Seine Gedanken kehrten noch einmal zu Isabel zurück.

Obwohl er es beunruhigend fand, dass auf seinen Kopf ein Preis ausgesetzt war, hatte die Nachricht über Isabels Ermordung Hunter eher mit Zorn erfüllt als mit Angst um sich selbst. Sie war ihm zu Hilfe gekommen und hatte dafür mit dem Leben bezahlen müssen. Als Hunter sich die Einzelheiten jenes Tages und Isabels Bitte, sie mitzunehmen, noch einmal durch den Kopf gehen ließ, fühlte er sich seltsam schmutzig – als klebe ihr Blut an seinen Händen.

Um seiner eigenen Furcht willen war er vor ihr davongelaufen. Gerade so, wie er es bei Hannah getan hatte. Gerade so, wie er es bei Quaye getan hatte. In diesem Augenblick war sein Abscheu auf die Bürgerwehr nicht größer als die Verachtung, die er für sich selbst empfand.

Er sah durch die dunkle Straße zu dem hell erleuchteten Saloon hinüber, dann wandte er sich wieder zu dem Gasthaus um.

Er könnte davonlaufen, denn darauf verstand er sich. Geradeso wie er Quaye den Wölfen hätte überlassen können, konnte er sie jetzt dem Tier überlassen, mit dem sie zusammenlebte, und hoffen, dass seine Erinnerung an sie im Laufe der Zeit und mit genügend Alkohol irgendwann verblassen würde.

Oder er konnte das Leben wählen. In diesem entscheidenden

Moment hatte er das Gefühl, dass er trotz seiner theologischen Ausbildung den tieferen Sinn seiner Studien nicht begriffen hatte. Die eigentliche Crux des Evangeliums, an das zu glauben er vorgegeben hatte. Dass die Richtschnur für ein menschliches Herz, das Barometer für Gut und Böse nichts anderes war als das Ausmaß seiner Bereitschaft, das Leben zu wählen statt den Tod. Dass der Weg Gottes schlicht und einfach der Weg des Lebens war, reich und ewig. Und das war der Punkt, an dem er gescheitert war, denn wer sich für das Leben entscheidet, entscheidet sich für den Kummer ebenso wie für das Glück, für den Schmerz ebenso wie für die Freude. Als Hunter Rachel begraben hatte, begrub er mit ihr auch sein eigenes Herz, ohne daran zu denken, dass es vielleicht heilen und wieder fühlen und wachsen könnte. Und indem er das tat, hatte er mehr gewählt als den Tod. Er hatte die Verdammnis gewählt, denn Verdammnis heißt nichts anderes, als jedwedes Ding in seinem ewiglichen Fortschreiten aufzuhalten. Mit jener ersten Flucht aus West Chester war er nicht nur vor dem Grauen und dem Schmerz des Todes davongelaufen, sondern vor dem Leben selbst.

Hunter hatte sich über seinen eigenen Tod genügend Gedanken gemacht. Er hatte sich gute Gründe zurechtgelegt, warum die anderen ohne ihn besser dran wären. Aber er irrte sich. Er hatte eine Schuld auf sich geladen, für die andere würden zahlen müssen, und das war etwas, womit er nicht leben konnte. Entschlossen drängte er sein Pferd die Straße hinunter zum Saloon.

Hunter war nur ein einziges Mal in dem Saloon gewesen, als er Lao Jong gerettet hatte. Der Raum war etwa zwölf Meter lang, mit einer lang gestreckten Theke aus Mahagoniholz. Ein Fußgeländer aus Messing zog sich über die ganze Länge der Theke, und alle zwei Meter stand ein Spucknapf bereit. Hinter der Theke konnte man einen großen Spiegel sehen, der in einen Mahagonischrank mit Regalen eingefasst war. Auf den Regalen reihten sich Flaschen und Karaffen mit schottischem Whisky, Weizenwhisky, Korn, Weinbrand, Old Bourbon und anderen Schnäpsen, einschließlich eines Eichenfachs mit einem Gebräu, das *Weiche Knie* genannt wurde. Das Gebräu war so stark, dass es hieß, ein Mann wäre selbst nach einem Blitzschlag nicht so durcheinander wie nach dem Genuss eines Glases davon. Gegenüber der Theke stand mitten im Raum ein Kanonenofen mit einem Kohlenkasten und einer Schaufel auf der einen Seite und einem Stapel Holz auf der anderen. Der Wirt saß mit einem Strohhut auf dem Kopf hinter der Theke, nuckelte an einer Zigarre und wartete offensichtlich auf seinen nächsten Kunden. Es gab ein halbes Dutzend runder Tische im Raum, aber die Kneipe war fast leer, nur einer der Tische war besetzt. Quaye hatte ihm erzählt, dass Jak jeden Abend hier zu finden sei, und sie hatte Recht. Er und drei andere Männer saßen an einem mit leeren Flaschen übersäten Tisch und spielten Poker. Jetzt drehte Jak sich um, um festzustellen, was die Aufmerksamkeit der anderen erregt hatte. Er runzelte die Stirn. »Was willst du?«

»Ich bin hier, um Karten zu spielen.«

»Die Runde hier ist komplett.«

»Wenn er Zaster in der Tasche hat, ist dieser Stuhl frei«, erklärte der Mann, der neben Jak saß. Er war ein vierschrötiger Bursche mit breiter Brust, der, wenn es nach der Größe des Stapels mit Münzen vor ihm ging, gerade auf der Gewinnerstraße war.

Hunter zog seinen Mantel aus und setzte sich auf den Stuhl Jak gegenüber.

»Du bist der Prediger, stimmt's?«, fragte der Mann, der ihn an den Tisch gebeten hatte.

Hunter streckte ihm die Hand hin. »Hunter Bell.«

»Freut mich, dich kennen zu lernen. Ich bin Jon.« Er zeigte auf seine Gefährten. »Das sind Nate und Abraham. Jak kennst du ja schon.«

Hunter begrüßte die Männer mit einem leichten Nicken. »Ich habe schon eine Weile nicht mehr gespielt. Jedenfalls nichts anderes als Siebzehnundvier. Aber ihr werdet das schon hinkriegen.«

Die Männer sahen einander schweigend an und warfen dann begierige Blicke auf den Stapel Münzen, den Hunter auf den Tisch gelegt hatte. »Was spielen wir?«

»Draw Poker«, sagte der Mann.

Hunter winkte dem Barkeeper. »Bring uns eine Flasche Korn.«

»Das ist ein Wort«, bemerkte Jon.

Der Barkeeper brachte eine Flasche an den Tisch sowie ein Glas für Hunter. Der schenkte zuerst den Männern ein, dann sich selbst, bevor er einen großen Schluck nahm und hörbar ausatmete.

»Wer gibt?«, fragte Hunter.

Jak nahm die Karten und schob sie zum Mischen über den Tisch. Das Spiel entwickelte sich schnell. Wie die Männer gehofft hatten, verkleinerte sich Hunters Münzstapel, auch wenn die meisten Geldstücke über den Tisch zu Jak gewandert waren, dessen mürrische Stimmung sich mit dem wachsenden Glück aufgehellt hatte. Jak konnte sich nicht daran erinnern, wann er das letzte Mal beim Spiel solchen Erfolg gehabt hatte, und kam zu dem Schluss, dass Hunter – einmal abgesehen von der Geschichte mit seiner Frau – doch gar kein so schlechter Kerl war. Hunter trank weiter, und die Wirkung des Alkohols war für alle am Tisch deutlich sichtbar. Zweimal setzte er versehentlich doppelt.

»Der Prediger verträgt keinen Alkohol«, bemerkte Jon.

»Ich habe wahrscheinlich zu viel getrunken«, pflichtete Hunter ihm bei, während er sich das nächste Glas einschenkte. Das Spiel dauerte bis in die Nacht hinein; die Männer blieben geduldig und warteten auf ihren Anteil an der Beute. Gegen zwei Uhr morgens sagte Jak unbekümmert: »Ich freue mich, dass du hergekommen bist.«

Hunter hatte sein Glas beiseite geschoben und hielt sich inzwischen an die Flasche. »Ich habe mich heute Abend nicht besonders gut geschlagen«, erwiderte er wehmütig.

Jak sah ihn amüsiert an. »Du musst noch genauso viel über Karten lernen wie über Frauen.«

Hunter nahm die Flasche von den Lippen. »Dann klär mich auf.«

»Also, du fängst es vollkommen falsch an. Eine Frau ist genauso wie ein Nigger. Beide respektieren eine starke Hand. Wenn du ihren Willen nicht brichst, machen sie dir nichts als Scherereien. Du darfst einer Frau nicht den Kopf mit Büchern und Religion und dergleichen füllen. Das verstößt gegen ihre Natur. Die Weiber sind nur dafür geboren, an die Kleinen zu denken und sich um ihre Männer zu kümmern.« Er biss das Ende seiner Zigarre ab und lächelte Hunter an. »Ein Mann, der einer Frau ihren Willen lässt, ist kein Mann. Er ist ein Wallach.«

Die Männer kicherten.

Hunter rieb sich die Stirn. »Ich mag am Kartentisch nicht viel taugen, aber was die Frauen betrifft, bin ich anderer Meinung als du.«

»Und genau deshalb ist meine Frau zu mir zurückgekrochen, als ich sie holen kam. Sie wollen einfach, dass ein Mann ihnen sagt, wo es langgeht. Der richtige Platz einer Frau ist auf ihrem Rücken. Sie wird nur den Mann respektieren, der sie flachlegt.«

Hunter ließ sich seine Verachtung nicht anmerken, während er sich auf seinem Stuhl zurücklehnte und das ihm verbliebene Häufchen Münzen begutachtete. »Ich denke, für eine Runde wird es noch reichen. Mal sehen, ob ich etwas von meinem Geld zurückgewinnen kann. Ich glaube, ich muss geben.«

Jak schob ihm gut gelaunt die Karten hin, und die Männer warfen ihren Einsatz in die Mitte des Tisches. Hunter nahm einen Schluck aus der Flasche, dann verteilte er die Karten. Während diese über den Tisch glitten, musterte Jak mit steinerner Miene sein Blatt. Er hatte drei Könige bekommen – sein bestes Blatt an diesem Abend. Nach drei Runden waren die drei anderen Männer ausgestiegen. Jak erhöhte weiter, bis Hunter den letzten Rest seines Goldes in die Mitte schob.

»Ich schätze, das war's«, erklärte Hunter mutlos. »Das Geld liegt auf dem Tisch.«

»Du scheinst einiges Vertrauen in dein Blatt zu haben«, bemerkte Jak.

Hunter nickte wachsam. »Kann sein.«

»Ich wäre bereit, einen Schuldschein anzunehmen.«

Hunter schob seine Karten auf dem Tisch zusammen. »Du sollst deinen Schuldschein haben.« Er wog die Aussichten ab, dann fragte er: »Hast du einen Federhalter?«

Jak drehte sich zu dem Barkeeper um. »Hol einen Federhalter.«

Der Mann brachte ihnen ein Stück Papier und eine metallene Schreibfeder an den Tisch. Hunter kritzelte einige Worte darauf, dann nahm er noch einen Schluck und schüttelte sich, da der Alkohol brannte wie Feuer. Er schob das Papier Jak hin.

»Ich kann nichts lesen außer Zahlen, davon sehe ich auf diesem Papier aber keine.«

»Es ist ein Schuldschein über meinen Claim.«

Jak starrte fassungslos auf das Papier. »Ich mag heute Nacht ja dank deiner Großzügigkeit eine Spur reicher sein als zuvor, aber ich habe von deinem Claim gehört. Was soll ich diesem Stück Papier entgegensetzen?«

»Deine Frau.«

Jak musterte ihn mit ungläubiger Erheiterung, dann sah er die anderen Männer am Tisch an. Er lachte nervös. »Du willst meine Frau?«

»Meinen Claim gegen deine Frau.«

»Hast du deine Chinesen etwa über?«, fragte er spöttisch.

»Wenn du kein Interesse hast ...« Hunter griff nach dem Dokument, aber Jak legte schweigend die Hand auf das Papier. »Ich habe nicht gesagt, dass ich das Spiel nicht machen will. Ihr Männer seid alle meine Zeugen.«

Jon erhob Einwände. »Er ist betrunken, Jak.«

»Nicht so betrunken, dass er nicht spielen kann«, sagte Jak.

»Ich weiß, was ich tue«, bemerkte Hunter, dessen Worte ein wenig undeutlich klangen.

»Da, ihr habt es gehört«, sagte Jak.

Hunter drehte das Papier um und schob es zu Jak hinüber. »Dann schreib es jetzt auf.«

»Ich kann nicht lesen, und ich kann verdammt noch mal auch nicht schreiben.«

»Ich werde es für dich tun.« Hunter schrieb die Bedingungen des Spiels auf und zeigte das Papier Jon, der nickte und es wieder zu Jak hinüberschob. »Jetzt unterschreib.«

Jak zeichnete ein X auf das Blatt, dann lehnte er sich auf seinem Stuhl zurück. »Das wär's. Ich will sehen.«

»Du deckst zuerst auf«, sagte Hunter.

Ein breites Lächeln zeichnete sich auf Jaks Zügen ab. »Ich sag dir was. Du hast gespielt wie ein Esel. Ein wirklich großzügiger Esel, aber trotzdem ein Esel. Es ist nur recht, wenn ich dir ein Geheimnis verrate.«

»Und das wäre?«

»Sieht so aus, als hättest du da eine dumme Angewohnheit. Wenn du bluffst, legst du die Münzen direkt auf deine Karten.« Er drehte seine drei Könige um. »Das macht mich zu einem reichen Mann.«

»Nein«, sagte Hunter, »es macht dich zu einem einsamen Mann.« Zum Erstaunen aller war Hunters Aussprache plötzlich vollkommen deutlich, und sein Blick war klar und nüchtern. Er drehte drei Asse um. »Selbst Esel haben ab und zu Glück.«

»Da soll mich doch der Teufel holen«, sagte einer der Männer. Jaks Lächeln verschwand. Ungläubig sah er zu, wie Hunter seine Urkunde und die Münzen einstrich und sich erhob. »Ich will sie vor dem Mittag in meiner Hütte haben.« Er beugte sich über den Tisch, und in seinen Augen stand ein grimmiger Ausdruck. »Und wenn dir dein jämmerliches Leben lieb ist, wird sie keine frischen Verletzungen haben.« Mit diesen Worten drehte er sich um und verließ den Saloon.

Kapitel 27

Quayes Entscheidung

Es scheint, als sollte unser größter Wunsch der sein, nichts zu wünschen.

Hunter Bells Tagebuch

Die Sonne stand hoch an einem wolkenlosen Himmel, und der Schnee schmolz und tröpfelte in kleinen Rinnsalen den Berg hinunter. Quaye bahnte sich vorsichtig einen Weg zwischen den Bächen hindurch, als sie zu Hunters Hütte hinaufstieg. Eine Stunde vor dem Mittag drückte sie die Tür der Hütte auf. Sie hatte alles, was sie im Leben besaß, in ein kleines Öltuch gewickelt, das sie in einer quer über Rücken und Brust geschlagenen Schärpe trug. Hunter hatte nervös auf ihre Ankunft gewartet und immer wieder überlegt, was er vielleicht sagen würde, was er sagen sollte. Das Einzige, wofür er sich hatte entscheiden können, war eine Entschuldigung. Als er sie draußen hörte, bearbeitete er gerade mit seinem Schnitzmesser den Bettpfosten, legte nun jedoch das Messer beiseite und ließ die kleinen, geringelten Holzspäne am Fußende des Bettes liegen.

Quaye trat ein, band ihr Bündel los und legte es einige Schritte von der Tür entfernt auf den Boden. Sie starrte Hunter quer durch den Raum an, und die Sonne in ihrem Rücken umgab sie mit einem gleißenden Lichtschein.

»Welches Recht hast du, um mein Leben zu spielen?«, fragte sie wütend.

Hunter antwortete nicht.

»Hast du geglaubt, du könntest mich kaufen?«

»Ich habe dich nicht gekauft.«

»Nein, du hast mich in einem Kartenspiel gewonnen. Jak hat wenigstens in bar für mich bezahlt.«

»Ich habe nicht dich gekauft. Nur deine Freiheit.« Langsam erhob er sich vom Fußboden und sah ihr dabei fest in die Augen. »Ich bedaure, was ich getan habe. Noch mehr bedaure ich, was ich nicht getan habe. In der Nacht, als ich dich im Schnee fand, glaubte ich, Gott hätte dich zu mir geschickt, um mich zu quälen. Um den Schmerz noch einmal zu durchleben, den ich bei Rachels Verlust durchlitten hatte.« Er senkte den Blick, verlegen über die Unbeholfenheit seiner Worte. »Ich weiß, dass ich dich verletzt habe. Wenn ich noch einmal von vorn beginnen könnte, würde ich nicht denselben Fehler begehen.«

Quaye sah ihn schweigend an. Dann sagte sie schließlich: »Ich kann nicht sie sein.«

»Du bist es, die ich liebe.«

»Du liebst mich? Wie lange denn? Bis der Schmerz der Erinnerung zurückkehrt und du in eine andere Stadt davonläufst? Was wäre dann noch von mir übrig?«

»Ich werde dich nicht verlassen.«

»Das hast du bereits getan, Hunter.«

»Bitte, gib mir noch eine Chance.«

Quaye senkte den Blick. »Ich kann nicht.«

»Dann gib mich frei. Sag mir, dass du mich nicht liebst.«

Quaye begann zu weinen. »Genau deshalb kann ich dir nicht noch eine Chance geben. Ich habe niemals jemanden so sehr geliebt oder gefürchtet wie dich. Ich wünschte, du hättest mich in jener Nacht sterben lassen.«

Hunter holte tief Luft und ging, während die Worte noch in seinem Herzen brannten, in eine Ecke der Hütte. Inmitten eines Stapels hölzerner Kisten bückte er sich und kehrte dann mit einer kleinen ledernen Börse zu Quaye zurück. Er hielt sie ihr hin. »Das ist genug für deine Rückkehr in den Osten. Oder nach Irland.«

Quaye wollte das Gold nicht anrühren. Stattdessen wischte sie sich über die Augen. »Ich will nicht in deiner Schuld stehen.«

Seine Stimme wurde weich, und seine Worte, geboren aus tiefer Sehnsucht und Verzweiflung, kamen stockend über seine Lippen. »Quaye, in welche Hölle du mich auch schicken willst, ich habe es verdient. Ich weiß nicht, ob ich es ertragen kann, wenn du mich noch einmal verlässt, aber das ist jetzt nicht mehr meine Entscheidung. Ich weiß nur, dass ich lieber tausend Tode sterben würde, als dich noch einmal bei Jak zu sehen. Ich bitte … nein, ich erflehe nur eins: Nimm dieses Geld und gehe so weit fort von hier, wie du nur kannst. Wenn du jemals etwas für mich empfunden hast, dann gib mir nur das, um den Schmerz zu lindern, der mich für den Rest meines Lebens begleiten wird. Lass mich gewiss sein, dass du nicht mit ihm zusammen bist.«

Quaye sah Hunter in die Augen, dann nahm sie die Börse von ihm entgegen und wandte sich ab. Einen Augenblick hielt sie unentschlossen inne, bis sie sich schließlich bückte, nach ihrem eigenen Bündel griff und die Hütte verließ. Als die Tür hinter ihr zufiel, ging Hunter in seine Speisekammer, holte einen der Krüge mit Brandy heraus und begann zu trinken.

KAPITEL 28

DER LYNCHMORD

Es ist eine seltsame Gerechtigkeit, die die Menschen im Westen praktizieren; eine Verspottung des Gesetzes, die überwacht wird von dem unehrenwerten Richter Lynch mit seinen zehntausend Armen und den beiden Augen im Rücken.

Hunter Bells Tagebuch

Hunter lag voll bekleidet unter seinen Decken und starrte die dunklen Bretter unter seinem Dach an, als Sonny hereinkam. Er hatte jetzt seit fast drei Tagen im Bett gelegen und den ganzen Krug und zwei weitere Flaschen Brandy getrunken. Der Raum stank nach Alkohol und Erbrochenem.

Sonny war gekommen, um das Vieh zu füttern, als er Hunters Pferd im Pferch sah. Er rief nach ihm, und als er keine Antwort bekam, öffnete er langsam die Tür der Hütte. Zuerst glaubte er, der Raum sei leer, da er weder eine Bewegung noch Licht wahrnahm. Das Feuer war erloschen, sodass in der Hütte bittere Kälte herrschte und sein Atem als weiße Wolke sichtbar wurde. Dann bemerkte er Hunters Gestalt im Bett und trat zu ihm. Hunter hatte sich eine Hand auf die Stirn gelegt und drehte sich nun träge zu seinem Besucher um.

»Mr Bell, du sein krank?«

Hunter zögerte, bevor er antwortete. »Nein, vielleicht.«

Sonny bemerkte die Flaschen. »Du trinken zu viel Whisky.«

»Nicht genug.«

Sonny ging zum Kamin und machte sich daran, das Feuer neu zu entfachen. »Warum du nicht gehen nach Mexiko?«

»Ich habe die Mine nicht verkauft. Ihr könnt trotzdem behalten, was ich euch geschenkt habe.«

»Wir glücklich, du nicht gehen«, sagte Sonny. »Ich erzählen Familie. Wir machen Fest für dich.«

»Kein Fest«, widersprach Hunter.

Sonny zündete ein Streichholz an, und das Feuer flackerte auf. »Ich bringen Long Yan. Er kennen chinesische Medizin.«

»Ich glaube nicht, dass er etwas gegen Melancholie hat.«

»Melancholie«, wiederholte Sonny. Plötzlich weiteten sich seine Augen. »Irin?«

»Ja«, sagte Hunter, und es war beinahe ein Seufzen. »Die Irin.«

»Ich machen Tee gegen schlechten Kopf.« Während Sonny wartete, bis das Wasser kochte, durchstöberte er Hunters Vorräte. Der Widerhall eines Gewehrschusses schreckte ihn auf.

»Hunter Bell!«, brüllte ein Mann. Hunter rührte sich nicht. Er lag vollkommen reglos da, als hätte er die Stimme nicht gehört. Sonny trat ans Fenster und zog die Vorhänge zurück. »Zwei Männer kommen«, meldete Sonny. »Der böse Mann kommen.«

»Hol mein Gewehr«, sagte Hunter. »Es lehnt am Regal.« Er stieg aus dem Bett, und der Raum vor seinen Augen drehte sich. Er hielt inne, bis er wieder festen Boden spürte. Dann öffnete er langsam die Tür, und ein Lichtstrahl durchdrang den Raum. Er beschirmte die Augen gegen die Sonne. Als sie sich an das Licht gewöhnt hatten, sah er Jak in Begleitung eines hoch gewachsenen, grimmig dreinblickenden Mannes, der einen Strohhut mit schwarzem Band trug und ein Gewehr im Arm hielt. Hunter kannte ihn vom Hörensagen, und sein Abzeichen wies ihn als Sheriff Ponds aus.

Hunter zog seine Stiefel an und trat hinaus. Jak zeigte gerade auf das Appaloosa-Pferd im Pferch.

»Was wollt ihr?«, fragte Hunter. Die beiden Männer drehten sich zu ihm um.

»Das ist der Pferdedieb und Mörder«, rief Jak.

Der Sheriff zielte mit seiner Flinte auf Hunter. »Bell, ich verhafte Euch wegen des Mordes an Isabel Gayarre.«

Hunter blieb ungerührt. »Isabel war meine Freundin. Die Bürgerwehr von Goldstrike hat sie getötet.«

»Die Männer von der Bürgerwehr haben sie gefunden.«

»Natürlich haben sie das. Nachdem sie Isabel ermordet hatten.«

»An dem Tag, an dem Isabel Gayarre tot aufgefunden wurde, seid Ihr mit ihrem Pferd aus Goldstrike verschwunden. Dieses Appaloosa-Pferd passt genau auf die Beschreibung.«

»Es ist tatsächlich Isabels Pferd. Ich habe es ihr abgekauft.«

»Mit einem Schlag auf den Schädel«, warf Jak ein.

»Isabel hat mir geholfen, der Bürgerwehr zu entkommen, und die Männer haben sie dafür getötet.«

»Das wird vor Gericht verhandelt werden«, erklärte Ponds. »Kommt jetzt mit mir.«

Es dauerte nicht länger als zwei Tage, bis die Nachricht von der Verhaftung des Predigers Goldstrike erreichte. Ponds hatte jemanden zum Sheriff von Goldstrike geschickt, um Isabels Pferd identifizieren zu lassen, und die Nachricht, dass eine Verhandlung unmittelbar bevorstehe, verbreitete sich in der ganzen Stadt. Während Goldstrikes Bürger die Neuigkeit von Hunters Gefangennahme feierten, erfüllte sie Isabels Mörder, Thomas Cage, mit Furcht.

Cage hatte Isabel zusammen mit einem anderen Mitglied der Bürgerwehr erschossen, als er erfuhr, dass sie Hunter die Flucht ermöglicht hatte. Jetzt lebte er mit gutem Grund in Angst. Isabel war in der Stadt sehr beliebt gewesen, und Cage wusste, was geschehen würde, wenn ihr Vater, die Bewohner der Stadt oder auch nur einer seiner Kameraden bei der Bürgerwehr denjenigen finden würden, der die Schuld an ihrem Tod trug. Und wenn es der Allmächtige selbst gewesen wäre, sie würden die Angelegenheit mit Gewehr oder Seil bereinigen. Die Stadt hatte Cages Geschichte über das

Verbrechen des Predigers akzeptiert, und er hatte sich darauf verlassen, dass er Hunter nie wieder zu Gesicht bekommen würde. Die hohe Belohnung, die auf den Kopf des Predigers ausgesetzt war und zu der er selbst einen Teil beigetragen hatte, hätte eigentlich dafür sorgen müssen, dass Hunter sich von der Stadt fern hielt. Cage vermutete, dass der Prediger und Isabel ein Liebespaar gewesen waren, und er befürchtete, Hunter könnte Beweise besitzen, die seine Unschuld belegen und stattdessen ihn, Cage, belasten würden.

Cage wollte dafür sorgen, dass Hunters Beweise niemals ans Tageslicht kämen. In aller Eile wurde daher in den Saloons und Banken der Stadt ein Bulletin aufgehängt.

Bürgerwehrausschuss

Die hoch angesehenen Mitglieder des Bürgerwehrausschusses von Goldstrike mögen sich bitte morgen Mittag im Virginian Saloon zusammenfinden, um über die Gefangennahme des berüchtigten Hunter Bell zu beratschlagen, des Mörders von Isabel Gayarre.

Die Männer der Bürgerwehr, ob sie nun hoch angesehen waren oder nicht, reagierten mit großer Erregung auf die Nachricht von Hunters Gefangennahme und strömten in Scharen in den Saloon. Cage stachelte ihre Entrüstung bis zum Siedepunkt an und brachte sie mit der Behauptung in Rage, dass Bethel eine Stadt sei, die den Prediger ungeschoren mit dem Mord an einer der besten Frauen Goldstrikes davonkommen lassen würde. »Denkt an meine Worte«, warnte Cage sie. »Er wird sich mit der Zunge eines Dämons von dem Verbrechen reinzuwaschen versuchen.«

Nach einer Stunde kam die Menge einstimmig zu der Auffassung, dass es nur eine Möglichkeit für gesetzesliebende Bürger gab, auf diese Herausforderung zu reagieren: Sie mussten die Angelegenheit selbst in die Hand nehmen.

Es war eine Stunde vor Sonnenuntergang an Hunters viertem Tag im Kerker, als der Hilfssheriff plötzlich in das Gefängnis von Bethel stürmte. Er verriegelte die Tür hinter sich, und er und der Sheriff unterhielten sich aufgeregt.

Hunter lehnte sich an die langen Gitterstäbe seiner Zelle, um festzustellen, was die Männer so erregte. Draußen vor seinem Fenster wurde das Lärmen von Pferden hörbar, und Männerstimmen schwollen an; offensichtlich fand dort eine Versammlung statt. Nach den Geräuschen zu urteilen, die zu ihm vordrangen, schätzte Hunter, dass es vierzig bis fünfzig Männer sein mussten.

Der Sheriff nahm zwei Gewehre aus dem Schrank an der Wand, lud sie beide und stellte eine Schachtel mit Munition griffbereit neben sich. Keiner der Gesetzeshüter sprach mit dem Gefangenen, aber sie hatten offensichtlich Angst. Hunter spürte, dass es etwas mit ihm zu tun hatte.

Der Aufruhr draußen fand seinen Höhepunkt in einer Abfolge von Gewehrschüssen, und plötzlich senkte sich Schweigen über die Menge, gefolgt von der Stimme eines einzigen Mannes.

»Mach auf, Sheriff.«

Hunter glaubte, die Stimme zu erkennen.

»Ihr Burschen geht am besten wieder zurück nach Goldstrike«, rief der Sheriff. »Hier in Bethel herrscht das Gesetz.«

»Es ist nicht dein Mann, Sheriff. Der Prediger gehört der Bürgerwehr von Goldstrike. Wir sind keine Feiglinge, die einen elenden Mörder laufen lassen, und wir werden nicht eher wieder fortreiten, bis es eine Hinrichtung gegeben hat.«

Eine hellere Stimme brüllte: »Wir haben bloß einen neuen Kragen für den Prediger mitgebracht. Einen aus Hanf.«

Hunter umklammerte die Gitterstäbe seiner Zelle.

»Das kann ich nicht tun, Jungs. Jetzt beruhigt euch, bevor noch jemand verletzt wird.«

»Wir sind der Meinung, dass wir genau deshalb hergekommen sind«, ließ sich die Stimme des zweiten Mannes erneut vernehmen, und die Menge applaudierte seinen Worten.

Die Stimme des Sheriffs klang belegt vor Anspannung. »Hört mir zu, Männer. Ihr seid mit heißem Blut hergekommen. Wenn ihr unbedingt eine Hinrichtung haben wollt, dann gebe ich euch Barberi heraus. Er sollte morgen Früh ohnehin gehängt werden.«

Barberi war ein übellauniger italienischer Goldsucher, der einen Mann erschossen hatte, nur weil ihm dessen Blick, mit dem er ihn bedacht hatte, nicht gefiel. Jetzt lehnte er in sich zusammengesunken an der gegenüberliegenden Wand der Zelle, eine Whiskyflasche an die Brust gedrückt. Das Angebot des Sheriffs entlockte ihm nicht die geringste Reaktion.

»Wir sind wegen des Predigers hier«, rief der Mann. »Kommt jetzt raus, ihr beiden, damit ihr nicht verletzt werdet. Wenn es sein muss, werden wir das Gefängnis niederbrennen.« Eine Gewehrkugel durchschlug die Tür und grub sich in die Wand dahinter ein, und ein Regen kleiner Gipsstückchen rieselte auf den steinernen Fußboden.

Nun wurde die Stimme des Hilfssheriffs vernehmbar. »Dieser Prediger wird am Ende hängen, so oder so. Wir können es ebenso gut der Bürgerwehr überlassen und uns eine Menge Papierkram ersparen. Verbrenn dir daran nicht die Finger, Sheriff.«

Der Sheriff saß einen Moment lang schweigend da, dann sah er zu Hunter hinüber. »Es tut mir furchtbar Leid«, sagte er. »Gott erbarme sich deiner Seele.«

»Und deiner«, erwiderte Hunter.

Langsam drehte der Sheriff sich um, dann rief er zum Fenster hinaus: »Casey und ich kommen jetzt raus. Hört auf zu schießen.«

»Nicht schießen«, befahl die Stimme draußen. »Und vergiss die Schlüssel nicht, Sheriff.«

Die Gesetzeshüter öffneten vorsichtig die Tür, dann gingen sie hinaus, ohne das Gefängnis hinter sich abzuschließen. Bereits im nächsten Augenblick stürzte eine Horde von Männern in den Raum wie eine Meute wütender, feiger Schakale. Zuerst drängte die Menge auf Barberi zu, bis einer der Männer von der Bürgerwehr, der Hunter kannte, sie auf ihren Irrtum hinwies. Der Anblick der blutgierigen Meute erfüllte Hunter mit Entsetzen. Er trat an die Tür seiner Zelle und versuchte vergeblich, den Zellenschlüssel an sich zu reißen, als dieser ins Schloss geschoben wurde. Als ihm das nicht gelang, schob er die Arme zwischen die Gitterstäbe der Tür, um sie festzuhalten, aber die Männer droschen mit ihren Gewehrkolben auf seine Arme und Hände ein, und die Tür wurde gewaltsam geöffnet. Sofort stürzten sich ein Dutzend Männer auf Hunter und warfen ihn bäuchlings auf den steinernen Fußboden. Sie fesselten ihm die Hände hinter dem Rücken, dann rissen sie ihn auf die Füße und schoben ihn aus der Zelle heraus.

Noch bevor Hunter die Tür des Gefängnisses erreicht hatte, wurde ihm eine Schlinge über den Kopf geworfen. Die Menge führte ihn an dem Seil ins Freie. Draußen vor dem Gefängnis erkannte Hunter einige Gesichter in dem mordlüsternen Mob. Etwa ein Dutzend Mitglieder der Bürgerwehr von Goldstrike hatten sich eingefunden, aber fast genauso viele stammten aus Bethel; der Ingrimm der Bürgerwehr und ihre fehlgeleitete Entrüstung hatten sie angelockt. Der Wortführer des Mobs war, wie Hunter erwartet hatte, Thomas Cage. Hunter entdeckte auch Jak im Gedränge. Die Männer stießen Hunter vor sich her, traten nach ihm und rammten ihm ihre Gewehre in den Leib.

Es gab eine kurze Auseinandersetzung darüber, wo die Hinrichtung stattfinden sollte. Einige der Männer fanden, dass Hunter nach Goldstrike zurückgebracht und dort gehängt werden sollte, aber

Cage wollte die Sache unbedingt hinter sich bringen und setzte sich schließlich mit dem Versprechen durch, dass der Kopf des Predigers nach Goldstrike zurückgebracht und im Saloon ausgestellt werden sollte, damit alle Bürger der Stadt ihn sehen konnten.

Eine kahle Platane wurde als passender Galgen ausgemacht, und das Ende von Hunters Seil über einen kräftigen Ast geworfen, der sich etwa vier Meter über dem Erdboden befand. Die Männer schickten sich bereits an, Hunter hochzuziehen, aber Cage gebot ihnen Einhalt. »Noch nicht, Leute. Wir müssen ihm Zeit für ein Geständnis lassen.« Cage trat vor ihn hin und fuhr leise fort: »Ich höre, Ihr habt hier Euer Glück gemacht, Prediger. Eine Schande, dass Ihr Euer Geld nicht mitnehmen könnt.«

»Du wirst für alle Ewigkeit für den Mord an Isabel in der Hölle brennen.«

»Ein bisschen spät, um noch zu predigen. Ihre Sünde fällt auf dich zurück. Du hättest dich niemals mit ihr einlassen dürfen. Jetzt hast du die Wahl. Wir können dich ganz langsam und allmählich hängen, oder du gestehst den Mord, wir ziehen dich mit einem Ruck rauf, und die Sache ist erledigt.«

Hunter presste die Kiefermuskeln zusammen.

»Du bist ein Narr«, sagte Cage. »Du wirst so oder so sterben.«

Jak trat vor und schlug Hunter mit der Faust ins Gesicht, und Blut sickerte aus seinen Lippen. »Ich habe gehört, es soll da ein Gebot geben, das heißt: Du sollst nicht begehren deines Nächsten Weib, Prediger. Ich möchte, dass du mit dem Wissen zur Hölle fährst, dass ich sie mir jetzt zurückhole.«

Hunter spuckte das Blut aus, das sich in seinem Mund gesammelt hatte. »Du wirst sie niemals finden.«

»Sie ist nicht weit gegangen, nur bis ins Gasthaus. Da ist sie seit einer Woche. Ich werde sie mir holen, sobald wir mit dir fertig sind.« Jak lächelte. »Bei mir weiß die Frau, woran sie ist. Das ist wichtig. Das hättest du inzwischen eigentlich begreifen müssen.«

Jaks Worte verursachten ihm Übelkeit. Warum war Quaye nicht fortgegangen? Hunter ließ den Kopf sinken und betete lautlos: *Gott, wenn meine Jahre in deinem Dienst irgendeinen Lohn rechtfertigen, flehe ich dich an, mir diese eine Bitte zu gewähren: Nimm mein Leben, aber sorg dafür, dass sie vor ihm sicher ist.* Noch während er betete, wurde ihm klar, wie nutzlos es war, ein Leben anzubieten, das er bereits an Gott verloren hatte.

Jak bemerkte, dass Hunter betete, und zu Cages Missvergnügen rief er: »Ich finde, unser Prediger sollte seinen eigenen Nachruf sprechen.«

Der Mob brach in zustimmendes Gebrüll aus. Doch schon im nächsten Augenblick brachte ein Gewehrschuss die Menge zum Schweigen. Die Männer drehten sich um und sahen sich unvermittelt allen elf Mitgliedern der Familie Chang gegenüber, die mit Äxten, Beilen, vier Revolvern und zwei von Hunters Gewehren bewaffnet waren.

»Lasst Mr Bell frei«, rief Sonny. Er richtete das Gewehr auf Cage, der die Hände hob und mit einem zynischen Lächeln zurücktrat. »Halt, Schlitzauge, wir führen nur das Gesetz aus. Du solltest dich nicht mit uns anlegen.« Er sah zu den Männern hinüber, und einige von ihnen hoben bereits ihre Gewehre. Hunter beobachtete das Geschehen. Sonny und seinen Leuten standen zu viele Männer gegenüber, und die Stimmung gegen die Chinesen war zu aufgeheizt. Falls sie den Kampf irgendwie überleben sollten, würden sie den Bürgern von Bethel zum Opfer fallen. Bis zum Einbruch der Nacht würden sie alle hängen.

»Nein, Sonny«, schrie Hunter. »Geh zurück nach Hause. Bring die anderen von hier fort!«

Sonny sah ihn fragend an, und Hunter rief der Bürgerwehr zu: »Lasst sie in Ruhe. Es sind doch bloß Chinesen.«

Doch Sonny wich nicht von der Stelle; er war nicht bereit, seinen Freund im Stich zu lassen.

»Ich habe gesagt, ihr sollt gehen«, brüllte Hunter. »Ich habe das Mädchen getötet. Ich muss dafür hängen. Geht jetzt! *Zou ba!* Geht zurück nach Hause!«

Cage lächelte. Der Chinese hatte fertig gebracht, was ihm nicht gelungen war. Verwirrt ließen alle anderen Mitglieder der Familie Chang ihre Waffen sinken – alle, bis auf Sonny. In diesem Moment ertönte ein weiterer Schuss, und Cage griff sich an die Brust, sackte auf die Knie und fiel mit dem Gesicht nach vorn dicht vor Hunters Füßen in den Schnee. Jak stürzte herbei, um das Ende des Seils zu ergreifen, aber ein zweiter Schuss traf ihn in die Brust und warf ihn auf den Rücken.

»Den Nächsten, der nach dem Seil greift, erschieße ich.« Die Stimme mit dem schweren Akzent kam von einem einarmigen Mann auf einem Pferd. Langsam trabte er auf die Menge zu, seine Pistole in der Hand und die Zügel des Pferdes unter den Stummel des fehlendes Arms geklemmt. Hunter erkannte Isabels Vater, Père Gayarre.

Ein Mann aus der Bürgerwehr von Bethel, der nicht um die Geschicklichkeit des Cajuns wusste, zielte auf Gayarre, der ihm, wohl aus reiner Barmherzigkeit, nur die Waffe aus der Hand schoss. Jetzt richtete Gayarre seinen Revolver auf einen Mann, der neben dem sterbenden Cage kniete. »Binde den Prediger los.«

Hastig griff der Mann nach seinem Messer und durchschnitt die Seile, mit denen Hunters Hände gefesselt worden waren. Hunter zog sich die Schlinge über den Kopf.

»Wir hätten dir erlaubt, ihn selbst zu hängen«, sagte ein Mann.

Gayarre ritt näher heran, und in seinen Augen loderte Rachsucht. »Der Prediger hat meine Tochter nicht ermordet. Die Bürgerwehr war's.« Sein Blick schweifte über die Männer. »Ich sollte euch alle töten.«

Jak, der noch immer auf dem Rücken lag, schrie: »Ihr Feiglinge! Er ist nur einer, und ihr seid fast hundert!«

Obwohl Gayarre sich tatsächlich mehr als vierzig Männern gegenübersah, wäre das für den, der als Nächster getötet wurde, nur ein geringer Trost gewesen. Gayarre war zweifellos schnell genug, um eine Hand voll Männer im Nu zu erledigen. Niemand war bereit, seine Waffe gegen ihn zu erheben.

Die Männer von Bethel waren die Ersten, die davonschlenderten. Einige von ihnen entschuldigten sich bei Hunter, bevor sie gingen. Ein anderer Mann, der zur Bürgerwehr von Goldstrike gehörte, rief: »Es war Cage, der Isabel ermordet hat. Er hat bekommen, was er verdient.« Seine Gefährten beeilten sich, ihm zuzustimmen. Sie ließen Cage mit dem Gesicht nach unten in dem zertrampelten Schnee liegen und kehrten zu ihren Pferden zurück.

Als die Menge sich zerstreute, nickte Hunter Gayarre zu, der seinen Blick nur wortlos und mit von Schmerz dunklen Augen erwiderte. Hunter bedeutete ihm nichts. Gayarre war gekommen, um sich Cage zu holen; seine Arbeit war getan.

Plötzlich zerriss ein weiterer Schuss die Luft. Hunter schrie auf, presste sich die Hände auf den Unterleib und brach zusammen. Hinter ihm auf dem Boden lag Jak, eine rauchende Pistole in den Händen. Der Cajun feuerte, und Jak fiel auf den Rücken, um nie wieder aufzustehen.

KAPITEL 29

ABSCHIED

Long Yan saß mit gesenktem Kopf an Hunters Bett. Er sprach leise und in einem melodisch klingenden Mandarin, sodass seine Worte einem Gesang ähnelten. Er war das älteste Mitglied der Familie Chang, und sein Haar und die Augenbrauen waren silbrig grau. Auf seinem Kopf saß eine dunkelblaue Seidenkappe, und er trug ein steifes Hemd aus Seidenbrokat. Der Raum lag im Dunkeln, und die glühenden Überreste des Weihrauchs, der um das Bett herum verteilt worden war, warfen ein schauriges Licht auf das Gesicht des Heilers.

Man hatte Hunter das Hemd ausgezogen, und dort, wo die Kugel seinen Bauch durchschlagen hatte, lag ein Umschlag. Die Kugel war unterhalb der Niere in den Leib eingedrungen und hatte die lebenswichtigen Organe verfehlt, aber eine innere Blutung ausgelöst, und Hunter war durch den Blutverlust und den atemberaubenden Schmerz bewusstlos geworden. Jetzt weckte ihn der scharfe Geruch von brennendem Weihrauch. Long Yan hob den Kopf und sprach ihn an. Plötzlich erschien Sonny an der Seite des alten Mannes.

»Hallo, Mr Bell«, sagte er.

»Ich bin also nicht im Jenseits«, erwiderte Hunter ironisch.

Sonny verstand ihn nicht.

»Wie steht es um mich?«, fragte Hunter.

»Deine Blutung aufhören.«

Long Yan entzündete ein Röhrchen aus Reispapier, das einer dicken Zigarre ähnelte, und blies Luft darauf, bis das Papier zu schwelen begann. Dann hielt er den brennenden Docht über Hunters Brust und ließ ihn langsam in den Fingern kreisen.

»Was macht er da?«

»Er dich befreien von bösem Wind.«

Hunter schloss die Augen, und Sonny fragte abrupt: »Du nicht töten das Mädchen?«

»Nein.«

»Du lügen, um uns zu retten.«

»Ja.«

Sonny verneigte sich vor ihm. »Du ehrenwerter Mann.«

Hunter wusste nicht, wie lange er schon in seinem Bett lag. Er erinnerte sich vage an den Schimmer von glimmendem Weihrauch und den kalten Umschlag auf seiner Haut, und er erinnerte sich daran, dass er irgendwann mit jemandem gesprochen hatte.

»Wie lange bin ich schon hier?«

»Zwei Tage.«

»Habe ich etwas gesagt?«

»Du sprechen von Irin«, antwortete Sonny.

»Die Irin …«

»Sie kommen«, sagte Sonny.

»Quaye?«

»Sie halten deine Hand heute Nacht.«

»Wo ist sie?«

»Sie draußen. Ich sie holen?«

»Ja.«

Ein paar Sekunden später kniete Quaye an seinem Bett und umfasste seine Hand mit der ihren. Ihre Augen waren gerötet vom Weinen.

»Warum bist du nicht fortgegangen?«, fragte Hunter.

Sie wischte sich eine Träne weg.

»Warum, Quaye?«

Sie stieß einen tiefen Seufzer aus. »Du magst meine Seele befreit haben, Hunter, aber mein Herz hast du in Ketten gelegt.«

Hunter drückte ihre Hand. »Endlich habe ich mal etwas richtig gemacht.«

Er lächelte. Dann verzog er plötzlich vor Schmerz das Gesicht. »Wie lange bist du schon bei mir?«

»Seit ich von deiner Verhaftung erfahren habe. Ich war auf dem Weg zu dir, als du angeschossen wurdest.«

»Wer hat auf mich geschossen?«

»Es war Jak.« Ohne jedes Gefühl fügte sie hinzu: »Er ist tot.«

»Woher wusste Gayarre Bescheid?«

»Gayarre?«

»Der Cajun. Isabels Vater. Woher wusste er, dass ich unschuldig bin?«

»Ein Mitglied der Bürgerwehr ist zu ihm gegangen.«

»Ein Mann von der Bürgerwehr mit einem Gewissen?«

»Cage hat die Männer angeführt, als sie seinen Bruder gelyncht haben.«

Hunter nickte wissend. »Hat ein Arzt sich um mich gekümmert?«

»Der Arzt hat den Verband angelegt. Er hat gesagt, die Kugel sei direkt durch dich hindurchgegangen. Man könne nichts mehr tun. Sonny hat dann Long Yan geholt.«

Einen Moment lang schwiegen sie, und Quaye fuhr ihm sanft mit den Fingern durchs Haar. »Ruh dich einfach aus, mein Liebling.«

Sonny sprach leise mit Long Yan, der aufstand und das glimmende Wermutholz von Hunters Brust nahm.

»Wir euch lassen allein, Mr Bell«, sagte Sonny.

Hunter hob ein wenig die Hand, und Sonny ergriff sie.

»Ich danke dir, Sonny. *Xie xie.*«

»*Hou hui you chi*«,sagte Sonny, ohne es zu übersetzen. Die beiden Chinesen verließen schweigend den Raum. Als sie fort waren, fragte Hunter: »Habe ich mit dir gesprochen?«

Quaye nickte.

»Habe ich Schande über mich gebracht?«

Sie lächelte und nickte abermals.

»Zumindest lächelst du.«

Er stieß langsam den Atem aus. »Es ist seltsam. Ich weiß nicht, ob ich leben oder sterben werde.«

»Du wirst leben«, sagte Quaye.

Hunter nickte. »Ich habe Durst.«

»Dann werde ich dir etwas Wasser bringen.«

Quaye kam mit einer Kelle voll kaltem Wasser zurück. Sie half Hunter, den Kopf zu heben, und er trank, bevor er sich wieder auf das Kissen sinken ließ. »Was kann ich sonst noch für dich tun?«

»Sprich mit mir. Hilf mir, den Schmerz zu vergessen.«

»Soll ich dir etwas vorlesen?«

»Ja. Lies mir vor. Lies mir aus *unserem* Buch vor.«

Sie ging zum Kaminsims, griff nach seinem Gedichtband und schlug das zwanzigste Sonett auf.

Geliebter, mein Geliebter, wenn ich denk
vor einem Jahr: Da saß ich noch wie eh,
und deine Fußspur war noch nicht im Schnee,
und rings das Schweigen war noch ungelenk,
von deiner Stimme nicht geschult. Ich ließ
die langen Ketten langsam, Glied um Glied,
durch meine Finger gehn, nicht wissend dies:
dass du schon möglich warst. Wie mir geschieht,
da ich des Lebens tiefes Staunen trinke.
Und wunderlich …

Sie hatte das Gedicht noch nicht beendet, als Hunter bereits eingeschlafen war. Sie zog ihm die Decke bis zur Brust hoch, beugte sich vor und küsste seine reglosen Lippen.

Am nächsten Tag erwachte Hunter erst gegen Mittag. Quaye hatte die Nacht über an seiner Seite im Schaukelstuhl geschlafen. Kurz vor Sonnenaufgang war sie erwacht und hatte ihn mehr als eine Stunde lang beobachtet, bevor sie sich daranmachte, die Hütte aufzuräumen und Kaffee und Essen zuzubereiten. Als er sich schließlich regte, kam sie zu ihm. Ein Sonnenstrahl fiel durch das Fenster, da sie die Läden geöffnet hatte, und als Quaye durch den Sonnenstrahl hindurchtrat, fand Hunter, dass sie wie ein Engel aussah. Sie setzte sich mit einer Schale Suppe neben ihn, und er lächelte.

»Hast du Hunger?«

»Ja.«

Quaye tauchte den Löffel in die Schale und hielt ihn Hunter an den Mund. Er schloss die Lippen um den Löffel, schluckte und hustete dann. »Was ist das?«

Quaye lächelte. »Das ist die Suppe, die Sonny gebracht hat.«

»Whisky geht leichter runter.«

»Er hat mir versichert, dass sie dir gut tun würde«, erwiderte Quaye, während sie den Löffel aufs Neue füllte.

Hunter schüttelte den Kopf. »Ich ziehe die Kugel vor.«

Einmal mehr lächelte sie. »Ich werde dir etwas Brühe holen.«

Als sie sich erheben wollte, griff Hunter nach ihrer Hand. »Bleib bei mir.«

Sie setzte sich wieder hin.

»Wenn ich weiterleben sollte, müssen wir einige Dinge besprechen.«

»Welche Dinge, mein Liebster?«

»Unsere Zukunft.«

»Unsere Zukunft«, wiederholte sie. »Wie seltsam, dass diese

Worte so angenehm klingen können. Bisher habe ich die Zukunft niemals als etwas besonders Erstrebenswertes betrachtet.«

»Dann werde ich dir helfen, sie so zu sehen. Ich werde dir helfen zu träumen.« Er griff nach ihrer Hand. »Wir werden unseren Claim verkaufen, und sobald ich dazu im Stande bin, werden wir die erste Etappe auf dem Rückweg nach Pennsylvania antreten. Dort gibt es einen Ort, der sein muss wie das Paradies vor dem Sündenfall, eine kleine Stadt im Brandywine Valley am Ufer des Brandywine mit Namen Chadds Ford. Die Hügel sind so rund und so grün, dass es beinahe das Auge schmerzt. Und es gibt dort riesige Wälder mit Schwarznussbäumen, Hickorys und Buchen. Und Obstgärten mit Äpfeln und Birnen, die sich so weit erstrecken, wie das Auge reicht. Wenn die Herbstäpfel geerntet sind, kommen die Städter zu einem Jahrmarkt und einem Tanzabend zusammen. Wir werden das größte Haus in der Gegend kaufen, ein prächtiges Heim mit Kristallkronleuchtern und schönen Teppichen. Und wir werden eine Harfe haben. Hannah wird das Harfenspiel lernen. Und sie wird einen großen, von Mauern umfriedeten Garten haben, den sie erkunden und in dem sie herumtollen kann. Sie wird ein Pony bekommen, und wir werden Ausritte in die Hügel unternehmen. Du wirst eine Kutsche und Dienstboten haben. Ich werde dir alles geben, was dir jemals verwehrt wurde.«

»Dann werde ich also dich haben?«

Er wurde plötzlich ernst. »Wenn du mich willst.«

»Du machst einer Frau einen Antrag, die noch nicht einmal eine Woche lang Witwe ist?«

»Ja, das tue ich.«

»Du bist ein verwegener Mann«, sagte sie leichthin. »Aber ich will dich nehmen.«

»Ich bin ein guter Fang. Du wirst nicht nur mich bekommen, sondern Hannah als Dreingabe. Du musst uns beide nehmen.«

»Ja. Dich und Hannah. Wir werden eine Familie sein. Ich habe mir immer Kinder gewünscht, bin aber von Jak nicht schwanger geworden. Damals dachte ich, es sei ein Segen, aber jetzt ist es ein Fluch.« Sie sah ihn traurig an. »Ich würde gern dein Kind tragen, Hunter.«

Zärtlich küsste er sie auf die Stirn.

»Wir haben Hannah«, sagte er. »Und wir werden ihr genug Liebe und genug Träume für ein Dutzend Kinder geben. Was wir selbst an Glück nicht nachholen können, wird sie mit ihrem eigenen Glück aufwiegen. Und wenn wir alt und grau sind, wird Hannah für uns die Harfe spielen, während unsere Enkelkinder zu unseren Füßen über den Boden krabbeln.«

Quaye seufzte. »Du bist ein wunderbarer Traumführer.« Hunter versuchte, sie näher an sich zu ziehen, aber der Schmerz war zu groß. Quaye stieg neben ihm ins Bett. Ihre Münder fanden sich, und Quaye spürte, dass sie sich nichts mehr wünschte als diesen Mann. Als sie sich voneinander lösten, bettete sie ihren Kopf mit einem neuerlichen Seufzer neben seinem. »Ich schenke dir mein Herz, mein Geliebter. Ich werde dir folgen, wohin du auch gehst. Zu jedem Traum, zu dem du aufbrichst.«

Hunter lächelte, und ihre Nasen berührten sich. »Du bist für mich das Schiff, mit dem ich solch herrliche Träume erreichen kann. Du bist der Stern am nachtschwarzen Himmel, der mein Schiff lenkt. Unter dessen Licht ich den Hafen ruhiger Zufriedenheit erreiche.«

»Und aus welchem Buch ist das?«

Hunter lächelte und küsste ihr Gesicht. »Nur aus meinem Herzen.« Dann ließ er sich wieder auf sein Lager sinken und stöhnte leise.

»Du brauchst Ruhe. Ruhe, mein Liebster. Ich will deine Wärme sein.«

Er zog ihren Kopf an seine Brust und entspannte sich, und Quaye lauschte dem langsamen Schlag seines Herzens, während er wieder einschlief. Sie stellte sich die sanft gewellten Hügel des Brandywine Valley vor, den gewundenen Fluss mit den pastellfarbenen Wiesenblumen an den Ufern, und sie sah, wie sie beide ihr Spiegelbild im Fluss bewunderten, wie Narziss es einst getan hatte. Und sie dachte an Hannah, die Hannah von der Fotografie, und sah sie zum Leben erwachen; ihre kastanienbraunen Locken wippten, während sie spielte, und sie stieß in kindlicher Glückseligkeit kleine, spitze Schreie aus. Schließlich schloss Quaye die Augen und ließ sich von seiner Wärme und der Musik des Traums in den Schlaf singen.

Es war bereits spät an jenem Nachmittag, als Hunter laut stöhnte und sie damit beide aus dem Schlaf riss. Seine Stirn war übersät von Schweißperlen.

»Was ist mit dir, mein Liebling?«, fragte sie besorgt und griff nach seiner Hand.

Er drückte ihre Finger auf seine Wange. Sie brannte vom Fieber. Quaye stieg aus dem Bett, tauchte ein Tuch in den Wassereimer an seinem Lager und tupfte ihm sachte die Stirn ab. Er öffnete die Augen und sah sie an. In seinem Blick las sie etwas Unaussprechliches. Hunter flüsterte: »Quaye.«

»Ja, mein Liebes?«

»Ich weiß es jetzt.«

»Was weißt du, Liebling?«

»Ob ich leben oder sterben werde.«

Er hob die Hand zu seinem Bauch und legte sie vorsichtig auf das heiße Fleisch. Der Bereich um die Wunde herum war entzündet, und rote Streifen krochen zu seiner Brust empor. Quaye blickte in seine vom Fieber umnebelten Augen und verstand. Sie presste sich eine Hand auf den Mund.

»Es tut mir Leid.«

Verzweifelt umklammerte Quaye seine Finger. »Nein, Hunter. Bitte verlass mich nicht.«

»Es ist Gottes Wille.«

»Dann werde ich zu Ihm beten.« Sie ließ sich vor dem Bett auf die Knie fallen und senkte den Kopf. »Bitte, nimm ihn nicht fort. Ich werde dir alles geben. Alles, außer ihn.«

Hunter drückte ihre Hand. »Quaye«, sagte er liebevoll. »Lerne von mir. Bete, dass Sein Wille geschehe, nicht unserer.«

Ihre Finger zitterten, und ihre Augen waren groß und feucht. »Ich fürchte Seinen Willen.«

»Du musst ihn nicht fürchten.« Er fuhr sich mit der Zunge über seine ausgedörrten Lippen. »Meine Liebste, bring mir den Beutel vom Kaminsims. Er liegt neben meinem Tagebuch. Bring ihn mir.«

Sie trat an den Kamin, fand den braunen, mit einer Schnur zugebundenen Lederbeutel und brachte ihn Hunter, ohne zu begreifen, warum er ihn brauchte. In dem Beutel fanden sich eine Schreibfeder und zwei zusammengefaltete Bögen Papier; einer war beschrieben, der andere leer. Er kritzelte etwas auf die beschriebene Seite, dann reichte er Quaye beide Papiere hinüber.

»Der Claim ist jetzt auf deinen Namen eingetragen. Schreib auf, was ich dir nun sage.«

»Hunter, nicht jetzt …«

»Du musst zu Mr Wharton gehen; er ist im Gasthof. Sag ihm, dass der Claim dir gehört …«

Quayes Miene verhärtete sich. »Nein. Du darfst nicht solche Reden führen. Du wirst es tun, wenn du wieder gesund bist.«

»Quaye, ich muss jetzt sprechen, meine Geliebte. Es bleibt nicht mehr viel Zeit.«

Seine Worte schienen sie so scharf wie Dolche zu durchbohren, doch als sie in seine Augen blickte, wusste sie, dass sie gehorchen musste. Er hob die Hand und strich ihr über die Wange. »Du musst unseren Traum leben, Quaye.«

Sie kämpfte gegen die Tränen. »Hunter …«

»Sag Wharton, dass du sein Angebot annehmen wirst. Sag ihm

aber auch, es gäbe Bedingungen. Er muss den Claim der Changs schützen. Er muss sich schriftlich dazu verpflichten.«

Quaye kritzelte die Worte auf das Papier.

»Sag ihm, dein Geld solle an die Chester County Bank geschickt werden. Ich habe dort einen Freund. Parley Smythe. Du kannst ihm vertrauen.«

Während Quaye schrieb, fielen ihre Tränen auf das Papier und ließen die Worte verschwimmen. Sie brach ab und begann zu schluchzen, und er streckte die Hand nach ihr aus.

»Du hast mich gerettet, warum kann ich dich nicht retten?«

Seine Liebe zu ihr leuchtete in seinen gequälten Augen. »Aber das hast du doch getan, meine Geliebte.« Er holte mühsam Atem. »Ich habe Frieden mit meinem Gott gemacht.« Er wischte Quayes Tränen fort. »Weine nicht um mich. Ich bin gesegnet. Ich habe zweimal in meinem Leben wahre Liebe kennen gelernt. Das ist mehr, als ein Mensch erhoffen darf.«

Quaye drückte seine Hand an ihre Wange.

»Wirst du Hannah zu dir nehmen, Quaye? Wirst du vollenden, was ich nicht zu tun vermochte?«

Sie nickte. »Ja.«

»Wenn sie alt genug ist, um zu verstehen, würdest du ihr dann bitte sagen, dass ihr Vater sie geliebt hat? In dem Buch mit den Sonetten liegt ein versiegelter Brief. Hast du ihn gesehen?«

Quaye nickte, eine Hand auf seiner Brust. »Ja. Es soll geschehen, mein Liebster.«

»Ich wünsche mir so sehr, dir meinen Namen zu geben. Ich möchte, dass wir heiraten. Erscheint dir das töricht?«

Sie konnte nicht sprechen und schüttelte nur den Kopf.

»Könntest du meinen Namen annehmen, nur um mich dann zu verlieren?«

Quaye drückte seine Hand. »Und wenn ich dich tausend Mal verlieren müsste.«

Hunter strich über ihre Wange. »Ja, du bist sehr tapfer.«

Quaye streifte ihren Claddaughring vom Finger und legte ihn in Hunters Hand. »Verheirate du uns. Gott wird deine Worte hö ren.«

Er schloss die Finger um ihre und ließ die Lider sinken, dann öffnete er die Augen wieder und sah sie sehnsüchtig an. »Meine geliebte Quaye.« Er schluckte. »Ich nehme dich zu meiner mir angetrauten Frau und gelobe, dass ich dich lieben und achten werde, so wahr Gott mir helfe. Nimmst du mich vor Gott als deinen Ehemann und gelobst, mich zu achten und zu lieben, so wahr dir Gott helfe, dann antworte jetzt: Ich will.«

»Ja, ich will.«

»Ich gelobe vor Gott, dir ein liebender und treuer Ehemann zu sein, in guten wie in bösen Tagen, in Krankheit und in Gesundheit, bis dass der Tod …« Bei diesem Wort brach er ab und schloss abermals die Augen. »… so lange ein barmherziger Gott es uns in der Ewigkeit zugesteht.«

Er betrachtete den Ring und drehte ihn dann nach innen.

»Es ist geschehen, wie meine Mutter es gesagt hat«, erklärte Quaye. »Wir haben ihren Wunsch erfüllt.«

Hunter drückte ihre Hand. »Mit diesem Ring als Zeichen unserer ewigen Liebe nehme ich dich zur Frau; im Namen des Vaters, des Sohnes und des Heiligen Geistes.« Er steckte ihr den Ring an den Finger. »Kraft der mir als Pfarrer der Kirche Jesu Christi verliehenen Autorität erkläre ich uns zu Mann und Frau. Was Gott zusammengefügt hat, das soll der Mensch nicht scheiden.«

»Mein Gemahl«, sagte Quaye. Dann begrub sie den Kopf an Hunters Schulter und ließ sich von ihm festhalten, während sie weinte. Schließlich legte Hunter eine Hand auf Quayes Kopf und schlang ihr Haar um seine Finger. Seine Stimme bebte, als er wieder zu sprechen begann. »Ich liebe dich … / mit aller Leidenschaft der Leidenszeit / und mit der Kindheit Kraft, die fort war, seit / ich meine Heiligen nicht mehr geliebt. / Mit allem Lächeln, aller Tränennot / und allem Atem. Und …« Er rang nach Luft. Quaye hob den Kopf und sah ihn angstvoll an. Minuten verstrichen, bis er seine Atmung wieder unter Kontrolle bekam und seine Ruhe zurückgewann. Sie drückte ihre Wange an seine, ihren Mund auf sein Ohr, und flüsternd beendete er seinen Vers: »… wenn Gott es gibt, / will ich dich besser lieben nach dem Tod.«

Nichts war mehr zu hören als sein rauer Atem und das Prasseln des Feuers. Quaye presste ihren Körper an seinen und drückte ihn so fest an sich, als könnte sie seine Seele daran hindern, ihr zu entfliehen.

Mehrere Stunden später, irgendwann in den ungezählten Minuten dieser Nacht, hob sich Hunters Brust, als zerre eine geisterhafte Macht an seinem Fleisch, dann senkte sie sich wieder, und er atmete nicht mehr. In ihrer grenzenlosen Einsamkeit rief Quaye seinen Namen, dann warf sie sich über ihn und schluchzte, als werde ihr das Herz aus dem Leib gerissen.

KAPITEL 30

DIE ERFÜLLUNG

Der elegante, pantoffelförmige Phaeton hielt vor einem großen Ziegelbau am Ende einer rot gepflasterten Straße in West Chester. Der schwarze Kutscher, der einen Zylinder auf dem Kopf trug, rief den Pferden etwas zu, dann zog er die Bremse und stieg vom Kutschbock. Er stellte ein Trittbrett unter den Wagenschlag, zog ihn auf, ergriff Quayes Hand und half ihr beim Aussteigen. Sie war in ihrem schwarzen Satincape mit dem aprikosenfarbenen Futter aus demselben Material und dem schwarzen Spitzenbesatz ebenso vornehm gekleidet wie jede andere Dame der besseren Gesellschaft von Philadelphia. Sie zog das Cape ein wenig fester um sich, um sich vor der Kühle des Frühlings zu schützen.

»Das ist das Haus, Ma'am«, sagte der Fahrer.

»Vielen Dank, Morris«, erwiderte Quaye, nachdem sie ausgestiegen war. Das große Gebäude war umgeben von einem makellos gepflegten Stück Land mit einem bunten Blumengarten, in dem Alant, Gartennelken, Borretsch und Rauten mit silbernen Stängeln und gelben Knospen wuchsen. Zwanzig Meter nördlich des Hauses lag ein kleiner, umzäunter Friedhof. Zwei bronzene Amorstatuen bewachten die Steintreppe, die zur gefliesten Veranda des Hauses hinaufführte.

Quaye hatte das Gefühl, vor einem Schrein zu stehen. Dies war Hunters Zuhause gewesen. Zwei Jahre, bevor er sein Pfarramt angetreten hatte, hatte eine wohlhabende Witwe das Haus der Kirche vermacht. Im oberen Stockwerk lagen die Wohnräume des Pfarrers; der Rest des Hauses wurde für christliche Dienste genutzt: als Heim für Waisenkinder und Menschen in Not.

Jemand spähte von innen durch den Türspalt. Es war eine stämmige, grauhaarige Frau, die eine Schürze vorgebunden hatte.

Einen Augenblick später öffnete sie die Tür und kam hastig von der Veranda herabgewatschelt, um ihre Besucherin zu begrüßen. Mit einem strahlenden Lächeln auf dem rotwangigen Gesicht breitete sie die Arme aus.

»Schwester Bell«, rief sie. »Ich bin Schwester Folland.« Sie drückte Quaye an sich. »Wie war Eure Reise?« Sie runzelte die Stirn. »Oh, wie töricht von mir, mich nach einer so mühevollen Reise zu erkundigen. Ihr müsst vollkommen erschöpft sein.«

»Die Reise war recht angenehm«, erwiderte Quaye. »Vielen Dank für die Nachfrage. Nach Osten zu reisen ist weitaus weniger anstrengend als nach Westen.«

Die Frau zog die Augenbrauen hoch. »Wie das?«

»Jede Station bietet größere Bequemlichkeiten als die vorangegangene, sodass man sich von Tag zu Tag glücklicher schätzen darf.«

»Wie Recht Ihr habt.« Die Frau lächelte und legte Quaye eine Hand auf den Rücken. »Wir haben uns so sehr auf Eure Ankunft gefreut und darauf, Eure Bekanntschaft zu machen.«

»So wie ich mich darauf gefreut habe, Eure Bekanntschaft zu machen. Ich darf doch annehmen, dass die Vertragsangelegenheiten alle geregelt sind?«

»Ja, Schwester. Es gab noch einige kleine Formalitäten zu erledigen, aber Mr Smythe von der Bank hat uns sehr geholfen. Er war Pfarrer Bell stets ein lieber und treuer Freund.«

»Ja, er war sehr hilfsbereit.«

»Eure Großzügigkeit der Kirche gegenüber hat bei den Kirchenoberen beträchtliche Wirkung gezeitigt.«

Quaye senkte die Stimme. »Weiß *sie* von meinem Kommen?«

»Wir haben noch nicht mit ihr gesprochen, weil wir es für das Beste hielten, dass Ihr das Kind zuerst kennen lernt. Nur für den Fall, dass Ihr Eure Meinung ...« Sie unterbrach sich und wählte ihre nächsten Worte mit Bedacht, »für den Fall, dass die Umstände sich geändert haben sollten.«

»Es hat sich nichts geändert.«

Wieder lächelte die Frau. »Ehre sei Gott«, sagte sie und hob die Hände. »Bitte, folgt mir, Schwester Bell.« Sie ging ins Haus und geleitete Quaye durch einen langen Korridor in einen Salon, in dem ein kleines Mädchen allein auf dem Fußboden saß und mit seiner Stoffpuppe spielte. Bei Quayes Eintritt blickte die Kleine auf. Als Quaye sie sah, wallten machtvolle Gefühle in ihr auf. Sie war Hunters Kind, das bewiesen ihre Züge. Aber am deutlichsten war ihr Vater in ihren Augen zu erkennen. Ihr Blick war ebenso tief und durchdringend, wie es der von Hunter gewesen war, und als Quaye dem Mädchen direkt in die Augen sah, schwoll ihr Herz an von Liebe.

»Ich wäre gern ein Weilchen mit Hannah allein«, sagte Quaye.

»Selbstverständlich, Schwester Bell. Ich werde in der Küche sein. Darf ich Euch eine Kanne Tee bringen?«

»Nein, vielen Dank.«

Als die Frau den Raum verließ, ging Quaye neben dem kleinen Mädchen in die Hocke. »Hallo, Hannah.«

Das Mädchen blickte scheu auf. »Hallo.«

»Hat deine Puppe einen Namen?«

»Sie heißt Rachel.« Hannah mühte sich damit ab, das Puppenkleid zuzuknöpfen.

»Darf ich mitspielen?«

Das Mädchen nickte.

Quaye setzte sich hin und ordnete ihre Röcke. »Vielleicht kann ich dir bei diesem Kleid helfen.« Hannah hielt ihr die Puppe hin, und Quaye schloss die letzten Knöpfe ihres Kleides, bevor sie sie Hannah zurückgab. »Rachel ist sehr hübsch.«

»Wie heißt du?«, fragte sie.

»Ich heiße Quaye.«

»Den Namen habe ich noch nie gehört.«

»Mein Name stammt aus einem Land, das sehr weit entfernt ist. Jenseits des Meeres.«

»Ich darf nicht in die Nähe des Wassers gehen«, sagte Hannah nachdenklich.

Quaye lächelte. »Vielleicht doch, wenn du größer bist.«

»Wohnst du jenseits des Meeres?«

»Ich wohne in der Nachbargemeinde.«

Hannah änderte ihre Meinung, was das Kleid betraf, und begann, es wieder aufzuknöpfen. »Wie sieht dein Haus denn aus?«

»Es ist wunderschön. Es hat hohe, weiße Säulen, und es gibt einen Springbrunnen dort. Außerdem habe ich ein kleines Häuschen für Gäste und Ställe. Und einen schönen Garten mit vielen Blumen. Und Felder mit wilden Blumen.«

»Ich mag Blumen«, sagte Hannah. »Miss Folland hat mich gehauen, weil ich die Blumen im Beet gepflückt habe.«

»Bei mir gibt es viele Wiesenblumen, die du pflücken darfst.« Sachte berührte sie den Arm des Mädchens. »Hannah, würdest du dir mein Haus gern mal ansehen?«

Das Mädchen blickte nicht auf, sondern nickte nur. »Dürfen Rachel und Samantha mitkommen?«

»Ja. Ist Samantha auch eine Puppe?«

Sie schüttelte den Kopf. »Samantha ist ein Baum.«

Wieder lächelte Quaye. »Dann muss ich erst mal sehen, wie groß Samantha ist. Vor meinem Haus stehen viele Bäume.«

»Hier gibt es heute Klöße zum Abendessen«, meinte Hannah.

»Magst du Klöße?«

Das Mädchen nickte. »Kannst du zum Essen bleiben?«

»Heute Abend muss ich zurück nach Hause. Wäre es dir recht, wenn ich morgen wiederkäme?«

Hannah nickte.

»Dann sehe ich dich morgen. Auf Wiedersehen, Hannah.«

»Auf Wiedersehen, Miss Quaye.«

Quaye sah dem kleinen Mädchen in die Augen. »Darf ich dich in die Arme nehmen?«

Hannah nickte schüchtern. Quaye zog das kleine Mädchen an sich und hielt es fest umschlungen, während ihr die Tränen über die Wangen strömten.

Als sie sich voneinander lösten, fragte Hannah: »Warum weinst du?«

»Ich freue mich nur so sehr, dich zu sehen.«

Quaye küsste sie, dann erhob sie sich und verließ den Raum. Schwester Folland kam ihr im Korridor entgegen.

»Ist Euer Besuch gut verlaufen?«

»Ja, das ist er«, antwortete Quaye. »Für heute ist es genug. Ich werde morgen wiederkommen.«

»Ich denke, es ist klug, dass Ihr Euch Zeit lasst.«

»Ich weiß, wie es ist, wenn man aus seinem Zuhause fortgeholt wird«, erwiderte Quaye.

Schwester Folland begleitete die Besucherin hinaus. Auf dem Weg zur Kutsche bemerkte Quaye den kleinen Friedhof, der halb verborgen im Schatten des Gebäudes lag. »Schwester Folland, ist das der Friedhof, auf dem Rachel begraben liegt?«

»Ja, meine Liebe.«

»Hättet Ihr etwas dagegen, wenn ich ihr Grab besuchte?«

»Ganz und gar nicht.«

Quaye ging auf den winzigen, umzäunten Friedhof zu. In der östlichen Ecke befand sich eine schmale Stele aus Speckstein. Es war ein bescheidener Grabstein, oben abgerundet und mit einem Kreuz, das über dem Namen eingemeißelt worden war.

Rachel Bell
16. April 1832 – 1. August 1853

Quaye nahm ihre Haube ab, und der Frühlingswind löste ein paar Locken aus ihrem sorgfältig frisierten Haar. Sie strich sich die Strähnen aus dem Gesicht, dann bekreuzigte sie sich und kniete vor dem Stein nieder, den Kopf zum Gebet gesenkt. Schließlich hob sie den Blick, berührte die kalte Oberfläche des Steins und ließ die Finger langsam über die eingravierten Worte wandern.

»Ich spüre, dass du meine Schwester bist, Rachel. Denn nur du und ich wissen, wie es ist, von ihm geliebt zu werden. Und ihn zu lieben. Ich werde mein Bestes tun, um Hannah großzuziehen, wie du es getan hättest. Und ich werde nicht zulassen, dass sie dich oder ihn vergisst. Das verspreche ich dir.«

Quaye erhob sich und kehrte zu der Kutsche zurück. An Schwester Folland gewandt, sagte sie: »Ich werde Euch niemals ausreichend für all das danken können, was Ihr getan habt. Hunter hat mit sehr großer Zuneigung von Euch gesprochen.«

Bei der Erwähnung von Hunters Namen runzelte die Frau die Stirn. »Schwester Bell, vergebt mir, aber wenn ich fragen darf …« In ihren Augen flackerte Widerstreben auf, aber Quaye lächelte sie aufmunternd an und bedeutete ihr weiterzusprechen. »Ist Pastor Bell, bevor er ging, zu Gott zurückgekehrt?«

Quaye berührte ihren Arm und lächelte. »Ich glaube nicht, dass er ihn je verlassen hat.«

Die Frau sah sie dankbar an. »Gelobt sei Gott, der Allmächtige.« Sie umarmte Quaye.

»Ich sehe Euch dann morgen Mittag«, sagte Quaye.

Schwester Folland ergriff ihre Hand. »Gott sei mit Euch, Schwester Bell.«

Der Kutscher öffnete Quaye die Tür und half ihr beim Einsteigen. Dann kletterte er auf den Kutschbock und trieb die Pferde an. Schwester Folland sah der Kutsche hinterher, bis sie in der Ferne immer kleiner wurde. Schließlich ging sie zurück ins Haus, um sich ihren Pflichten zu widmen.

Quaye kam jeden Tag von Chadds Ford, um Hannah zu besuchen. Und mit jedem Tag verlängerte sie die Dauer ihres Aufenthalts, bis die beiden nach zwei Wochen fast den ganzen Tag miteinander verbrachten. Und ebenso wie Quaye ihre Liebe zu dem kleinen Mädchen entdeckte, lernte auch Hannah, sie zu lieben. Das Kind spürte instinktiv, dass es mit dieser Besucherin eine andere Bewandtnis hatte als mit den übrigen Frauen, die in ihrem kurzen Leben gekommen und gegangen waren; dass Quaye für sie irgendwie mehr bedeutete als Schwester Folland und die anderen Kirchenfrauen.

Quaye wusste noch nicht, wann sie das Kind mit sich nach Hause nehmen würde, nach Chadds Ford. Sie hatte es nicht eilig. Wie sie Schwester Folland erklärt hatte, wusste sie, wie es war, wenn man aus einem Zuhause fortgerissen wurde. Außerdem glaubte sie, dass sie den richtigen Zeitpunkt erkennen würde, wenn er käme, denn sie spürte, dass ihre Mission etwas Göttliches hatte. Und das Göttliche wollte sie nicht zur Eile treiben.

An einem kühlen Junimorgen, sechseinhalb Wochen nach ihrem ersten Besuch, kniete Quaye neben Hannah im Kirchgarten und pflanzte Zinnien. Während Quaye die schwarze Erde mit den Fingern beiseite schob, die Samen hineinlegte und das Erdreich mit der Hand vorsichtig wieder festklopfte, war Hannah ungewöhnlich still; so nachdenklich wie ein vierjähriges Kind es manchmal sein kann. Plötzlich spürte Quaye, dass Hannahs besorgter Blick auf ihr ruhte. Lächelnd blickte sie zu dem Kind auf.

»Was gibt es denn, Schätzchen?« Hannah musterte sie nervös. Quaye legte die kleine Schaufel beiseite, wischte sich den Schmutz von den Händen und zog Hannah an sich. »Was ist denn los?«

Hannah sah Quaye mit ernstem Gesicht an. »Willst du meine Mutter sein?«

Ein breites Lächeln legte sich über Quayes Züge, während sie das Kind umfangen hielt und weinte. Am selben Tag wurden Hannahs Taschen in den Phaeton gepackt, und sie fuhren gemeinsam davon. Während der ganzen Fahrt über die gewundenen Landstraßen, vorbei an dichten Wäldern, großen Bauernhöfen und gut gepflegten Weinbergen mit Traubenspalieren blickte das kleine Mädchen aus dem Fenster der Kutsche. Draußen waren jetzt Obstgärten mit Birnen und Äpfeln aller erdenklichen Sorten zu sehen: Jonathan, McIntosh, Lodi, Empire, Rome, Nittany, York Imperial.

Nach etwa einer Stunde näherte sich die Kutsche einem prachtvollen Haus auf einem saftig grünen Hügel, der sich über einem fünfzig Morgen großen Obstgarten erhob. Das Gebäude war blassgelb mit weiß gerahmten Fenstern und hohen, schwarzen Läden. Es hatte ein steiles Walmdach mit schwarzen Schindeln, einen hohen, gemauerten Schornstein an jeder Ecke des Hauses und ein Säulenportal mit zwei teilweise goldverzierten korinthischen Säulen über der Vordertür. Zur Straße hin begrenzte ein hoher weißer Zaun das Grundstück. Den breiten Durchlass für die Auffahrt flankierten zwei aus Ziegeln gemauerte Pfosten mit Kreuzblumen aus rosa Granit.

Als sie schließlich durch das Tor fuhren und einen Springbrunnen umrundeten, spähte Hannah immer noch aus dem Kutschfenster.

»Das ist dein Zuhause«, sagte Quaye.

Nachdem die Kutsche angehalten und Quaye dem Kind beim Aussteigen geholfen hatte, lief Hannah zur Eingangstür. Das Innere des Hauses war noch beeindruckender als sein Äußeres. Die

Decken waren über drei Meter hoch, und das Foyer erhob sich zwei Stockwerke über den Marmorfußboden der Eingangshalle. Über der elliptischen Treppe hing ein schwerer Kronleuchter aus Messing und Kristallglas. Aus der Eingangshalle blickte man in einen großen Salon mit purpurroten Wänden und einem feinen Bildteppich, in dem neben einem Schreibsekretär aus Mahagoni eine vergoldete Harfe stand.

An der Wand hinter dem Sekretär hing das unvollendete Porträt eines jungen Mannes. Hannah starrte das Bild an.

»Das ist dein Vater«, sagte Quaye.

Hannah betrachtete es noch einen Moment lang, dann griff Quaye nach ihrer Hand, und gemeinsam gingen sie die Treppe hinauf. Die erste Tür im ersten Stock führte zu einem kleinen Boudoir mit einem marmornen Kamin. Als Feuerböcke dienten zwei Windhunde aus Messing. In der Mitte des Raums stand ein Himmelbett, dessen Größe für ein Kind bemessen war, mit elfenbeinfarbenen Spitzenvorhängen und Bettpfosten aus Mahagoni. Auf dem pfirsichfarbenen Quilt lag eine Porzellanpuppe.

»Das ist dein Zimmer«, sagte Quaye. Hannah sah sich voll Erstaunen um. Auf einer kleinen Kommode stand ein Miniaturkarussell mit einer kunstvoll bemalten und vergoldeten Menagerie von Tieren unter einem Zeltdach, auf dem eine Fahne wehte. Nur ein paar Schritte davon entfernt entdeckte Hannah ein kleines Bücherregal aus Obstbaumholz, das zur Gänze mit Bilderbüchern gefüllt war. Auf dem Fußboden daneben stand eine Holztruhe mit geöffnetem Deckel; darin wartete eine Sammlung kostbar gekleideter Puppen auf das Mädchen. Hannah trat darauf zu, griff nach einer Babypuppe mit Porzellangesicht und presste sie an die Brust.

In einer Ecke des Raums stand ein rechteckiger Bodenspiegel mit einem kunstvoll geschnitzten und vergoldeten Holzrahmen. Mit ihrer Puppe im Arm stellte Hannah sich davor hin, starrte hinein und drehte sich hin und her. Ihr Spiegelbild ahmte jede ihrer

Bewegungen nach. Einige Sekunden später blickte sie zu Quaye auf. »Das bin ich«, sagte sie leise.

Quaye legte zärtlich die Arme um Hannah und betrachtete mit ihr zusammen das Spiegelbild, bevor sie das Kind an sich zog. »Willkommen daheim, mein liebes, kleines Mädchen.«

Und vielleicht waren ihre Worte ebenso an sie selbst gerichtet wie an das Kind.

Ich blicke voller Staunen auf den Weg zurück, der mich an diesen Ort des Friedens geführt hat. Obwohl man die Wunden der Vergangenheit nicht vergisst, können Narben auch Anlass zur Dankbarkeit sein, wenn sie uns an den Heiler erinnern … Es vergeht kein Tag, an dem ich nicht an ihn denke. Der Frieden, den mein Herz gefunden hat, lässt meine Sehnsucht nach ihm nur umso klarer hervortreten. Mein Hunter hat mir mehr Grund gegeben, auf ein jenseitiges Leben zu hoffen, als jedes Wort der Bibel und jedes Gebet.

Quaye Bell, im April 1901

Als Hannah alt genug dafür war, fragte sie ihre Mutter, warum sie sich niemals mehr verheiratet hatte, obwohl es stets Männer gegeben habe, die ihr gern den Hof gemacht hätten. Quaye lächelte traurig und erwiderte, sie sei zweimal verheiratet gewesen, und das sei genug für ein einziges Leben. In ihrem Herzen dachte sie, dass es wohl aufrichtiger gewesen wäre, hätte sie gesagt, dass sie nur ein einziges Mal verheiratet gewesen war und dass dies für alle Zeit genüge.

Quaye glaubte, dass irgendein Zeichen sie auf den rechten Augenblick hinweisen würde, um Hannah von ihrem Vater zu erzählen. Als Hannah sechzehn war, fand sie den zersprungenen silbernen Spiegel mit den wenigen verbliebenen Glassplittern, eine Kette aus Jadeperlen und den Gedichtband. Sie fragte ihre Mutter, was für eine Bewandtnis es mit diesen Dingen habe. Quaye ging mit ihr in den Salon, wo sie unter Hunters Portrait saßen, während Quaye Hannah von ihrem Vater und ihrer Mutter erzählte und von einer kleinen Goldgräbersiedlung im Westen mit Namen Bethel. Dann gab Quaye ihr den Brief, den Hunter geschrieben hatte. Hannah brach das Siegel auf und las schweigend. Quaye hielt sie in den Armen, während sie weinte.

Wie Hunter es sich einst erträumt hatte, lernte Hannah, die Harfe zu spielen. Quaye saß oft im Salon, wenn die Sonne sank, und lauschte auf das Spiel ihrer Tochter, um sich in den seraphischen Melodien des Instruments zu verlieren. Manchmal gingen Mutter und Tochter Hand in Hand über ihren Besitz und sprachen von vergangenen Tagen. An ruhigen Winterabenden legte Hannah oft den Kopf auf den Schoß ihrer Mutter, und Quaye las ihr dann Abschnitte aus Hunters Tagebuch vor. Das waren die Augenblicke, in denen sie beide sich Hunter am nächsten fühlten.

Im Sommer nach Hannahs einundzwanzigstem Geburtstag heiratete sie einen Pfarrer, wie vor ihr ihre beiden Mütter. Am Morgen der Hochzeitszeremonie streifte Quaye sich den Claddaughring vom Finger und gab ihn an ihre Tochter weiter, wie ihre Mutter ihn einst ihr gegeben hatte.

Hannah und ihr Mann zogen in ein neues Heim, in eine Gemeinde im Osten von Massachusetts, wo Hannah, die Bucht von Duxbury vor Augen, drei Kinder gebar und großzog – zwei Jungen und ein Mädchen mit rostfarbenem Haar. Den älteren Jungen nannten sie Hunter, den jüngeren Connall und das Mädchen Faith.

Erst als Hannah aus dem Haus gegangen war, trat Quaye die Reise nach Irland an, zum Hafen von Cobb und den sumpfigen Ufern des Lee. Die Erinnerungen an ihre Kindheit kehrten so stark und volltönend zurück wie das Läuten der Glocken von Shandon. Die Stadt und ihre Menschen hatten sich verändert. Sie waren genesen, aber das Land nicht. Denn das Land vergisst nicht. Während Quaye über die Wege und durch die Gassen ihrer Jugend wanderte, spürte sie die Gegenwart von Geistern, die sich aus den stillen Mooren erhoben, und hörte in jedem Windhauch, der durch die mitternächtlichen Wälder und die nebligen Täler strich, ihre Stimmen.

Sie besuchte den alten Clachan mit den noch verbliebenen Steinmauern und den wieder bewohnten Häusern und neu bestellten Feldern. Aber die Menschen dort waren Fremde, eine neue Generation von Iren, jünger als sie, Iren, die den Verrat des Landes nur noch vom Hörensagen kannten.

Schließlich fand sie auch die Hütte, in der sie geboren worden war. Quaye stand an genau der Stelle, an der sie an jenem Abend gestanden hatte, als Jak sie holen kam. Und sie erfuhr, dass das, was Hunter in Bezug auf ihren Vater vermutet und sie sich in treuem Glauben schließlich zu Eigen gemacht hatte, tatsächlich der Wahrheit entsprach. Ihr Bruder war keine Woche nach ihrem Fortgang gestorben, und ihre Eltern hatten nur noch einen Monat länger überlebt. Allein, unter dem grauen Baldachin des irischen Himmels, kniete sie nieder, küsste die Gräber ihrer Angehörigen und dankte ihnen, dass sie ihr das Leben geschenkt hatten.

Schließlich kehrte Quaye nach Chadds Ford zurück. Sie lebte lange genug, um ihre Nachfahren aufwachsen zu sehen – nicht nur Hannahs Kinder, sondern auch deren Enkelkinder. Obwohl Hannah es niemals müde wurde, sie anzuflehen, nach Massachusetts zu kommen, um mit ihr unter einem Dach zu leben, blieb Quaye bis zum Ende ihres Lebens an den Ufern des Brandywine, zufrieden, allein sein üppiges Tal zu durchstreifen und sich der Wüste zu entsinnen, in der sie die Liebe gefunden hatte.

Bethel starb. Um die Jahrhundertwende herum gab es dort kein Gold mehr zu holen, und mit dem Gold gingen auch die Menschen und ließen die hölzernen Gerippe eines einst blühenden Städtchens hinter sich, und die Erinnerungen an die Dinge, die sich dort zugetragen hatten.

Und vielleicht war der Name Bethel, der dem Ort in Ironie verliehen worden war, am Ende doch zutreffend. Denn was für Hunter und Quaye galt, gilt für alle Menschen: dass die Rettung eines Menschen sich nur in der Liebe und durch die Liebe vollziehen kann. Und dass dort, wo Liebe ist, auch Gott gegenwärtig ist.

Quaye starb 1915 in ihrem eigenen Haus. Nach ihrem Tod ging der Besitz, so stand es in ihrem Testament, an die Kirche über und wurde dazu benutzt, Frauen in Not Zuflucht zu gewähren. Sie hatte für sich selbst in diesem Leben nur wenig verlangt, und bei ihrem Tod hatte sie nur zwei Bitten: dass sie neben ihrem Ehemann in dem verlassenen, von Gräsern überwucherten Friedhof in Bethel beerdigt werden möge. Und dass man ihr den zerbrochenen silbernen Spiegel in die Hände lege.

Die bewegende Geschichte zweier Frauen – ein Roman über die Liebe, Verführung, Leidenschaft und gebrochene Herzen

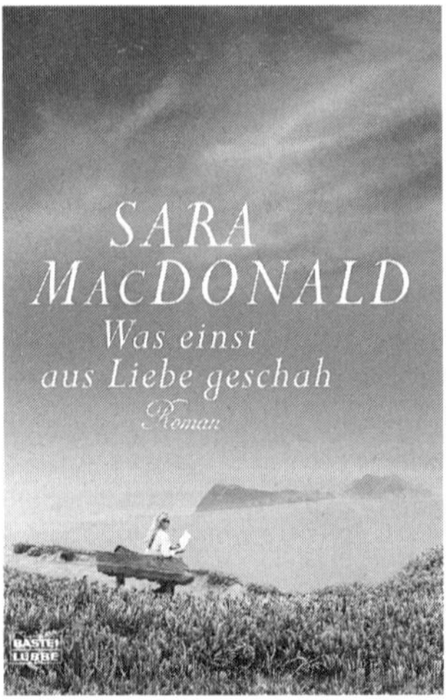

Sara MacDonnald
WAS EINST
AUS LIEBE GESCHAH
Roman
736 Seiten
ISBN 3-404-15442-8

Der kanadische Historiker Mark Hannah entdeckt in Neufundland eine zauberhafte Galionsfigur – Bildnis einer unerreichten Liebe aus vergangenen Zeiten. Er überführt das alte Schiff, die Lady Isabella, zu ihrem Heimathafen in Cornwall, wo er Gabrielle Ellis kennen lernt, die Frau, die Isabella restaurieren soll. Gabrielle ist vollkommen fasziniert von Isabellas magischer Schönheit und ihrem mysteriösen Leben – und sie kommt Mark Hannah näher, als sie wollte. Damit wiederholt sich in der Gegenwart eine ebenso wunderschöne wie tragische Liebesgeschichte aus einer längst vergangenen Zeit ...

»Ich liebe diesen Roman: Er ist frisch, sehr witzig, unterhaltsam und intelligent.«

MARIAN KEYES

Liane Moriarty
DREI WÜNSCHE FREI
Roman
464 Seiten
Gebunden mit Schutzumschlag
ISBN 3-431-03621-X

Manchmal spielt man unfreiwillig die Hauptrolle in einer kleinen öffentlichen Show: in seiner ganz persönlichen Komödie oder Tragödie. So ergeht es jedenfalls den drei Kettle-Schwestern am Abend ihres vierunddreißigsten Geburtstages. Als Drillinge sind sie daran gewöhnt, Aufsehen zu erregen, aber dieses Geburtstagsessen verläuft besonders spektakulär und dramatisch. Gemeinsam lesen sie zwanzig Jahre alte Briefe, in denen sie als Teenager festgehalten haben, was sie sich von ihrem Leben erhoffen. Ein viel zu heikles Thema nach einer Flasche Champagner …

Ehrenwirth